DÖRLEMANN

Dag Solstad

16. 7. 41

Roman

Aus dem Norwegischen
von Ina Kronenberger

DÖRLEMANN

Die norwegische Originalausgabe erschien unter dem Titel
»16. 07. 41« im Forlaget Oktober A/S in Oslo.

Die Übersetzung des Romans wurde vom
Deutschen Übersetzerfonds e.V. sowie von NORLA unterstützt.
Die Übersetzerin und der Verlag bedanken sich hierfür.

Dieses Buch ist auch als Dörlemann eBook erhältlich.
eBook ISBN 978-3-90877-881-3

Umschlaggestaltung: Mike Bierwolf
Porträt Seite 5: Dag Solstad, © Tom Sandberg
Satz: Dörlemann Satz, Lemförde
Druck und Bindung: CPI – Clausen & Bosse, Leck
ISBN 978-3-03820-081-9
www.doerlemann.com

Dag Solstad

Kapitel 1

Dieses Mal werde ich fliegen.[1] Deshalb befand ich mich im mittlerweile stillgelegten Flughafen Fornebu bei Oslo, um mit einer SAS-Maschine nach Kopenhagen zu reisen und von dort weiter nach Frankfurt am Main. Das liegt jetzt mehr als zehn Jahre zurück, und wie immer, wenn ich flog, war ich ungewöhnlich früh am Flughafen. Ich wollte nach Frankfurt, zur großen internationalen Buchmesse, um dort an einer Veranstaltung mitzuwirken. Ich sollte nur wenige Tage weg sein und hatte deshalb lediglich Handgepäck dabei, trotzdem war ich ungewöhnlich früh dran. Wenn ich mich heute vor mir sehe, wie ich damals vor mehr als zehn Jahren ausgesehen haben muss, ich war noch keine fünfzig, gibt es nicht viel, was ich als besonderes Kennzeichen meiner Person anführen kann.[1b] Ich war damals wie heute ein normaler Reisender, erfüllt mit den selbstbewussten Routinen eines Reisenden. Ich stellte mich in die lange Schlange an den Check-in-Schaltern und schob mein Handgepäck, eine Reisetasche, sanft mit dem Fuß weiter, während sich die Schlange vorwärtsschob. Schließlich war ich an der Reihe. Ich legte meine Tickets vor und erhielt die Bordkarte sowohl für den Flug nach Kopenhagen als auch für den Anschlussflug von Kopenhagen nach Frankfurt. Danach fuhr ich mit der Rolltreppe hoch zur Pass- und Sicherheitskontrolle. Nachdem ich diese erfolgreich hinter mich gebracht hatte, durfte ich in die internationale Abflughalle und stellte mich vor eine Departure-Anzeigetafel, auf der mein Flug nach Kopenhagen soeben aufgetaucht war. Ich notierte mir das Gate und schaute in einen langen Korridor, versuchte abzuschätzen, wie weit darin sich mein Gate befinden musste. Daraufhin suchte ich den Dutyfree-Shop auf und kaufte mein Kontingent an Schnaps und Zigaretten, das ich in eine Plastiktüte mit Werbung für Fornebu Taxfree packte, wie sie auch viele meiner Mitreisenden bei sich trugen.

Mir blieb noch fast eine Stunde bis zum Abflug, und ich beschloss, mich langsam zum Gate zu begeben, fast so als wollte ich mich vergewissern, dass es sich auch dort befand, doch erst nachdem ich noch einmal auf der Anzeigetafel nachgeschaut hatte, ob ich mir wirklich das richtige Gate eingeprägt hatte. Anschließend genehmigte ich mir in einem kleinen Café, das sich in der internationalen Abflughalle am Flughafen Fornebu befand, eine Tasse Kaffee. Wieder zurück zur Anzeigetafel, um sicherzugehen, dass es keine Änderungen bei den schon angezeigten Informationen gegeben hatte. Danach setzte ich mich auf einen leeren Sitz in einer der Stuhlreihen, die sich an den Wegen der internationalen Abflughalle befanden. Ständig eilten geschäftige Reisende an mir vorbei, manche auf dem Weg zum Flieger, andere auf dem Weg vom Flieger Richtung Ankunftshalle. Ich fühlte mich gut, rastlos und bester Stimmung. Ich genoss tatsächlich den

Anblick meiner Mitreisenden und den Umstand, dass ich mich in der Abflughalle eines Flughafens befand, der zwar in einem Land lag, dessen Behörden ihn für zu klein erachteten, der für mich jedoch groß genug war. Das Dasein hier hatte etwas Beherrschtes an sich, zwar passierte ständig etwas, permanent landeten oder starteten schließlich Flugzeuge auf der Rollbahn und mit ihnen Passagiere, die herein- oder hinausströmten, trotzdem hatte die Geschäftigkeit etwas Gemessenes und Beherrschtes, das mir gefiel. Die Strukturen sind klar zu erkennen. Die Entschlossenheit der Leute ist strukturiert. Jeder, der hier ist, weiß, warum er hier ist, sein Reiseziel ist klar, und auch der Grund für seine Reise. Will man z. B. nach Rom, dann weiß man nicht nur, wie man zum richtigen Zeitpunkt zum richtigen Gate gelangt, es ist auch vollkommen offensichtlich, ob man geschäftliche Gründe hat, zu einem Kongress will oder eine kurze Urlaubsreise macht. Das prägt die Stimmung. Zwar kann man einer Person nicht ansehen, ob sie nach Rom oder Zürich will, man kann aber sehr klar erkennen, ob sie auf Geschäftsreise oder auf einer Urlaubsreise ist. Man ist entsprechend gekleidet und benimmt sich entsprechend. Hält man sich in einem der Geschäfte in Fornebu auf, ob im Delikatessenladen oder im Trachtenladen, dann, um etwas zu kaufen. Man will ganz einfach ein Geschenk erstehen, das man längst hätte besorgen sollen, aber entweder vergessen hat oder aus Zeitmangel nicht beschaffen konnte, und in Fornebu heißt das, einen kleinen Troll, eine Strickjacke im Norwegermuster oder ein großes Stück Räucherlachs, vakuumgezogen und mit Norwegian Seafood oder etwas anderem Plausiblen beschriftet. Eine effektive Welt mit Human Touch. Ein Herz für seine Liebsten, in letzter Sekunde freilich, aber immerhin: ein Herz. Norwegian Seafood, ein Stück Human Touch. Das ging mir durch den Kopf, als ich dort saß und den Leuten in den Geschäften zusah, die schnell und teuer einkauften. Der Unterschied zwischen einem internationalen Flughafen und anderen modernen Treffpunkten, wie z. B. einem Kaufhaus, ist riesig. In einem Flughafen sind alle Handelnde, in einem Warenhaus gibt es sehr viele Betrachter oder Flaneure, die sich lediglich umschauen, ohne bestimmten Grund, man saugt die Atmosphäre von Modernität in sich auf, könnte man sagen, ohne notwendigerweise Teil derselben zu sein, außer als entzückter und bewundernder Zuschauer. Auch zwischen internationalen Flughäfen und Bahnhöfen ist der Unterschied riesig. Nun haben die großen Bahnhöfe ja den Nimbus der Modernität eingebüßt, der ihnen bis Ende der 1930er-Jahre anhaftete, und das verleiht ihnen etwas von einer ausrangierten Zeitmaschine, schön, aber verfallen, fast schon Schrott, daher kann der Vergleich zwischen Bahnhöfen und unseren heutigen Reise- und Abenteuermaschinen – Flughäfen, Flugplätzen – ungerecht wirken, trotzdem sind beide nach wie vor moderne Treffpunkte, und man kann bei ihnen immer noch eine Reihe typischer Ähnlichkeiten feststellen, die mit dem Reisen zu tun haben, dem Reisegefühl, den Reiseerwartungen, dem Reisefieber, und doch kann man in allem, was sie voneinander trennt, die Eigenheiten beider Bahnhofstypen erkennen (und jetzt spreche ich von Flughäfen und Flugplätzen ebenfalls als Bahnhöfen, denn das sind sie ja, Luftbahnhöfe), als Spiegel zweier Epochen. Hierbei denke ich an Abschiedsszenen. An Bahnhöfen kann man den menschlichen Touch in Abschiedsszenen erkennen. Er wurde von ihr zum Zug begleitet, sie verabschiedet sich von ihm. Eine rührende Szene. Heftige Umarmung, innige Küsse. Anschließend geht er in den Waggon, sucht seinen Platz, sie steht draußen auf dem Bahnsteig, er macht das Fenster auf, der Zug fährt an, er ruft und winkt, sie winkt zurück, ja, es kommt sogar vor, dass sie sich zusammen mit dem Zug in Bewegung setzt, vielleicht sogar ein Stück neben ihm herläuft, bevor der Zug unerbittlich davonfährt und sie stehenbleiben muss, und er, der sich in seinem Abteil aus dem Fenster lehnt, sieht ihr hinterher, wie sie immer kleiner wird, bis sie, als der Zug in eine Kurve oder einen Tunnel fährt, endgültig verschwindet. Aber wer hat je eine intensive Abschiedsszene auf der Rolltreppe der großen Abflughalle in Fornebu hinauf zur Pass- und Sicherheitskontrolle oder direkt vor der Pass- und Sicherheitskontrolle gesehen? Es mag sie gegeben haben, aber ich habe sie nie gesehen. Zum Flughafen wird man nicht begleitet, man wird vielleicht gefahren, z.B. von der Partnerin, doch dann wird man an der Eingangstür zum Hauptgebäude abgesetzt. Der Wagen hält, vielleicht umarmen sich die zwei im

Auto, aber sie kommt nicht mit ins Gebäude, um zusammen mit ihm zu warten, während er eincheckt, mit ihm die Rolltreppe hochzufahren, wo sie sich umarmen, hinüber zur Pass- und Sicherheitskontrolle, wo sie sich lange küssen. Nein, sie kommt nicht mit ins Gebäude, sie verabschieden sich hier, im Auto, weil es so schwer ist, einen Parkplatz zu finden, und weil es für die kurze Zeit so teuer ist, sagt sie. Daher begibt man sich allein ins Hauptgebäude, checkt ein, fährt mit der Rolltreppe hoch zur Pass- und Sicherheitskontrolle, wird hindurchgeschleust und betritt das Allerheiligste der Reisenden, mischt sich unter die anderen Reisenden, die zielstrebig hin- und herlaufen oder im Café sitzen und verstohlen auf ihre Armbanduhr schauen, so wie ich als Betrachter auf meinem Stuhl sitze, während ich auf den Abflug warte. Hier sind wir alle in der selbstverständlichen Struktur einer Moderne gefangen und davon geprägt. Ich saß also hier auf dem längst stillgelegten Flughafen Fornebu, einem internationalen Flughafen, der nicht groß genug war für das Selbstbild unserer Behörden, das ist jetzt mehr als zehn Jahre her, Anfang der 1990er. Ich musterte meine Mitreisenden, nicht ohne eine gewisse Sympathie. Denn ich war selbst geprägt vom beherrschten Geist der Moderne, der hier wehte und den ich angenehm fand. Ich studierte die Stereotypen, die an mir vorbeikamen, ohne auch nur eine Sekunde lang zu unterschlagen, dass ich eine gewisse Befriedigung darin fand dazuzugehören, zu dieser anonymen Gemeinschaft. Was ich persönlich dadurch unterstrich, dass ich im Anzug reiste,[2] der auf Flugreisen ins Ausland beileibe kein obligatorisches Kleidungsstück ist. Auch zwei Polizisten kamen vorbei, studierten eingehend ihre Umgebung, indem sie nach rechts und nach links schauten, während sie langsam durch die Abflughalle liefen. Ich saß auf meinem Stuhl und betrachtete das Leben um mich herum, wobei ich die Anzeigetafel mit den Abflugzeiten im Auge behielt. Nach einer Weile kamen die beiden Polizisten zurück. Entschlossenen Schrittes nun, und zwischen ihnen lief ein Mann, der ein wenig betreten aussah. Es kommt nicht jeden Tag vor, dass ich Zeuge einer mutmaßlichen Festnahme werde, noch dazu in der Abflughalle eines internationalen Flughafens, daher konnte ich nicht umhin, die beiden Polizisten und den Festgenommenen in ihrer Mitte anzustarren. Mein Blick suchte vor allem nach den Händen des Mannes, ich wollte sehen, ob er Handschellen trug. So weit kam ich aber nicht, denn jetzt passierte etwas Erstaunliches. Als die Gruppe an mir vorbeiging, grüßte mich der Mann. Der Festgenommene grüßte mich. Ein kurzes alltägliches Nicken, bevor er sich von den beiden Polizisten an mir vorbeiführen ließ die Treppe hinunter, die zur internationalen Ankunftshalle führt, wo sich u.a. die Passkontrolle und die Gepäckausgabe befanden. Ich starrte ihnen fast mit offenem Mund hinterher. Der Festgenommene schien mich zu kennen, während ich selbst keine Ahnung hatte, wer er sein könnte. Es musste jemand sein, der mich kannte, denn er grüßte mit aller Selbstverständlichkeit, nahezu automatisch. Ich kramte tief in meinem Gedächtnis, um herauszufinden, wer er sein könnte. Doch sosehr ich auch in den hintersten Ecken und Winkeln meines Gedächtnisses kramte, ich fand keine Antwort. Damals nicht und auch heute nicht, ich muss nämlich zugeben, dass ich in den vergangenen Jahren hin und wieder darüber nachgedacht habe, wer es gewesen sein könnte. Doch egal, wie sehr ich in den dunkelsten Ecken und Verstecken meines Erinnerungsvermögens, soweit ich sie aufspüren kann, suche, ich finde keine Antwort. Es ist mir übrigens auch sonst schon passiert, davor und danach, dass mich Leute gegrüßt haben, sich sogar minutenlang mit mir unterhalten haben, als wären wir alte Bekannte, ohne dass ich in der Lage gewesen wäre, sie irgendwo hinzutun, das gilt vor allem für einen Vorfall, auf den ich möglicherweise später noch einmal zu sprechen komme. Was nun diesen Mann betrifft, habe ich dennoch eine Theorie zu seiner Person. Es könnte ein Leser sein. Einer meiner Leser. Die Art, wie er mich gegrüßt hat, könnte darauf schließen lassen. Sein Gruß war nicht aufdringlich, aber er muss mich automatisch erkannt haben, woraufhin er sich die Freiheit genommen hat, mich zu grüßen, als er zum Gespött aller anderen zwischen den uniformierten Polizisten lief, vielleicht sogar mit Handschellen an einen von ihnen gekettet.

Nach diesem Vorfall verfiel ich in Gedanken. Ich suchte in den Geheimgängen meines Gedächtnisses nach Gesichtern, die dem entsprachen, das an mir vorbeigegangen war. Ja, ich war so darin vertieft, dass ich vergaß, die Anzeigetafel mit den Abflügen im Auge zu behalten, und die Aufforderung »Go to gate« überhörte, und erst als ich erneut den Blick darauf richtete, stellte ich fest, dass dort fieberhaft »Boarding Boarding« blinkte. Ich erhob mich sofort und eilte zu dem Gate, das ich längst als meins ausgemacht hatte. Das Boarding war mehr oder weniger abgeschlossen, und ich war fast einer der Letzten, die das Gate passierten und durch den engen Finger zu der Stelle gingen, an der das Flugzeug stand, hinein in den noch engeren Flugzeugrumpf.

Ich fand meinen Platz, legte den Sicherheitsgurt an und begann mich auf den Abflug vorzubereiten. Es ging bald los, da ich als einer der Letzten an Bord gekommen war. Die Flugzeugtür wurde geschlossen, der Flieger verließ die Bay und rollte langsam zur Startbahn. Ich saß am Mittelgang. Der Flieger nach Kopenhagen ist ein Zubringerflugzeug, er hat Passagiere an Bord, die von Kopenhagen aus zu anderen Reisezielen wollen. Daher ist er meistens bis auf den letzten Platz besetzt. Der Flieger rollte langsam zur Startbahn, wo er stehenblieb und wartete. Dann fuhr er los, schneller und schneller, immer schneller, bis das Tempo schwindelerregend war und er sich plötzlich, oder endlich, vom Boden löste und mit einer gewaltigen Kraft in Schräglage nach oben bewegte, hinein in die Wolken. Nach einer Weile richtete sich das Flugzeug wieder horizontal aus, fand oberhalb der Wolkendecke seinen Rhythmus, sein Tempo, und wir waren auf dem Weg nach Kopenhagen. Ich hatte vergessen, beim Einchecken um einen Fensterplatz zu bitten, und musste mit einem Platz am Mittelgang vorliebnehmen. Daher war ich während des ganzen Flugs in eine Zeitung vertieft und konnte nicht hinausschauen. Nicht einmal, als wir zur Landung ansetzten, nahm ich den Blick von der Zeitung, in die ich mich vertieft hatte, das war zu Beginn der 1990er-Jahre, und die Zeitung, die ich las, trug exakt das Datum des Tages, an dem ich die Reise unternahm.

Transitbereich in Kopenhagen. Kastrup ist Norwegens Hauptflughafen. Das war 1990 so und ist es natürlich auch heute noch. Wenn man 1990 von Fornebu nach Kastrup kam, war man in der gleichen Welt, nur in viel größer. Das gilt bis heute; seither wurde Kastrup umgebaut und ist noch schicker geworden, und obwohl die Behörden in meinem Land ihren Flughafen Gardermoen bekommen haben, ist der Übergang exakt der gleiche wie damals, mit den gleichen Anschlussflügen wie zehn Jahre zuvor. Ich war also Transitpassagier. Ich befand mich im Transitbereich in Kopenhagen. Dort setzte ich mich in ein Café, das so gelegen war, dass es in der äußerst hektischen Transithalle, die zugleich die internationale Abflughalle des Flughafens Kastrup war, eine Art Ruhepol bildete. Hier befanden sich weitaus mehr Reisende als in Fornebu, sie kamen aus verschiedenen Ausgängen, und mein Café lag ungefähr da, wo sich alle Ausgänge trafen. Zur Organisation des Verkehrs in Kastrup muss man sich zusätzlich zu einem Zahlensystem der ersten vier Buchstaben des lateinischen Alphabets bedienen, in Fornebu benötigte man keine Buchstaben, das Zahlensystem reichte aus. Es gab wesentlich mehr und exklusivere Läden, man konnte anno 1990 von regelrechten Einkaufsstraßen sprechen. Alle möglichen Sprachen dieser Welt schwirrten um mich herum, und es fehlte auch nicht an exotischen Einsprengseln wie arabischen Scheichs und afrikanischen Stammeshäuptlingen, obwohl die meisten durchaus Anzüge trugen, auch die afrikanischen Stammeshäuptlinge. An meinem Platz schnappte ich englische, französische, portugiesische Brocken sowie eine weitere Sprache auf, die ich zunächst nicht zuordnen konnte, und an mir spazierten Frauen mit typisch italienischem oder spanischem oder niederländischem Aussehen vorbei, häufig im Kostüm. Die meisten waren allerdings Dänen, es besteht kein Zweifel daran, dass die dänische Sprache trotz allem überwog. Ich saß erneut so, dass ich auf Anzeigetafeln verfolgen konnte, wann für meinen SAS-Flug nach Frankfurt der Befehl »Go to gate« angezeigt wurde, und dieses Mal verfiel ich nicht in Gedanken, sondern stand sofort auf, als die Aufforderung aufleuchtete, und machte mich auf den weiten Weg zu meinem Gate, von dem ich mehrere hundert Meter auf einem Laufband zurücklegte, auf dem man wählen konnte, entweder still dazustehen, ohne sich zu bewegen, oder sich in derselben Richtung wie das Laufband zu bewegen, nur etwas schneller, wodurch man das Laufband unbeschwert und gleichzeitig effektiv nutzte. Auf diese unbeschwerte und effektive

Weise kam ich rechtzeitig vor dem Boarding zu meinem Gate.

Die gleiche Prozedur. Durch das Gate hinein in den Finger, der zu dem parkenden Flugzeug führte. In dem schmalen Flugzeugrumpf bewegte ich mich in einer langen Schlange von Passagieren zu meinem Platz, den ich sogleich in Besitz nahm. Ich setzte mich, legte den Sicherheitsgurt an und bereitete mich in jeder Hinsicht auf den Flug vor. Dieses Mal hatte ich einen Fensterplatz erhalten. Vorn im Flieger hatte wie üblich die Tür zum Cockpit offen gestanden, und ich hatte einen Blick auf die riesige Maschinerie erhascht. An sie dachte ich jetzt. Vielleicht weil ich aus dem Fenster schaute und einen der Flügel und Teile des Flugzeugrumpfs sah. Bereit zum Abflug. Das Flugzeug rollte langsam zur Startbahn, wo wir lange stehenblieben, weil der Flughafen Kastrup stark frequentiert ist und eine lange Schlange großer Flieger darauf wartete, zum Start auf die Rollbahn gelassen zu werden. Endlich waren wir an der Reihe. Der Flieger fuhr über die Rollbahn, schneller und schneller, immer schneller, in schwindelerregendem Tempo, bis sich der schwere Flugzeugrumpf vom Boden löste und mit gewaltiger Kraft in Schräglage nach oben bewegte, hinein in die Wolken. Jenseits der Wolkendecke richtete sich das Flugzeug wieder horizontal aus, fand seinen Rhythmus, sein Tempo, und wir waren auf dem Weg nach Frankfurt. Oberhalb der Wolkendecke schwebte die aluminiumglänzende SAS-Maschine in Richtung der deutschen Finanzmetropole Frankfurt am Main. Hier oben waren blauer Himmel und Sonne, und die Sonne schien auf die glänzende SAS-Maschine. Ich saß da und schaute aus dem Fenster auf die weiße unförmige Wolkenlandschaft. Eine völlig eintönige weiße Landschaft, die, wie ich wusste, sehr wenig gemein hatte mit der Landschaft unter der kompakten Wolkenschicht, die aber nicht zu sehen war, weil sich in der kompakten untersten Wolkendecke nicht einmal ein kleiner Riss zeigte, der einen Blick auf die nackte Erde tief darunter freigab. Doch ich wusste, dass dort unten Deutschland lag und wir jetzt darüberflogen. Die deutsche Tiefebene mit ihren Feldern, Wäldern, Flüssen, kleinen und großen Städten samt Straßennetz und Bahngleisen, genau in diesem Moment. Ich wusste, dass wir bald Hamburg sehen könnten, gleich rechts, auf meiner Seite, mit einem kleinen Ausschnitt der Elbe, kurz bevor sie durch Hamburg floss, und fünf bis zehn Minuten später würden wir eine andere große deutsche Stadt erspähen, Hannover, bevor ein neuer Fluss zum Vorschein käme, die Weser, die ich in der Ferne fließen sähe, obwohl ich so hoch hoben nicht sehen würde, dass sie floss, sondern nur, dass es sie gab, unbeweglich, präsent, wie auf einer Landkarte. Aber nichts davon sah ich jetzt. Stattdessen konnte ich die Wolkenformationen studieren. Ich befand mich in dieser Wolkenlandschaft oberhalb der Wolken. In dieser im wahrsten Sinne des Wortes überirdischen Landschaft fand ich zu einer gewissen Ruhe, denn es tat gut, den Blick auf dieser Landschaft ruhen zu lassen. Weiß, mit ihren wunderlichen Formationen, die ständig auftauchten und mich in einen etwas schläfrigen Zustand versetzten. Ja, wenn man durch eine solche Landschaft fliegt, wird man zwangsläufig in eine Stimmung versetzt, die an einen Jetlag erinnern kann, der jedoch nicht mit der Zeit zu tun hat, sondern mit dem Raum, also einen Roomlag, der bewirkt, dass man nicht sicher weiß, wo man sich befindet, nur dass man da ist, in der Zeit, wenn es sich um einen Jetlag handelt, und man die Zeit besonders stark erlebt, als Eigenschaft; es kann unangenehm sein und sehr aufdringlich, die Zeit so zu erleben, vor allem, weil man zugleich völlig verwirrt ist, so verhielt es sich nun mit meinem Raumerleben, in meinem Roomlag, ausgelöst davon, dass die Landschaft, die ich gerade überblickte, keine Geografie hatte, die sich zuordnen ließ. Man kann den Wolkenformationen nun einmal nicht entnehmen, dass man sich über Hamburg befindet, denn ganz andere Faktoren als die Geografie bestimmen die unbeständige Wolkenlandschaft, in der ich jetzt mit meinem Roomlag weilte, der mich in einen Dämmerzustand versetzte, der im Gegensatz zum Jetlag nicht unangenehm ist, sondern nur schläfrig macht, obwohl ich in meinem Dämmerzustand den Raumzustand vor meinem Fenster als ebenso aufdringlich erlebte, wie sich die Zeit für den unter Jetlag Leidenden ausnimmt. Für mich hatte diese Schläfrigkeit zur Folge, dass ich mich in einer Art verwirrter Gebanntheit in dieser weißen Wolkenlandschaft befand, sodass ich nicht bemerkte, dass das Flugzeug das Tempo gedrosselt hatte und zum Landeanflug ansetzte. Nicht indem es die Wolkendecke durchdrang, denn das Flugzeug befand sich weiterhin darüber, doch jetzt kreiste es in dieser Landschaft und zog weite Kreise, die mich erst stutzen ließen, als über Lautsprecher bekanntgegeben wurde, dass wir in Erwartung der Landeerlaubnis über Frankfurt kreisten.

Wir kreisten über Frankfurt. Wie bei zentralen und hochfrequentierten Großflughäfen durchaus üblich, kann man sehr lange über ihnen kreisen. Wo wir kreisten, kann ich nicht sagen, ob über der Finanzmetropole Frankfurt und ihrer Umgebung oder ob wir große Schleifen bis zum Rhein oder den nördlichen Landschaften in Baden-Württemberg zogen, das wusste ich nicht, wie ich dort saß und auf die Wolkenformationen vor meinem Fenster schaute. Aber wir waren in einer viel geringeren Geschwindigkeit unterwegs, hier oben über den Wolken in dieser Wolkenlandschaft kreisend, die sich vor dem Hintergrund eines intensiv blauen Himmels bewegte. Zuunterst befand sich eine kompakte Schicht, und auf dieser bildeten sich neue, ganz weiße Formationen. Diese Formationen schwebten an mir, der ich in der SAS-Maschine saß, vorbei, mal tief unter mir, sodass ich das Gefühl hatte, unendlich weit nach unten zu starren, mal direkt unter mir, aber in unterschiedlicher Entfernung, einmal sogar ganz dicht unter mir, andere Male schwebten sie in eher großer Entfernung vorbei, sodass sich mir ein höchst variables und seltsames Panorama darbot. Doch vollkommen weiß in der intensiv blauen Luft. Seltsame weiße

Wolkenformationen, die an mir vorbeischwebten oder -segelten, so weit das Auge sah, also bis zum Ende des Horizonts. Da der Horizont so groß war, wirkte die blaue Luft nicht überbevölkert. Obwohl die weißen Wolken sehr zahlreich waren, gab es dazwischen reichlich Platz in diesem nahezu unendlichen Raum, in dem ich mich befand. Es gab Wolken unterschiedlicher Größe und unterschiedlichen Aussehens. Die Formationen waren dergestalt, wie man sie nur bei Wolken findet, die aussehen, als würden sie sich über alle anderen physikalischen Naturgesetze hinwegsetzen als jene, die für Wolken gelten, weshalb sie sich zu Formationen fügen konnten, die man ansonsten in keiner bekannten Materie kennt und die man auch nicht bei Wolken findet, die man von der Erde aus sieht, denn diese Formationen, die ich jetzt sah, gibt es nur bei Wolken oberhalb der Wolken, ja, auf der anderen Seite der Wolkendecke, dort, wo ich mich in einem merkwürdigen Zustand befand. Es waren große Wolken, die in all ihrer weißen Pracht stets größer und gewaltiger wurden und die ständig ihre Formation änderten, indem kleinere und aufgrund günstiger Windrichtungen schnellere Wolken mit ihnen verschmolzen, sodass Erstere nach oben und zur Seite ausbeulten und sich in all ihrer schaumartigen weißen Pracht mal so, mal so zeigten, in Ausprägungen, die man in nichts anderem, wie beispielsweise weißen Eisbergen, findet, auch wenn man sich vorstellen konnte, dass in dieser leeren blauen Luft, in der die Wolke unter mir vorbeischwebte, ein Eisberg vorbeischwimmt. Während andere Wolken, die an mir vorbeischwebten, z. B. ein Stück weiter unten, im Begriff waren, sich aufzulösen, neue Formationen und neue Wolken zu bilden oder ganz einfach im Nichts zu verschwinden, in einem dünnen, sich auflösenden Schleier. Und ständig tauchten weitere kleine Wolken auf, die in all ihrer Leichtigkeit und mit seltsam flüchtiger Anmut an mir vorbeischwebten. Alles, was hier oben geschah, war von großer Unbestimmtheit, aber wunderschön. Oberhalb der Wolkendecke gibt es eine völlig andere Welt, unsichtbar für all jene dort unten, und in dieser befand ich mich nun, in einer SAS-Maschine sitzend, die hier oben kreiste. Dieses Kreisen schien mir mittlerweile merkwürdige Dimensionen anzunehmen, vor allem, weil es auf der anderen Seite einer Wand, einer undurchdringlichen Wolkendecke, erfolgte. Man ist hier oben. In etwas, das völlig anders ist. Hier oben ist man unsichtbar. Für die anderen dort unten im Glas und Stahl der Metropole. Zu denen man selbst unterwegs ist. Doch vorläufig hängen wir hier oben, über Frankfurt kreisend, im Blau hier oben. Unten in Frankfurt schauten die Leute an diesem nasskalten Herbsttag im Oktober vor mehr als zehn Jahren hoch zur Wolkendecke und fragten sich, ob es regnen würde. Viele von ihnen liefen fröstelnd durch die Straßen der deutschen Finanzmetropole mit ihren modernen Wolkenkratzern als Symbol für deutsches Bankkapital, während die meisten in ebendiesen Büros in den schicken Wolkenkratzern saßen und fleißig arbeiteten, und vielleicht ging der eine oder andere zum Fenster und schaute hinaus, z. B. hinauf zur Wolkendecke, die regenschwer und kompakt dort oben hing, und alle, die heute einen Schirm mitgenommen hatten, waren erleichtert; alle, die ihn vergessen hatten, ärgerten sich ein wenig, aber keiner von ihnen, weder diejenigen unten in den Straßen noch diejenigen oben in den Gebäuden, ahnten, was auf der anderen Seite der Wolkendecke vor sich ging, obwohl sie doch auf die geschlossene Wolkendecke über ihren Köpfen blickten, den traurigen, grauen Himmel, aus dem nun wahrhaftig ein paar Regentropfen fielen. Keiner von den Menschen dort unten in Frankfurt ahnte, was hier oben vor sich ging, ahnte, dass nur eine Wand sie von diesem wundersamen Anblick trennte. Ja, obwohl die Mehrheit der Frankfurter Bevölkerung selbst schon einmal in einem Flugzeug gesessen hat, viele der Menschen, die in Frankfurt wohnen, haben bis zu hundert Reisetage im Jahr, vielbeschäftigt, wie die Akteure des Finanzkapitals es auf der ganzen Welt sind, haben sie völlig vergessen, wie es dort ist, sobald sie wieder auf der Erde angekommen sind. So wie sich ihr Leben unten in Frankfurt ausnahm, unterschied sich ein Frankfurter der 1990er-Jahre nicht im Geringsten von einem Frankfurter anno 1914. Der Frankfurter der 1990er-Jahre hat vergessen, was sich auf der anderen Seite befindet, sobald er wieder unten angekommen ist, und jetzt ahnt er nicht, was in den höheren Sphären vor sich geht. Es ist verschwunden, vergessen, sobald das Flugzeug zur Landung ansetzt, die Wolkendecke durchstößt und man wieder den feuchten

Geruch von Erde wahrnimmt, während die Gebäude, das Straßennetz und die Parks dort unten immer näher kommen. Aber ich war hier oben. Ich sah. Ich spürte eine stille Freude. Wäre ich fünfzig Jahre früher zur Welt gekommen, hätte ich das hier niemals zu sehen bekommen, ja, ich hätte mir nicht einmal vorstellen können, dass ein solcher Anblick möglich wäre.

Ich befand mich in einem paradiesischen Zustand. Schließlich schaute ich eine überirdische Schönheit. Zwar wusste ich, dass die Atmosphäre vor dem Fenster so eiskalt war, dass in ihr kaum Leben gedeihen konnte, doch dort, wo ich saß, in einer SAS-Maschine weit oberhalb der kompakten Wolkendecke über Frankfurt, war ich außerstande, dies zu begreifen. Ich begriff lediglich, was ich sah. Ich sah eine Landschaft seltsamer, schwebender weißer Wolken in einem unendlichen blauen Raum oberhalb der kompakten Wolkendecke weiter unten. Eine völlig leere und unbewohnte Landschaft. Eine Landschaft rein atmosphärischer Schönheit, und es tat unendlich gut, den Blick darauf ruhen zu lassen. Während ich so dasaß, hingerissen von dem, was ich sah, entdeckte ich etwas ein Stück entfernt, am Ende des Horizonts. Es war ein anderes Flugzeug. Es sah auf diese Entfernung ziemlich klein aus, konnte aber gut und gern ein riesiger Jumbojet sein, doch auf die Entfernung ähnelte es mehr einem Vogel, wenngleich von beeindruckender Größe. Was an diesem Flugzeug bemerkenswert war, war die Geschwindigkeit.

Noch nie habe ich etwas sich so schnell bewegen sehen. Es war so schnell, dass es, hätte es sich noch etwas schneller bewegt, für mein Auge nicht mehr existiert hätte, denn dann wäre es so schnell gewesen, dass ich nicht mehr hätte sehen können, dass es sich bewegte. Es musste gerade erst hier hochgekommen sein. Es musste gerade erst am Frankfurter Flughafen gestartet sein und die Wolkendecke durchbrochen haben, um gleich darüber eine horizontalere Position einzunehmen, und jetzt sauste es kurz oberhalb der Wolkendecke davon, in einer Geschwindigkeit, die ich kaum für möglich gehalten hätte. Ich war verwundert. Ich reckte den Hals und starrte hinaus und hinunter in den blauen Raum mit den schwebenden Wolken. Und dort, weiter unten, sah ich noch eins, das ebenfalls mit überirdischer Geschwindigkeit davonsauste. Und wiederum darunter, ein Stück weiter weg, sah ich wahrhaftig noch eins, ein drittes Flugzeug glänzen, das ebenfalls mit dieser unglaublichen Geschwindigkeit davonsauste. Der Raum war jetzt von diesen modernen Vögeln bewohnt, und ich reckte den Hals und betrachtete mit Verwunderung die Szenerie. Die Szenerie war dergestalt, dass ich von seltsamen Vorstellungen erfasst wurde, wie ich dort saß. Ich befand mich nicht mehr nur in einem paradiesischen Zustand, in diesem Roomlag, von dem ich vorhin erzählt habe, sondern, als ich das zweite Flugzeug erblickte, von meinen üblichen Vorstellungsweisen entrückt, die ich hatte, wenn ich das betrachtete, was ich sonst immer betrachtete, und ich entwickelte die ersten jener Vorstellungen, die ich später meine Himmelsvorstellungen genannt habe, und zwar mit offenen Augen. Ich sah über diese Landschaft, wissend, dass sie mit ihren leblosen minus 50 Grad Celsius eine unerträgliche Kälte barg, die auf mich jedoch nicht unfruchtbar wirkte, wie sie mit ihrer überirdischen Schönheit vor mir lag. Für mich war sie der Himmel oder das Paradies. Plötzlich hatte ich die Idee, dass es sich genau so verhielt. Wenn man mal davon absah, dass dieses Paradies nicht bevölkert war. Keine Engel, keine Fabelwesen, keine Prozessionen, hier gab es keine Posaunen, und es gab keinen Thron mit grellem Licht, sodass man geblendet war von dem wundersamsten Anblick, den jemals jemand hatte, und keine materialisierten Seelen, in treue Engel verwandelt, die den Thron umgaben, anbetend und verzückt. Nur dieser schnelle Vogel, der ja kein Vogel war, sondern ein von Menschen erschaffenes Wunder, ein mechanischer und technologischer Triumph, flog durch dieses Paradies, weit oberhalb der irdischen Perspektive, für diese unsichtbar, zusammen mit zwei weiteren ebenso von Menschen erschaffenen Vögeln. Es war die Art der Geschwindigkeit dieses Vogels oder dieser Vögel, die bewirkte, dass ich von meinen ersten Himmelsvorstellungen heimgesucht wurde. Es ist, wie gesagt, mehr als zehn Jahre her, aber seither haben mich diese Vorstellungen begleitet.

Diese leere Wolkenlandschaft wurde von Himmelsvögeln bevölkert. Aus der Perspektive der anderen Vögel kreiste ich hier in einem dieser Vögel. Ich schaute auf die paradiesische Landschaft und fand es selbstverständlich, innerhalb dieses sphärischen Panoramas Engel, Fabelwesen und allegorische Vorstellungen zu erblicken. Die Wolken segelten weiterhin in ihren seltsamen Formationen an mir vorbei, nahezu naturwidrig in ihrer Ausprägung. Alles war in ständiger Bewegung, auch meine Gedanken und Vorstellungen, und auch die Sonne bewegte sich in westliche Richtung und würde alsbald ziemlich tief stehen und ein grelles gleißendes Licht in diesen Himmel schicken, in dem wir uns befanden. Die Vorstellung des Ewigen als ein Ort absoluter Unbeweglichkeit war für mich dahin, obwohl sie damals, als ich noch innerhalb solcher Vorstellungen lebte, als Kind, zu den zentralen Vorstellungen des Himmelreichs gehört hatte, und sie hatte mir viele Probleme bereitet, wenngleich von kindlicher Art. Unter mir und um mich herum schwebten die seltsamen Wolken auf einem blauen Himmelsmeer vorbei. Ich fand es höchst natürlich, den Löwen und das Lamm auf eine ziemlich flache Wolke zu setzen. Auf den kleinen himmlischen Wolken konnte ich mühelos Engel mit Posaunen in den Händen und oft mit herabhängenden Flügeln sehen, was ihnen einen nachdenklichen Ausdruck verlieh, den ich nicht anders als wunderschön bezeichnen kann. Und selbstverständlich gab es hier geflügelte Rosse, Zentauren und Flügelhirsche, die jeder für sich auf einer Wolke standen, mit gespitzten Ohren, als lauschten sie sphärischen Klängen. Aber was machten der Löwe und das Lamm? Sie weideten friedlich nebeneinander, labten sich an dem gleichen weißen schaumartigen Stoff, aus dem paradiesische Wolken gemacht zu sein scheinen. Der Löwe und das Lamm grasten nicht, sondern weideten Seite an Seite, hier in all dem Blau, mit Wolkenschaum an ihren Mäulern, den der Löwe vom Maul des Lamms abschleckte und das Lamm anschließend vom Maul des Löwen, eine Handlung, die sie in regelmäßigen Abständen bis in alle Ewigkeit wiederholen würden. Unter mir schwebten die Engel vorbei, manche saßen allein auf ihrer Wolke, auf anderen Wolken saßen zwei Engel zusammen, jeweils mit einer Posaune in den Händen, während auf wieder anderen Wolken, die größer waren und kleinere Wolken anzogen, oder Wolken, die sich losgerissen hatten und wie Schleier durch den Raum waberten, ganze Engelsscharen versammelt waren. Manche bliesen in ihre Posaunen, andere schlugen mit den Flügeln und rannten über die Wolken, bevor sie sich in den blauen Himmel stürzten, ihre Posaune zum Mund führten und einen himmlischen Ton ausstießen. Einige dieser fliegenden Engel kamen mir ziemlich nah, wie ich dort saß, und wurden von einem kühlen Lüftchen immer höher getragen, viel höher, als mein Blick reichte. Dann plötzlich erblickte ich etwas unter mir. Ich sah das Gesicht eines Engels, der mit seiner Posaune in den Händen auf einer Wolke saß, die Flügel nachdenklich herabgesenkt. Es war mein Vater, und als ich sah, dass es mein Vater war, durchzuckte es mich, und ich hob vorsichtig die Hand, um ihm zu winken, während er allein auf einer Wolke etwas unterhalb von mir davonsegelte. Jetzt war ich ganz gebannt. Es war so seltsam, nach all den Jahren den eigenen Vater wiederzusehen. So friedlich. Ich war erst elf gewesen, als er starb, und hatte nicht damit gerechnet, ihn je wiederzusehen.

Allerdings widerstand ich der Versuchung, ihm zu winken. Ebenso zögerlich, wie ich die Hand gehoben hatte, ließ ich sie wieder sinken. Die himmlische Wiedervereinigung hatte bei den Himmelsvorstellungen, die ich als Kind und angehender Jugendlicher damals hatte, wenn auch sehr vage, keine große Rolle gespielt. Als mein Vater starb, war er tot, und ich würde ihn nie mehr wiedersehen, auch nicht im Jenseits, alles andere entzog sich meiner Vorstellungskraft, obwohl ich damals als Kind, elfjährig, eine vage Vorstellung vom Himmelreich hatte, die mich in den Folgejahren begleitete, bis sie im Alter von sechzehn Jahren fast wie von selbst endete, als ich mich für immer aus den Reihen der Gläubigen verabschiedete. Mein Vater erschien in meinem Bewusstsein daher nie in der Erwartung einer himmlischen Wiedervereinigung. Hingegen erschien er in meinen Träumen. Ja, er erschien in meinen Träumen, Jahr für Jahr, zumindest bis zu meinem dreißigsten Lebensjahr, vielleicht auch länger, ja, ich könnte annähernd vierzig gewesen sein, bevor die Träume von meinem längst verstorbenen Vater ein Ende fanden. Soweit ich mich erinnere, hatten alle diese Träume eine gemeinsame Grundstimmung. Sie hatten auch, immer noch soweit ich mich beim Schreiben dieser Zeilen erinnere, in den allermeisten Fällen eine gemeinsame Eröffnungssequenz. Sie begannen im Hinterhof des Mietshauses, in dem Familie Sørlie wohnte, bei der ich die Nacht verbracht hatte, in der mein Vater im Zentralkrankenhaus von Tønsberg starb. Dorthin war er mit dem Krankenwagen von Sandefjord aus gebracht worden, es war passiert, während ich draußen war, und als ich heimkam, war Frau Sørlie da und sagte, ich solle mit zu ihr kommen. Es war nicht das erste Mal, dass mein Vater ins Krankenhaus eingeliefert wurde, das war in den letzten Jahren zwei- oder dreimal vorgekommen, ich war daran gewöhnt und befürchtete nicht, dass er nicht mehr nach Hause käme, alle Erfahrung deutete darauf hin, dass er wiederkäme. Aber dieses Mal kam er nicht wieder. Im Traum begegne ich meinem Vater, meist überraschend, in einem Verschlag im ehemaligen Stall des Mietshauses, in dem Familie Sørlie wohnte. Er sitzt auf einem Hackklotz, atmet schwer und presst die Hände auf sein Herz. Ich freue mich, denn obwohl ich erkenne, dass er schwerkrank ist, ist er zurückgekommen. Warum, ist im Traum nicht zu erkennen, er ist einfach zurückgekommen, er ist also doch nicht tot, wie ich geglaubt hatte, und das freut mich, obwohl er so krank ist. Er ist schwer wie Blei. Im Traum ist oft derjenige, der träumt, bleischwer, kann die Füße nicht bewegen, sosehr er es auch versucht, der Träumer hat das Gefühl, sich im Traum zu überanstrengen, wenn er versucht, die Füße zu bewegen, um einen Schritt zu machen, schafft es nicht, doch in diesem Traum war mein Vater schwer wie Blei, nicht ich, der Träumer, und er drohte sich zu überanstrengen beim Versuch, sich der Bleischwere zu entledigen, nicht der in seinen Füßen, sondern der in seinem Leben. Ich, der Träumer, kann leichtfüßig davonlaufen, z. B. um Hilfe für meinen kranken Vater zu holen, oder ich helfe ihm aus dem Verschlag, häufig zusammen mit einem anderen, den ich nicht zu identifizieren vermag, hinaus in den Innenhof, wo er in die Sonne blinzelt und etwas sagt; oder der andere, der Unidentifizierte, sagt es für ihn, z. B. dass er sich nicht so gut fühlt, wie er es sich wünscht, jetzt, wo er wieder hier ist. Und ich weiß, dass er uns noch einmal wegsterben wird, und doch freue ich mich, ja, ich bin glücklich darüber, dass er trotz allem hier ist. Wie alt ist derjenige im Traum, zum Zeitpunkt, als ich, sagen wir, vierzig war und das hier träumte? Elf oder vierzig? Das kann ich nicht mit Bestimmtheit sagen, jedenfalls nicht jetzt, im Moment des Schreibens, vermutlich auch nicht im Moment des Träumens. Ist der Traum unsagbar traurig? Es ist ein Traum, der einen schrecklichen Verlust zum Ausdruck bringt, aber es ist auch ein Traum, in dem ich unabhängig von meinem Alter renne, meine Beine bewegen sich wie Trommelstöcke, wie man so sagt, auf der Suche nach einer aufbauenden Nachricht, nach einem Arzt, der heilen kann, oder einer Stimme, die sagt: Er wird es schaffen. Im Traum zu hören, dass es die Hoffnung gibt, dass er es dieses Mal schafft, mit seinem schweren Atem, dem bleischweren Atem, dem schwachen, aber bleischweren Herzen und den von der Krankheit geschwollenen, aber vom Traum bleischweren Füßen, ist eine unsagbare

Erleichterung. Es ist lange her, dass ich diese Träume hatte, ja, schon an jenem Oktobertag vor etwas mehr als zehn Jahren, als ich in der SAS-Maschine saß, über der Wolkendecke von Frankfurt am Main kreiste und mir vorstellte, ich befände mich im Paradies, während wir auf die Landeerlaubnis an einem der verkehrsreichsten Flughäfen Europas warteten, war es lange her, dass ich sie hatte. Doch ich weiß, dass ich solche Träume hatte, mit wenigen Variationen, in denen ich vor allem in der exakt gleichen Stimmung erwachte, egal ob ich zwölf, siebzehn, fünfundzwanzig, zweiunddreißig oder vierzig war, ja, vielleicht sogar noch älter, ein Mann mittleren Alters. Der Verlust hatte mich nicht losgelassen, er tauchte wieder und wieder im exakt selben Zustand auf, bis ich ein Mann mittleren Alters war. Doch dann hörte dieser Traum von selbst auf. Wann und weshalb, weiß ich nicht. Auch hatte ich mich nicht darüber gewundert, warum dieser Traum aus meinem Leben verschwunden war, ja, ich hatte kaum registriert, dass ich nicht länger von ihm heimgesucht wurde. Doch was ich mit als Erstes tat, als ich in der Wolkendecke über Frankfurt am Main erstmals diese Himmelsvorstellungen hatte, war, in einem dieser Engel, die meinen Himmel bevölkerten und die ich ohne Weiteres in der Anonymität hätte belassen können, die Gestalt meines Vaters zu erblicken, ich hätte mich mit den Himmelsvorstellungen von vorbeischwebenden Engeln und Posaunen auf diesen wundersamen Wolkenformationen unter mir und um mich herum begnügen können.

Ich hatte sogar die Hand gehoben, zögerlich, um ihm zu winken, wie ich dort im Flugzeugrumpf saß, mich aber ebenso zögerlich umentschieden und die Hand wieder sinken lassen. Ich wurde nämlich ganz verlegen, nicht verschämt, aber ich wollte meinen inneren Frieden nicht von einer äußeren Geste entlarvt wissen, ich wollte nicht aus einem Flugzeugfenster winken für den Fall, dass es jemand sah, denn ich fand, dass es sich nicht gezieme. Aber vor meinem inneren Auge machte ich den Schritt. Ich fand es an der Zeit, selbst auszusteigen und mich auf einer Wolke nicht weit von jener, auf der mein Vater dahinsegelte, niederzulassen. Ich wage nicht, mich mit Flügeln auszustatten, bin also kein Engel, sondern nach wie vor ein irdischer Mann, aber ich befinde mich jetzt für einen kurzen Augenblick dort draußen in Gestalt des Menschen, der ich bin, einfach nur ich, sonst nichts, ohne weitere Kennzeichen, und ich bin auch nicht so taktlos, dass ich zu schildern wage, wie es sich anfühlt, die Füße auf eine Wolke zu setzen. Ich beschränke mich darauf, meine überirdische Freude zum Ausdruck zu bringen, darüber, dass ich meinen Vater nicht weit weg auf einer Wolke sitzen sehe, in Gedanken versunken, und ich schwebte auf meiner Wolke an ihm vorbei und winkte ihm aus großer Entfernung, und ich sehe, wie er kurz stutzt, als wäre er nicht sicher, was dort auf dieser Wolke vor sich geht oder wer sich darauf befindet, doch dann begreift er es, als ich in ziemlich großer Entfernung an ihm vorbeischwebe, zu groß, als dass wir uns hätten unterhalten können, vielleicht hätten wir schreien können, aber das hier war kein Ort zum Schreien, und er hob die Hand und winkte von seiner Wolke zurück, als wir aneinander vorbeiglitten.

Weiter konnten meine Himmelsvorstellungen nicht gehen. Näher werde ich meinem verstorbenen Vater niemals mehr kommen, wenn ich ihn mir in Gestalt eines Engels denke. Eigentlich bin ich schon zu weit gegangen. Ich habe eine Lücke in meinem Bewusstsein gefunden und sie genutzt oder ausgenutzt, um mir Zugang zur Ewigkeit zu verschaffen, für einen kurzen Augenblick, weil ich meinen Vater auf diese Weise wiedersehen wollte. Ohne ein Wort zu wechseln, ich wollte ihn nur dort auf seiner Wolke sehen und selbst auf einer anderen Wolke in großer Entfernung an ihm vorbeischweben. Ich hätte mich jedoch mit dem ersten und einzigen Anblick vor meinem Fenster zufriedengeben können, während ich dort im Flugzeugrumpf saß. Ich hätte nicht hinausgehen sollen, in die Ewigkeit, nicht einmal in meiner Vorstellung. Ich gebe zu, dass es mir hinterher Angst eingejagt hat, es ist mehr als zehn Jahre her, aber ich wache nachts oft auf, weil ich im Traum dem Tod einen Besuch abgestattet habe, was zweifellos daran liegt, dass ich seinerzeit eine Lücke in meinem Bewusstsein ausnutzen konnte, um einen kurzen Sprung in die Ewigkeit zu wagen. Doch als es geschah, hatte ich keine Alternativvorstellungen. Ich war so ergriffen von meinen eigenen Himmelsvorstellungen, dass ich diese Ergriffenheit mit einem Unschuldszustand verwechselt haben musste, denn alles, was ich mir vorstellte, machte mich überirdisch glücklich. Nicht allein, dass ich meinen Vater in einem Engel mit herabhängenden Flügeln und einer Posaune in den Händen, der auf einer kleinen Wolke tief unter mir saß, erkannt hatte. Es dauerte trotz allem nur eine winzige Sekunde, bevor neue Traumgesichte vor mir auftauchten und ich mich von ihnen in den Bann schlagen ließ, ohne weitere Versuche zu unternehmen, meinen Vater wiederzufinden. Doch ständig tauchten neue Wolkenformationen auf und appellierten an meine Vorstellungskraft. Alles, was ich sah, erschien mir wie ein Kirchenlied. Ich sah die geheimsten Hoffnungen der Menschheit. Ich sah Zeichen der Gnade und deutliche Bilder der Erlösung. Ich sah Engel, die ganze Zeit über sah ich Engel, Scharen von Engeln. Erneut sah ich den Löwen und das Lamm, jetzt in rosa Licht getaucht. Ich sah Fabelwesen. Den Thron und den Himmelswagen, alles, was besungen worden ist, und alles, was zu Bildern verarbeitet worden war, ich sah große allegorische Prozessionen, die sich über die luftigen Federbetten der großen Wolken bewegten, ich erkannte den Wolkenschleier, der sich in Nichts auflöste, und ich erdreistete mich, nach Gottes Thron Ausschau zu halten. Sah ich Gottes Thron? Ja, ich denke schon, ich konnte Gottes Thron und die Scharen, die drum herum versammelt waren, gut erkennen. Doch Gott selbst sah ich nicht, er war für mich nicht anwesend. Ja, ich sah Gottes Thron, obwohl er nicht leicht zu finden war, er stand ein wenig verdeckt in einem Wolkenberg, und ich hätte ihn durchaus für etwas anderes halten können, z. B. für einen Himmelswagen, Glied einer der unzähligen Prozessionen, von denen der Himmel so voll sein soll und die ich oft auf Glasmalereien und Tafeln in Kathedralen uralter europäischer Städte abgebildet gesehen hatte. Ich sah alle gemalten Bilder und alles, was gesagt war, und ich war sehr dankbar für all die Bilder, die ich gesehen hatte, und alles, was ich gelesen hatte und was unvergessen ist, wie ich weiß, obwohl ich ebenfalls weiß, dass ich keine Chance habe, Gott in meinen Himmelsvorstellungen zu entdecken, aus Gründen, die für jedermann offensichtlich sind.[3] Ich befand mich in einem Flugzeug, in einer Art himmlischem Vogelkörper, und schaute hinaus. Wie lange kreisten wir schon über der Wolkendecke oberhalb von Frankfurts Flughafen? Ich weiß es nicht, ich hatte längst den Kontakt zur Zeit verloren, wie ich in Gedanken versunken dasaß und hinausschaute. Ich war so absorbiert von meinen Himmelsvorstellungen, dass mir nicht einmal aufgefallen war, dass es dunkel wurde, noch dazu in jenem Raum, der Schauplatz meiner überirdischen Vorstellungen war. Doch auf einmal durchflogen wir die kompakte Wolkendecke und waren kurz darauf auf der anderen Seite und konnten die nackte Erde erblicken. Mit Gebrüll stürzten wir uns durch die Wolkendecke in Richtung der dampfenden Felder, Wälder, Häuschen und des Straßennetzes unter uns. Eine Stimme im Lautsprecher verkündete, dass wir nun zur Landung ansetzten. Unter den Flügeln wurden die Räder ausgefahren, wir flogen ziemlich dicht über den Boden und kamen im diffusen Licht der Dämmerung in eine große Stadt. Ich erblickte einen riesigen blinkenden Betonturm, der links von mir in die Luft ragte, und direkt unter mir befand sich ein großer Park, der aussah, als würde er sich über große Gebiete mitten in der Stadt erstrecken, eine breite Avenue führte durch ihn hindurch, in der alle Straßenlaternen brannten, aber mit einem bemerkenswert gedämpften, ja, schwachen Licht. Mitten auf dieser Avenue befand sich ein offener Platz mit einer angestrahlten vergoldeten Säule. Der Flughafen lag quasi im Zentrum, wie es schien, denn kurz darauf setzten wir mit einem schweren Dröhnen auf, und das Flugzeug drosselte nach und nach das Tempo, bis es schließlich zum Stehen kam. Eine Stimme im Lautsprecher bedauerte den Vorfall, hieß uns aber dennoch in Berlin willkommen. Wir sollten das Flugzeug verlassen und in der Eingangshalle auf weitere Anweisungen warten. In dem Moment begriff ich, dass das Flugzeug aus irgendeinem Grund nicht auf dem Frankfurter Flughafen landen konnte, sondern weiter nach Osten geflogen war, nach Berlin, doch hatte ich, der ich von dem, was ich schon jetzt meine Himmelsvorstellungen nannte, absorbiert gewesen war, nicht mitbekommen, was sicherlich längst bekanntgegeben worden war. In der Eingangshalle warteten wir zwei Stunden, und da der Frankfurter Flughafen weiterhin geschlossen war, bekamen diejenigen von uns, die es wünschten, eine Hotelübernachtung in Berlin angeboten oder eine Weiterreise nach Frankfurt mit dem Zug. Da sich das Ziel meiner Reise, die Teilnahme an einer Literaturveranstaltung auf der internationalen Frankfurter Buchmesse, die heute Abend stattfinden sollte, nicht mehr realisieren ließ, beschloss ich, in Berlin ins Hotel zu gehen. Es war mein erster Besuch in Berlin.

Fussnoten Kapitel 1

Fußnote 1.
»Wie immer bin ich derjenige, der das hier schreibt. Doch wer ist derjenige, der sich in der internationalen Abflughalle des Flughafens Fornebu befindet, um mit einem SAS-Flug nach Frankfurt am Main zu reisen? Ich bin derjenige, der schreibt. Ich, der das hier schreibt, sage, der Mann am Flughafen ist derjenige, der schreibt. Also ich. Mein ›nacktes‹ Ich. Ich denke zurück an mich in Fornebu an einem Oktobertag 1990 und schreibe diesen Text. Das liegt jetzt mehr als zehn Jahre zurück.«

So lautete der ursprüngliche Einstieg ins Buch, der aber nicht zum eigentlichen Einstieg wurde, sondern zum verworfenen Versuch eines Einstiegs, wenngleich dem ersten in einer ganzen Reihe. Was ich damit erreichen wollte, war eine deutliche zeitliche Kluft zwischen mir, dem Schreibenden, und mir, dem Ich im Text. Das schreibende Ich ist nicht identisch mit dem handelnden Ich, obwohl beide Schriftsteller sind und auch Dag Solstad heißen, es ist derselbe Name, der als Autor auf dem Titelblatt dieser Erzählung stehen wird. Dieser Einstieg ermöglichte es mir, Dinge wie diese zu schreiben:

Fußnote 1b.
»Ich war damals wie heute ein gewöhnlicher Reisender, ausgestattet mit der selbstbewussten Achtsamkeit des Reisenden und ohne Bewusstsein dafür, dass eine Reihe ereignisreicher Jahre vor mir lagen, was dem jetzt schreibenden Ich hingegen vollkommen bewusst ist. Zu diesen Jahren gehören beispielsweise eine Reihe bemerkenswerter Ereignisse im privaten Bereich, aber auch die Tatsache, dass ich in der vor mir liegenden Zeit, von jenem Zeitpunkt an, als ich in Fornebu stand, bis zu dem Augenblick, in dem das hier geschrieben wird, vier neue Romane schreiben sollte, die noch nicht ausgebrütet waren, nicht einmal als vage Idee, ja nicht einmal als Ahnung, sie befanden sich damals völlig außerhalb meiner Vorstellungskraft, sie waren nicht einmal zu denken, wohingegen sie jetzt geschrieben sind und ein wichtiger Teil meiner Identität. Wenn ich damals Vorstellungen von meiner Zukunft hatte, waren sie wohl eher darauf gerichtet, dass ich in ein paar Jahren meinen fünfzigsten Geburtstag feiern sollte und was das für mein Leben bedeuten würde. Jetzt ist derjenige, der schreibt, sechzig.«

Oder er ermöglichte mir, Dinge wie diese zu schreiben: »Derjenige, der das hier schreibt, weiß, dass ich vor mehr als zehn Jahren mit diesem Flugzeug geflogen bin, und ich weiß im Moment des Schreibens, wie die Reise verlief. Doch derjenige, der vor der Departure-Anzeigetafel des längst stillgelegten Flughafens Fornebu steht und nichts weniger ist als ›ich‹, ist auf seiner Reise noch nicht weitergekommen als bis zu dieser Tafel, vor der er steht, um die Flugnummer, das Gate und die Boardingzeit herauszusuchen, und er hat viel Zeit vor sich, die noch nicht gefüllt ist und über die er noch nichts weiß, obgleich wir beide ›ich‹ sind, das schreibende Ich wie auch das Ich, über das ich schreibe. Wir sind beide ich und nennen uns ich und können jedes Mal, wenn einer von uns etwas denkt, ›dachte ich‹ oder ›sagte ich‹ oder ›fragte ich mich‹ sagen, und doch trennen uns gut zehn Jahre, und ich, der das hier schreibt, weiß viel mehr über ihn, der beschrieben wird, als er selbst, und auch viel mehr über ihn als über mich selbst und meine Zukunft, über die ich gar nichts weiß, weil sie vor mir liegt und nicht geschaut werden kann, und doch sind wir beide, sowohl ich mit einer Zukunft, die ich mir nicht vorstellen kann, als auch er, über den ich schreibe, ausgestattet mit dem Wort ›ich‹, dem einzigen existierenden Wort, das ausschließlich mir vorbehalten ist. Das Wort ist Ur. Die verrinnende Zeit.«

Wie man sieht, habe ich versucht, einen Einstieg hinzubekommen, der die Auflösung der Identität in der Begegnung mit der Zeit einbezieht. Es ist also eine Art düsteres Spiel, mit dem ich meinen neuen Roman ursprünglich beginnen wollte. Dass es sich eindeutig um meine eigene Identität gehandelt hat, hat mich vermutlich ebenfalls angespornt. »Wie immer bin ich derjenige, der das hier schreibt.« Wie immer war ich derjenige, der das hier schrieb: »Zu Beginn dieser Geschichte ist Bjørn Hansen gerade fünfzig geworden und steht am Bahnhof von Kongsberg«, wie es zu Beginn von *Elfter Roman, achtzehntes Buch* heißt, dem nächsten Buch, das der Ich-Erzähler aus der Eröffnungsszene dieser Geschichte schreiben wird und von dem er noch nichts ahnt, das jedoch von mir geschrieben wurde, so wie stets ich derjenige bin, der das hier schreibt, und darauf verweise ich mit dem zunehmenden Verdacht, dass dieses »Ich« kein Ich ist, sondern etwas anderes, etwas, das sich auflöst, wenn man anfängt, es näher zu untersuchen, z. B. in einer Art Spiel mit Wort und Zeit, doch auch in dieser Auflösung bin immer ich derjenige, der das hier schreibt. Das scheint mich sehr zu beschäftigen, da ich darauf poche, meinen neuen Roman mit diesem Spiel zu beginnen, während ich nun also fliegen will.

Dennoch habe ich diesen Beginn verworfen. Warum habe ich ihn verworfen? Es war ein langer Prozess, der erst endgültig abgeschlossen war, als ich mich beiseitenahm und mich eindringlich mit Du ansprach, um etwas Distanz in die Sache zu bringen. Jetzt schreibst Du schon, sagte ich zu mir selbst, seit mehr als fünfunddreißig Jahren Bücher, warum hast Du das hier nicht zu einem früheren Zeitpunkt aufgegriffen? Dafür hättest Du jahrelang Zeit gehabt und auch die Gelegenheit, es zu machen, aber das hast Du nicht getan. Du magst sagen, es ist ein Versäumnis, und es bedauern, aber das nützt mir nichts. Ich will jetzt fliegen und mich nicht mit Deinen Versäumnissen in einem Zeitraum von fünfunddreißig Jahren gelebten Lebens beschäftigen. Es ist jetzt zu spät, um mit einem »Wie immer bin ich derjenige, der das hier schreibt« anzukommen. Die Zeit ist Dir davongelaufen. Dass man begreift, in welcher Phase des eigenen Lebens man sich befindet, ist unabdingbare Voraussetzung für das beanspruchte Privileg, sich in fiktiver Form an die Öffentlichkeit zu wenden. Ich befinde mich in einer Phase, in der es zu spät ist, um dieses düstere Spiel mit Wort und Zeit mit mir selbst als Objekt oder Opfer anzustellen. Mich beschäftigt die Zeit, aber nicht in dieser aufgelösten Form. Meine Auflösung ist eine andere, ihr muss ich mich zuwenden. Dass mich dieses Spiel noch immer fasziniert, muss man als etwas Bedauernswertes hinnehmen, das keinerlei Legitimität verleiht, es in einen Romananfang zu pressen, wenn ich gerade fliegen will.

Darum verwarf ich diesen Einstieg. Hoffentlich war es der glückliche Ausgang eines schwierigen Prozesses. Endlich davon befreit, kam mir jedoch eine Idee. Wie wäre es, wenn ich diesen Roman mit Fußnoten ausstatten würde? Dann könnte ich derlei Betrachtungen mit einbeziehen, die ich dem Leser soeben präsentiert habe. Gesagt, getan. Ich beschloss, diesen Roman mit Fußnoten auszustatten, wo immer es mir in den Sinn kommen sollte.

Fußnote 2.
Ursprünglich hatte ich hier einen langen Vortrag stehen, in dem ich mich an diesem Oktobertag vor mehr als zehn Jahren von außen schildere. Unter anderem meine Kleidung, und ich hielt mich besonders lange bei der Frage auf, ob ich einen Anzug trug oder nicht, und wenn ja, welchen Anzug: »Trug ich einen Anzug? Ich nehme es an, da ich nur Handgepäck dabeihatte, weshalb ich den Anzug am Leib trug, damit er nicht im Koffer zerknittert wurde. Und ich wäre kaum ohne Anzug verreist, da ich an einer Literaturveranstaltung in Frankfurt teilnehmen wollte. Daher hatte ich ihn sicherlich an. Ich besaß damals zwei Anzüge, einen beigefarbenen Anzug von Pierre Cardin und einen koksgrauen von Dior, beide in der Ciudad de Mexico erstanden, den ersten 1983, den zweiten in derselben Stadt 1986. Der Pierre-Cardin-Anzug dürfte ein wenig in die Jahre gekommen sein, etwas abgetragen und ganz sicher unmodern hinsichtlich Schnitt und dergleichen, aber das störte mich vermutlich kaum, weshalb ich ihn gut und gern getragen haben könnte, falls er keine Flecken hatte. Ja, ich glaube schon, dass ich ihn dem Dior-Anzug vorgezogen hatte, denn der Dior-Anzug hatte einen Makel. Er war zu eng, ich hatte ihn leider zu eng gekauft. Das hatte zur Folge, dass er nicht sehr angenehm zu tragen war, und außerdem war er an den Armen zu kurz, sodass die weißen Hemdsärmel mehr zu sehen waren, als es sich schickte. Ich könnte ihn trotzdem getragen haben, denn ich trug ihn oft bei großen Anlässen,

wie die Mitwirkung an einer Literaturveranstaltung auf der Frankfurter Buchmesse einer war. Aber ich glaube, ich hatte den Pierre-Cardin-Anzug dabei, so groß war die Veranstaltung nun auch wieder nicht.« Kurz zuvor hatte ich mich übrigens gefragt, ob ich einen Mantel trug, und angenommen, dass ich einen Frühlingsmantel übergezogen hatte, obwohl auch dieser nicht ohne Fehler war, die Gürtelschlaufe war abgerissen und nicht mehr angenäht worden. Desgleichen die Schuhe, es waren ziemlich ungeputzte schwarze Schuhe, hinten plattgetreten. Kurzum, ich konfrontiere die Leser mit einem reichlich schäbig aussehenden Mann. Mit teuren, aber abgetragenen und ziemlich unordentlichen Kleidern am Leib. Und ich selbst schildere mich vor zehn Jahren. Ich schreibe also über mich und wie ich vor zehn Jahren aussah. Ich, der ich bisher nie Wert darauf gelegt habe, die Kleider und das Aussehen meiner Romanfiguren zu beschreiben. Warum sollte ich es jetzt tun? Das habe ich zu beantworten versucht, wie ich sehe: »Warum ich dies jetzt tue, erschließt sich mir nicht ganz, vielleicht weil es eine besondere Begebenheit ist, dass ich in einem Roman mitwirken soll, als Hauptfigur, ich kann nicht sagen, dass ich davon geträumt habe oder mich besonders darüber freue. Aber es muss sein, es lässt sich nicht vermeiden.« Dann geschah jedoch Folgendes: Je mehr ich mich damit amüsierte, mich an diese alten Klamotten zu erinnern, und ich die Hauptfigur des Romans, also mich, darin kleidete, umso größer wurde mein Unbehagen. Dass ich mich, denselben und doch nicht denselben, von außen so detailliert beschrieb, fühlte sich mit der Zeit literarisch unerträglich an. Es wurde auch nicht besser, als ich dazu überging, Gegenstände zu beschreiben, die ich bei mir oder an mir trug, indem ich beispielsweise fragte, ob ich etwas am Handgelenk hatte, und darauf antwortete, ich trüge »eine billige Armbanduhr« am Handgelenk, um anschließend zu erzählen, dass ich eine unvorteilhafte Brille auf der Nase hatte, »eine sogenannte Hornbrille«, bevor ich mich zuletzt daran erinnerte, dass ich auch damals schon einen Bart trug. Doch jetzt reichte es mir. Jetzt war mein Unbehagen so angewachsen, dass mich allein der Gedanke daran, dass ich damals im Gegensatz zu heute einen Bart trug und ich mich wieder mit einem Bart ausstatten müsste, einem Bart, den ich mir bekanntlich irgendwann im Jahr 1991 abrasiert hatte und nie mehr wachsen ließ, mit einem Gefühl von Übelkeit erfüllte, weshalb ich mich weigerte fortzufahren, und ich löschte die Seiten, die ich bereits verfasst hatte. Es war mir schlicht und einfach unerträglich, so zu schreiben.

Fußnote 3.
Andere können das ganz anders sehen. Völlig andere Vorstellungen haben, obwohl wir uns auf dieselben Choräle und Bilder berufen. Für die Schwester meines Vaters, Tante Elise, waren die Straßen im Himmel aus Gold. Der Himmel war in meinem Elternhaus ein Gesprächsthema, z.B. sonntags beim Essen. Ich weiß noch, dass Tante

Elise sagte, im Himmel seien die Straßen aus Gold. Tante Elise war halbblind, sie nahm die Umgebung nur als vage Schatten wahr, das war seit ihrer Kindheit so. Sie arbeitete nicht, blieb ein Leben lang zu Hause, zunächst bei ihren Eltern, später wohnte sie bei ihrem jüngeren unverheirateten Bruder. Sie kam im Alltag gut zurecht, bei der Hausarbeit, beim Kochen etc., mit fest einstudierten Routinen, aber sie war halbblind und konnte nichts sehen. Ich weiß noch, dass sie sagte, im Himmel seien die Straßen aus Gold. Bei einem Sonntagsessen, ich war ein kleiner Junge von sechs oder sieben Jahren und hörte, wie Tante Elise verkündete, im Himmel seien die Straßen aus purem Gold. Das klang toll, und sie wirkte stolz dabei, aber mein Vater widersprach ihr. Mit welcher Begründung er ihr widersprach, weiß ich nicht mehr, oder ich habe nicht darauf geachtet, aber er widersprach ihr, und Tante Elise war gekränkt. Sehr gekränkt, so gekränkt, dass ich mich heute noch, mehr als fünfzig Jahre später, daran erinnere. Rechthaberisch und zutiefst verletzt wiederholte sie, im Himmel seien die Straßen aus Gold. Es entspann sich eine Diskussion, an die ich keine Erinnerung mehr habe und an der ich selbst natürlich nicht beteiligt war. Vielleicht saß ich nicht einmal mit am Tisch, sondern darunter, wo ich so tat, als sei ich ein kleiner Hund, das machte ich gern, wenn es zum Essen Koteletts gab, und das war sonntags oft der Fall, dann saß ich unter dem Tisch und nagte an einem Knochen und tat so, als wäre ich ein kleiner Hund, doch sollte ich heute das Wort ergreifen, dann um Tante Elise beizuspringen. Die Straßen im Himmel sind aus purem Gold. Vieles spricht dafür, dass Tante Elise sich mehr mit dem Himmelreich und dem ewigen Leben beschäftigt hat als andere. Denn dort würde sie etwas sehen können. Hier war sie halbblind, dort würde sie sehen können. Es gibt viele Erzählungen, wonach die Straßen im Himmel aus Gold seien, sie kann in unautorisierten Kirchenliedern davon gehört haben oder in den euphorischen Predigten der Prediger über die himmlische Pracht, und sie hat die Worte in sich aufgesogen. Vor ihrem inneren Auge konnte sie den Himmel sehen. Die Straßen dort oben seien aus Gold, wusste sie zu berichten, und sie konnte nicht verstehen, wie ihr jemand in diesem Punkt widersprechen konnte.

Glaubte sie auch, sie würde dort oben mit ihrem Geliebten wiedervereint? Das kann gut sein, obwohl ich kaum glauben kann, dass von denen, die an diesem Sonntagnachmittag am Esstisch saßen und meine Familie ausmachten, jemand sein Leben unter dieser Prämisse lebte. Ich kann nämlich bei mir selbst nicht den Hauch einer solchen Vorstellung finden, und hätten sie unter dieser Prämisse gelebt, wären gewiss Fragmente davon in mich als kleines Kind eingesickert und hätten sich festgesetzt. Tante Elise war es, die am Tag, als mein Vater zum letzten Mal ins Krankenhaus von Tønsberg eingeliefert wurde, bei ihm war. Meine Mutter war bei der Arbeit gewesen, als Verkäuferin in Tønsberg, und Tante Elise war gekommen, als es meinem Vater nicht gutging.

An diesem Tag fand sie, ihrem Bruder gehe es so schlecht wie nie zuvor, weshalb sie nach einem Arzt schickte, der dann einen Krankenwagen rief. Ich war nicht zu Hause, ich war nach draußen gegangen, als ich die sorgenvolle Stimmung bemerkte, und erst zurückgekommen, nachdem der Krankenwagen weggefahren war. Aber ich frage mich, ob sie sich von ihrem Bruder verabschiedet hat, der in einem Dämmerschlaf lag und kaum hören konnte, was sie sagte, sodass sie nicht befürchten musste, ihn zu ängstigen, wenn er begriff, dass sie in der Nacht mit seinem Tod rechnete, weshalb sie zum Abschied, als Trost und zur eigenen Beruhigung, gesagt haben könnte: Wir sehen uns im Himmel. Sagte sie das? Das kann ich schwerlich glauben, zumindest dass sie es laut sagte, sodass der Arzt und die Sanitäter und Frau Sørlie es hören konnten, denn das hätte bedeutet, dass sie etwas offen aussprach, was ich mir schwerlich vorstellen kann, wenn es jedoch so war, dass sie ihr Lebwohl zum Abschied laut und vernehmlich aussprach, glaubte sie dann selbst daran, im wörtlichen Sinne des Ausspruchs? Das bezweifle ich, ich kann nicht anders, ich kann unmöglich nicht daran zweifeln, dass sie selbst an das Gesagte geglaubt haben könnte. Denn wenn sie daran glaubte, sodass sie es laut und vernehmlich sagen konnte und nicht nur insgeheim flüstern, dann wäre das Leben ein anderes und auch die Gesellschaft wäre völlig anders organisiert, was wir uns schwerlich vorstellen können.

Kapitel 2

Dennoch sollten viele Jahre vergehen, ehe ich wieder nach Berlin kam. Es geschah erst im Jahr 2000. Berlin liegt inmitten einer riesigen Ebene. Wobei es von einem übergeordneten Blickwinkel aus gesehen nicht mitten in dieser Ebene liegt, sondern fast ganz im Westen des riesigen mitteleuropäischen Tieflands, das sich von der Nordsee und Hamburg im Westen bis zum Ural im Osten erstreckt. Doch von einem begrenzten Blickwinkel aus gesehen, von Berlin selbst oder auf dem Weg dahin mit Auto, Zug oder Flugzeug, liegt es mitten in einer Ebene. Nur selten wird dieser begrenzte Horizont bei den Einwohnern Berlins gebrochen, man denkt dann, wenn man von Berlin aus weiter nach Osten führe, könne man stundenlang in Kolonnen über endlose Ebenen nach Moskau und weiter bis zum Ural und nach Asien fahren. Fürst Otto von Bismarck dachte so und nannte die brandenburgische Landschaft östlich von Berlin sogar Sibirische Mark, beließ es aber bei diesem Gedanken. Ein anderer, zwar nicht Berliner, jedoch Herrscher in Berlin, beließ es nicht bei diesem Gedanken, und das Ergebnis seiner Gedanken kann man noch heute in Form zerbombter Mahnmäler in Berlin betrachten.

Man könnte Berlin, so wie es daliegt, auf drei verschiedene Arten beschreiben. Die erste und modernste wäre die, den Berliner Ring zum Ausgangspunkt zu nehmen. Der Berliner Ring ist eine sechsspurige Autobahn, die Großberlin umschließt und insgesamt 200 Kilometer lang ist. Das heißt, begibt man sich vom innerstädtischen Berlin zum Berliner Ring, zum Beispiel zum Dreieck Schwanebeck oder zum Schönefelder Kreuz, kann man ganze 200 Kilometer am Stück mit Minimum 140 Stundenkilometern in ein und dieselbe Richtung fahren, ohne jemals rechts oder links abbiegen zu müssen, ehe man wieder am Ausgangspunkt ankommt. Das dauert etwa anderthalb Stunden und ist ein interessanter Sonntagsausflug. Ja, ich bin der Überzeugung, dass sich weitaus mehr Berliner als gemeinhin angenommen für diese Art des Sonntagsausflugs entscheiden, und ich bin selbst versucht, meine Sonntage so zu verbringen. Es kommt sogar vor, dass ich in Berlin sitze und mich nach dem Berliner Ring und dem Wind durch das offene Wagenfenster sehne, genau danach sehne ich mich. Auf dem Berliner Ring im Kreis zu fahren, anderthalb Stunden und noch einmal anderthalb Stunden, und der geheimen Bruderschaft der Autobahnfahrer anzugehören. Der Berliner Ring wurde aber natürlich nicht gebaut, um die Sehnsucht nach solcherlei Vergnügungen zu stillen, sondern als nützliche Konstruktion, die für ein vernünftiges Verkehrssystem in einer modernen Metropole sorgt, in der bislang vier bis fünf Millionen Menschen leben, und der Ausdehnung dieser Metropole zugleich Grenzen setzt, das heißt, der Berliner Ring ist die neue Stadtmauer Berlins.

Sowohl in ihrer Eigenschaft als Stadtmauer wie auch als vernünftiges Verkehrssystem sind daher die Lücken oder Öffnungen dieser sechsspurigen, kreisförmigen Konstruktion so wichtig. Sie führen hinein in die vom Berliner Ring beschützte Metropole. Diese Öffnungen heißen entweder Kreuz oder Dreieck. Es sind die neuen Sammelbezeichnungen für moderne Stadttore, früher hießen sie Tor, heute heißen sie Kreuz oder Dreieck und ersetzen die Bilder früherer Zeiten, fantasievolle und gefürchtete Bilder auf dem Stadttor, durch einen sprachlichen Ausdruck von vergleichbarem Klang. Man könnte auch sagen, Kreuz und Dreieck bedeutet beides Kreuz, der Unterschied zwischen den Begriffen zeigt nur an, um was für ein Kreuz es sich genau handelt, Kreuz bedeutet, dass sich dort zwei Straßen treffen, Dreieck, dass drei Straßen ein Dreieck bilden. Aber hinter diesen einfältigen, für das Verkehrssystem jedoch völlig akzeptablen Begriffen stehen folglich die für Stadttore charakteristischen Bezeichnungen Kreuz und Dreieck. Von diesen Kreuzen oder Dreiecken geht es dann hinein nach Berlin, je nachdem, von wo wir kommen.

Kommt man aus der zentraleuropäischen Stadt Prag und hat die nordböhmischen Berge, die auf der deutschen Seite Sächsische Schweiz heißen, bezwungen, fährt hinunter zur eleganten sächsischen Hauptstadt Dresden mit ihren reichen Kunstschätzen und dann in der eintönigen Ebene weiter nach Norden, wird man am Schönefelder Kreuz auf den Berliner Ring stoßen. Bei normaler Geschwindigkeit und normalen Bedingungen hat man dann von Prag aus drei Stunden gebraucht. Doch vom Berliner Ring aus, von dessen Tor, dem Schönefelder Kreuz, fährt man noch mindestens eine Dreiviertelstunde bis zu den weitläufigen inneren Stadtteilen. Man befindet sich aber schon in Berlin, für den Fahrer besteht daran kein Zweifel, und von diesem Tor, vielmehr Kreuz aus fährt man im Übrigen auf der Autobahn, von der man kam, ein gutes Stück weiter über den internationalen Flughafen Schönefeld hinaus, wo die Autobahn abrupt endet und man sich plötzlich auf einer anderen Straße befindet. Zwar breit, aber mit Ampeln und kreuzendem Verkehr etwa alle dreihundert Meter. Und es folgen viele Dreihundertmeterstopps durch eine eintönige Landschaft, eine Mischung aus Stadt und Land, der Reisende kann sich nicht entscheiden, was genau es ist. Doch mit der Zeit werden daraus Häuserreihen und Wohnblocks, man ist aber noch lange nicht in Berlin-Berlin, sondern im Gegenteil in Berlin-Grünau, Berlin-Adlershof, Berlin-Niederschöneweide, bis man eine Waldgegend erreicht, den Treptower Park, hier wirkt alles ländlich, äußerst ländlich, mit Leuten, die offensichtlich eine Spritztour machen, einen Ausflug mit dem Auto, und am Ende dieses Parks ist man tatsächlich mitten in Berlin und kann sich nunmehr dorthin bewegen, wo man sich einquartieren will.

Kommt man aus dem katholischen München oder dem deutschen Finanzzentrum Frankfurt am Main in Hessen oder aus Leipzig, der Stadt, in der Faust zu Hause war, stößt man am Dreieck Potsdam auf den Berliner Ring. Man fährt jedoch nicht durch das Tor, sondern folgt weiterhin dem Berliner Ring bis zum Dreieck Drewitz, und von dort fährt man auf der Autobahn nach Berlin hinein, bis man das Zentrum erreicht. Man hat dann Ausfahrten zu verlockenden Orten wie Potsdam oder Wannsee passiert und ist durch den Forst Grunewald gefahren, bevor man Ausschau nach der Ausfahrt halten muss, die den Reisenden zu seinem Quartier bringt.

Kommt man aus der Hafenstadt Hamburg an der Elbe, gibt es zwei Tore, die man passieren kann, um nach Berlin hineinzugelangen. Das erste heißt Dreieck Oranienburg, und nimmt man diese Straße, hat man an dem ein oder anderen Punkt für einen winzigen Augenblick das Gefühl, sich auf einer Anhöhe zu befinden, weil man auf einmal in der Ferne die Silhouette des Berliner Zentrums auftauchen sieht, bevor man in einen Tunnel fährt, allerdings ist die Silhouette verschwunden, wenn man auf der anderen Seite wieder ans Licht kommt, und man sieht sich einer ziemlich gleichgültig wirkenden Vorstadtlandschaft ausgesetzt, es dauert dann zwanzig Minuten, bevor man erneut begreift, dass man sich jetzt im innerstädtischen Bereich Berlins befindet. In der Zwischenzeit hat man u. a. ein Schild mit der Ausfahrt zum Flughafen Tegel gesehen. Das zweite Tor nach Berlin, aus Hamburg kommend, ist das Dreieck Pankow. Dort fährt man durch Wälder, unterbrochen von Industriegebieten, bevor man plötzlich die Endstation einer Straßenbahnlinie erreicht, und man fährt hinter der Straßenbahn her, bis man merkt, dass man im Innern von Berlin angelangt ist, das merkt man daran, dass man irgendwann den Fernsehturm am Alexanderplatz direkt vor sich hat. Der Reisende muss sich alsdann zu dem Quartier begeben, in dem er sein Kommen angekündigt hat.

Doch das merkwürdigste Tor, durch das man kommen kann, das zur seltsamsten und langweiligsten Ankunft im Berliner Innenstadtbereich führt, ist das Dreieck Schwanebeck. Zu diesem Tor am Berliner Ring gelangt man als Reisender aus dem Norden, wenn man in Stralsund an Land geht. Das Dreieck führt allerdings nicht direkt nach Berlin hinein, sondern lässt einem die Wahl, auf der modernen Stadtmauer weiterzufahren, entweder in westliche oder östliche Richtung, bis bald darauf ein gut gekennzeichnetes, aber diskretes Schlupfloch in der Mauer auftaucht, das man nutzen kann, um nach Berlin hineinzufahren. Ich beschließe, den Einzug nach Berlin durch das östliche Schlupfloch des Dreiecks Schwanebeck zu beschreiben, das die Bezeichnung Berlin-Hohenschönhausen trägt. Man befindet sich nun auf einer Landstraße, umgeben von Feldern und Höfen. Nachdem man seit Stralsund (oder Saßnitz) auf der Autobahn gefahren ist, gestaltet sich der Übergang zur Einfahrt nach Berlin nahezu idyllisch, man denkt: Ich bin auf dem Weg nach Berlin, zu Deutschlands legendärer Hauptstadt, und kurbele gleichzeitig das Wagenfenster herunter, um den Gestank der gedüngten Felder hereinzulassen und den Geruch von Hühnerkacke und schmutzigen Federn sowie das Geräusch gackernder Hühner aus den kleinen Bauernhäusern am Straßenrand. Ah, *Berliner Luft, Berliner Luft*. Vor einer herabgesenkten Bahnschranke muss man halten. Der Zug nähert sich durch die Wiese. Die Schranke geht hoch, und man fährt weiter. Dann tauchen gewaltige Häusermassen auf, Wohnblocks über Wohnblocks, so weit das Auge reicht, und plötzlich befindet man sich auf einer breiten Chaussee mit Autos, die in alle Richtungen fahren, und Straßenkreuzungen, die in alle Richtungen führen, zu vergleichbaren Chausseen. Man muss sich entscheiden. Nimmt man die Märkische Allee oder die Ahrensfelder Chaussee? Die Hohenschönhauser Straße oder die Dorfstraße? Die Falkenberger Chaussee oder die Wartenberger Straße? Soll man dem Schild nach Marzahn folgen oder nach Weißensee? Hat man sich nicht schon verfahren? Inmitten des Großstadtverkehrs und der riesigen Häuserblocks fragt man sich, wo es nach Berlin geht. Man ist in Berlin, das hier ist Berlin, dennoch hat man sich auf der Suche nach Berlin verfahren. Endlose Gegenden. Endlose fremde Chausseen und endlose unbekannte Alleen. Man folgt einer der Chausseen in eine Richtung, begreift oder denkt vielmehr, dass man sich verfahren hat, kehrt an einer riesigen Kreuzung zwischen zwei ebenso endlosen Chausseen um und fährt den Weg zurück, den man gekommen ist, nur auf der Gegenfahrbahn. Die Hochhäuser sind nicht unschön, aber sie sind endlos. Schließlich erblickt man vielleicht ein Schild, auf dem Lichtenberg steht, und erinnert sich, dass Lichtenberg ein Bahnhof in Berlin ist, an dem früher der Zug aus Kopenhagen ankam, und fährt in diese Richtung. Man befindet sich in Lichtenberg. Berlin-Lichtenberg, und doch noch weit vom innersten Berlin entfernt, auch wenn man plötzlich einen Blick auf den Fernsehturm am Alexanderplatz erhascht. Aber man ist auf dem Weg, und endlich gelangt man in Gegenden, in denen die prächtigen Gebäude von Deutschlands Hauptstadt stehen, und findet das eigene Übernachtungsquartier.

Egal durch welches Tor man nach Berlin kommt, gestaltet sich das Eindringen in die Stadt eher langsam. Die Stadt hat nicht ein Zentrum, sondern mehrere, die sich wiederum sehr voneinander unterscheiden, und doch liegen alle Zentren im innerstädtischen Bereich, in den man über ein weitverzweigtes Straßensystem vordringt. Drinnen angekommen, ist man leicht verwirrt, nicht weil die Stadt so fremd wirkt, sie wirkt vielmehr vertraut, sondern weil sie auf den ersten Blick ein blasser Abglanz anderer Großstädte zu sein scheint. Vielleicht wird man, wenn man nach seinem Viertel sucht, bekannte Wahrzeichen wie die zwei Fernsehtürme, die Siegessäule, den Tiergarten, die Ruinen der Kaiser-Wilhelm-Gedächtniskirche, den Potsdamer Platz, Unter den Linden, das Brandenburger Tor erkennen, aber das heißt noch lange nicht, dass man denkt: Jetzt, jetzt bin ich in Berlin, man nimmt diese Wahrzeichen mehr als Kulissen wahr, über die man liest, als wirkliche Kennzeichen Berlins, die man nun mit eigenen Augen sieht. Das Brandenburger Tor zu sehen vermittelt einem kein Berlin-Gefühl, auch nicht über Unter den Linden zu spazieren oder quer durch den Tiergarten zu fahren und um die vergoldete Siegessäule herum. Nach Berlin zu kommen vermittelt einem nicht das starke Gefühl, nach Berlin gekommen zu sein, so wie es sich verhält, wenn man nach London, Paris oder Rom kommt. Es dauert, bis man Berlin kennt oder erkennt. Selbst am Tag nach der Ankunft erkennt man Berlin nicht. Man befindet sich nach wie vor in einer verblassten Großstadt, deren Namen man auf der Zunge hat, den man aber nicht rauskriegt. Man sieht alle Baukräne, von denen man gelesen hat, und denkt, hier in Berlin vollzieht sich eine rasante Entwicklung, der reinste Bauboom, und es dauert etwa ein halbes Jahr, bis man begreift, dass das gar nicht stimmt. Die Baukräne, die einem das Gefühl gegeben haben, sich in einer chaotischen, rastlosen, expandierenden Metropole zu befinden, haben, seit man hier ist, nicht ein Kilo Zement angehoben. Es ist Berlin, aber es kommt nicht zum Ausdruck. Berlin vermisst sein Schloss, das große Paradeschloss, das Machtsymbol der Hohenzollern. Das Lustschloss Charlottenburg kann es nicht ersetzen. Es ist und bleibt ein Land- und Lustschloss, gut genug für seine Zwecke, aber nicht, um die massive Macht der Herrscher auszudrücken. Berlin fehlt sein Schloss. Dieses wurde 1945 halb zerbombt und danach abgerissen und wich dem Palast der Republik des DDR-Regimes, der nun seinerseits gehäutet wurde, das heißt, die Fassadenverkleidung wurde entfernt, und der nun in kränklich bronzegrünviolettem Zustand dasteht. Man will den erniedrigten Palast der Republik abreißen und das Schloss wiederaufbauen. Zu spät, zu spät. Es wird nie etwas anderes als ein Pappschloss sein, wie viele Steine man auch zu spendieren bereit ist. Also: Die Beschreibung Berlins vom Berliner Ring aus oder die Ankunft in Berlin über eins der vielen Tore, Kreuze oder Dreiecke endet in meinem Fall mit einem Bedauern oder zumindest mit der Feststellung, Berlin fehle sein Schloss.

Aber Berlin lässt sich auch auf andere Weise beschreiben als vom Berliner Ring aus. Man kann von der Stadt selbst ausgehen, ihren historischen und geografischen Gegebenheiten. Der Stadt, die ursprünglich auf einer Spree-Insel lag, mit einem Fischerdorf am Südufer der Spree zusammenwuchs und zur Residenzstadt für den Markgrafen von Brandenburg wurde. Später, ab etwa Mitte des 15. Jahrhunderts, für einen der sieben Kurfürsten, die den Römisch-Deutschen Kaiser wählten, aber doch bis zum Ende des Dreißigjährigen Krieges Mitte des 17. Jahrhunderts für einen Fürsten im Schatten des Herzogs zu Mecklenburg in Schwerin, für den polnischen König, das Schwedische Reich, den Deutschen Orden, die Hansestädte, den sächsischen Fürsten und die Gottorfer Herzöge. Berlin, die Stadt in der riesigen Mark Brandenburg. Die innerhalb von hundert Jahren zur Hauptstadt einer Großmacht wird, Nordeuropas mächtigstem deutschen Staat, Preußen, der nichts mit Berlin und Brandenburg, sondern mit Königsberg und Polen zu tun hat. Der Kurfürst von Brandenburg ließ sich 1701 zum König in Preußen ausrufen, um einen Königstitel zu erhalten, der ihn auf eine Ebene mit Königen und Kaisern stellte und nicht nur mit den sieben Kurfürsten. Preußen war eine brandenburgische Eroberung, weshalb man darin König werden konnte und somit Souverän und nicht vor allem kaiserlicher Lehnsherr. Die Stadt in der Ebene. Wir sehen sie jetzt vor uns. Unter Friedrich dem Großen. Umgeben von Stadtmauern mit ihren bewachten Toren, die aus der Stadt hinausführten in zentrale Regionen, nach denen die Tore benannt sind: Hallesches Tor, Schlesisches Tor, Kottbusser Tor, Frankfurter Tor (Frankfurt an der Oder), Prenzlauer Tor, Oranienburger Tor, Brandenburger Tor. Drinnen in der dichtbesiedelten Stadt: Palais und Kirchen. Marktplätze und Straßen. Exerzierplätze und auch eine breite Straße für Truppenparaden. Das Schloss: die Residenz der Hohenzollern. Die Oper. Die St.-Hedwigs-Kathedrale. Die Hugenottenkirche. Die Nikolaikirche. Die Marienkirche. Der Gendarmenmarkt. Der Holzmarkt. Der Spittelmarkt. Das Prinz-Heinrich-Palais. Die Rokokostadt des aufgeklärten Monarchen. Dann kam die industrielle Revolution, und die Stadt sprengte die Mauern, veränderte ihren Charakter und wurde zur Industriemetropole Berlin mit großen, Rauch speienden Stahlwerken, mit einem resoluten Proletariat, und zugleich zur Reichshauptstadt. Es folgten die Monumente, sowohl in Form von Gebäuden als auch Reiterstandbildern und Siegessäulen. Berlin anno 1900 ist nicht unähnlich dem Berlin, das wir heute sehen, man kann sich zurechtfinden, was fast schon an ein Wunder grenzt angesichts der Tatsache, dass die Stadt nach 1945 in Trümmern lag. Der Nazismus ist verschwunden. Er liegt in einem Bunker begraben, in einem von ungleichmäßigen, hässlichen Gräben durchzogenen Gebiet, südöstlich vom Brandenburger Tor, zwischen dem Potsdamer Platz und dem Brandenburger Tor, zusammen mit seiner Reichskanzlei und den übrigen verschwundenen Gebäuden der Macht. Doch die Kaiserzeit wirkt noch nach. Die Stadt des 19. Jahrhunderts, die Berlin als Begriff prägte. Die Museen. Der Berliner Dom. Die Synagoge. Die Theater. Die Opern. Die Kneipen. Die schicken Restaurants. Die Zeitungen. Die Kultur. Das Reichstagsgebäude. Die Berliner. Die Parks. Unter den Linden. Die schmale Friedrichstraße. Der Tiergarten. Der Bahnhof Zoologischer Garten. Die S-Bahn-Station Friedrichstraße. Innerhalb von achtzig Jahren waren vier Reiche untergegangen, alle mit Berlin als Hauptstadt. Das Kaiserreich. Die Weimarer Republik. Nazi-Deutschland. Die DDR. Alle Reiche haben ihre Spuren hinterlassen, bei Nazi-Deutschland vornehmlich in dem, was dem Erdboden gleichgemacht wurde. Vierzig Jahre lang war Berlin eine geteilte Stadt gewesen. Zu Berlin, der Hauptstadt der DDR, wurde der größte Teil des alten, zentralen Berlin. Westberlin waren vor allem die neuen Stadtteile von der Jahrhundertwende an. Unter der DDR überlebte das Berlin der Kaiserzeit.

Unter den Linden. Der Berliner Dom. Die Neue Wache. Das Zeughaus. Die Oper. Die Bibliothek. Das Alte Palais. Das Alte Nationalmuseum. Die Humboldt-Universität. Aber nicht das Schloss. Dort tauchte der Palast der Republik auf, der jetzt auf dem Schafott steht, gehäutet und ein Schandfleck. Berlin vermisst sein Schloss. Ohne sein Schloss, diesen riesigen Koloss, das Zentrum der großen preußischen Siegesparaden, wird Berlin nie wieder Berlin sein. Man denke nur an die riesige Plattform des Kaiser-Wilhelm-Nationaldenkmals! Sie war gigantisch, passte zum Schloss mit seiner düsteren monotonen Pracht. Aber man kann es nicht wiederaufbauen. Dann wird es zu Pappe. Etwas ist verschwunden und wird für immer eine Lücke in der Metaphysik der Stadt bleiben, im gleichen Maße wie die Reichskanzlei und der dazugehörige Bunker. Anders geht es nicht. So endete auch die historische Beschreibung mit einem Verweis auf die Lücke, die das Schloss hinterlassen hat, und einer Aufforderung, die Leiche des Palasts der Republik von ihrer jetzigen Schande zu befreien.

Doch es gibt noch eine dritte Möglichkeit, Berlin zu beschreiben, wie es dort in seiner Ebene liegt. Dafür nehmen wir die Spree zum Ausgangspunkt und vernachlässigen die Tatsache, dass die Stadt ein Zusammenschluss zweier kleiner Städte ist, die eine befestigt auf einer Insel mitten in der Spree, die andere ein friedliches Fischerdorf an deren Südufer. Worauf wir Wert legen, ist, dass die Spree durch das moderne Berlin fließt. Und noch ein Fluss fließt durch das moderne Berlin, die Havel. Sie fließt durch die westlichen Teile, die früher weit draußen auf dem Lande lagen, jetzt aber zu Berlin gehören, sodass zwei Flüsse durch Berlin fließen. Die Spree ist durch ein Kanalsystem mit dem heutigen deutsch-polnischen Grenzfluss Oder verbunden, und die Oder fließt in die frühere deutsche Hafenstadt Stettin, heute Polen. Die Havel ist durch ein vergleichbares Kanalsystem mit der Elbe verbunden, und auch die Elbe fließt ins Meer, bei Hamburg. Durch ein Kanalsystem sind auch die Spree und die Havel miteinander verbunden, das heißt, in der Theorie, vielleicht auch in der Praxis, ist es möglich, mit dem Schiff von Hamburg an der Nordsee über die Elbe, die Havel, die Spree und die Oder nach Stettin an der Ostsee zu gelangen. Doch natürlich unternimmt kein Mensch diese Tour, es sei denn als Vergnügungsfahrt. Will man mit dem Schiff von Hamburg nach Stettin, nimmt man nicht den Umweg über ausgeklügelte Wasserwege im Landesinnern, sondern folgt der Küste. Aber dieser künstliche Wasserweg wurde ja angelegt. Um nach Berlin zu gelangen. Von Hamburg nach Berlin. Oder von Stettin nach Berlin. Oder von Hamburg nach Berlin und dann mit neuer Fracht weiter nach Stettin. Auf einer solchen Seereise läuft man auf halber Strecke Berlin an, um die Ware zu löschen. Stellen wir uns die Seefahrer vor. Auf dem Weg von Hamburg. Plötzlich erblicken sie in dieser binnenländischen Ebene eine riesige Stadt. Man sieht Türme, Kirchen, Burgen, Schlösser. Das ist Berlin! Man entlädt das Schiff im Westhafen. Und fährt auf der Spree zum Osthafen, um es neu zu beladen. Dabei hat man das Schloss und den Berliner Dom in fast greifbarem Abstand passiert. Das sehen die Seefahrer auf ihrer Fahrt zum Meer. Sie schippern quer durch Berlin und gelangen auf ihrer Fahrt zur deutschen Hafenstadt Stettin an der Ostsee von der Havel durch die Kanäle auf die Spree. Berlin liegt nicht am Meer, aber auf dem Weg dorthin. In Berlin riecht es nicht nach Salzwasser, trotzdem hat die Stadt einen Hafen. Zwei Häfen, den Osthafen und den Westhafen. Zwar haben sie heute keine Bedeutung mehr. Heute verbindet der Wasserweg Berlin mit nichts mehr, außer mit seiner eigenen Schönheit. Doch früher war er wichtig. Die Kanalisierung in und außerhalb von Berlin, die schließlich im ausgehenden 19. Jahrhundert abgeschlossen wurde, hatte ein klares Ziel: die brandenburgische Stadt im Binnenland, die Hauptstadt der Mark, an zwei Meere anzubinden, die Nordsee und die Ostsee (oder das Baltische Meer, wenn einem das lieber ist). Überseewaren wurden auf dem Wasserweg von Hamburg nach Berlin gebracht, und Hering und Getreide vom Baltikum und von Stettin aus nach Berlin. Auf Fluss- und Frachtkähnen und kleinen Dampfschiffen. Heute werden auf der Spree vor allem Touristen befördert. Auf langen flachen weißen Touristenbooten. Das ist Berlin. Zwei Flüsse, die über ein Kanalsystem miteinander verbunden sind und zudem an zwei weitere Flüsse angebunden wurden, die in zwei verschiedene Meere flossen. Ein pfiffiges, ausgeklügeltes Verkehrssystem, große Ingenieurskunst. Aus der Notwendigkeit geboren, eine anschwellende Industriemetropole am Leben zu erhalten, die zugleich die Hauptstadt des Deutschen Kaiserreichs war. Heute völlig sinnlos. Doch so wie Berlin daliegt, sind diese Flüsse, Spree und Havel, mit ihren Kanälen und angrenzenden Seen das wenige, was es an direkter Schönheit in dieser deutschen Hauptstadt gibt, die auf den ersten Blick eher ohne eigene Note daherkommt.

*

Berlin ist erneut die Hauptstadt Deutschlands. Eine frühere Größe. Vier Reiche sind hier untergegangen, innerhalb von nur siebzig Jahren. Zurückgeblieben ist Westdeutschland, das Deutschland des Westens, das Reich des Westens, RDW. Berlin ist zur Hauptstadt des RDW geworden. Das ist die Wahrheit. Wahr ist aber auch, dass die Berliner Bevölkerung Berlins ureigene Atmosphäre ausmacht, nicht Gebäude wie der Reichstag oder Monumente wie die Siegessäule oder Fotomotive wie das Brandenburger Tor oder das ewige Unter den Linden. Ich kam im Jahr 2000 nach Berlin, kurz nachdem die Regierung und die Staatsverwaltung des wiedervereinten Deutschlands von Bonn nach Berlin gezogen waren, ja, ich folgte quasi in ihrem Kielwasser, als nicht einkalkulierter Zeuge. Mir fielen alle Kräne auf, die sich mehr oder weniger überall in den Himmel reckten, wenn man mit der S-Bahn vom Zoo z.B. zum Alexanderplatz fuhr oder mit der Hochbahn z.B. vom Schlesischen Tor z.B. zum Wittenbergplatz, und war beeindruckt von der Energie, die diese neue Hauptstadt an den Tag legte. Es vergingen mehrere Monate, bis ich begriff, dass diese Kräne einfach nur dastanden und die wenigsten davon in Betrieb waren, u.a. um die neue Reichskanzlei, das Kanzleramt, zu bauen. Dass so vieles stillstand, machte mir nichts aus. Ich gehöre zu denen, die der Verlockung von Ausrufen wie: Nach Berlin, nach Berlin! nicht widerstehen können, und nun war ich also hier. An einem der ersten Tage wurde ich Zeuge davon, wie sich ein Transvestit an zwei Polizisten wandte und nach dem Weg fragte. Der Transvestit war sehr groß und kräftig gebaut, was er durch ein äußerst feminines Kleid, geschmackvoll aufgetragenes Make-up, eine hübsche Lockenfrisur, Pfennigabsätze und ein elegantes Damenköfferchen zu kompensieren vermocht hatte, sodass man ziemlich erstaunt reagierte, wenn man hörte, wie er mit tiefer Bassstimme nach dem Beethoven-Hotel fragte. Die zwei Polizisten erklärten ihm aber höflich, wie er zum Beethoven-Hotel käme. Der Transvestit bedankte sich kokett für die Auskunft und ging in die genannte Richtung davon. Die beiden Polizisten, die ihm, ohne eine Miene zu verziehen, ohne untereinander Blicke zu tauschen, den Weg erklärt hatten, verzogen auch weiterhin keine Miene, tauschten auch weiterhin keine Blicke, ja, sie machten nicht einmal einen Kommentar zu dem, was vorgefallen war, nicht einmal als der Transvestit weit außerhalb ihres Blick- und Hörfelds verschwunden war. Kein Lächeln, nichts. Genau das ist das Bemerkenswerte. Dass sie die Maske wahrten, als sie mit ihm sprachen, kann man als übliches Polizistenverhalten in den meisten europäischen Großstädten werten, dass sie aber auch, nachdem er verschwunden war, die Maske wahrten, kam mir damals fast schon sonderbar vor. Ja, es ist nicht einmal korrekt, von der Wahrung einer Maske zu sprechen, weder als sie mit ihm sprachen noch hinterher, denn als ich sie anschließend betrachtete, stellte ich fest, dass das Aufsehenerregende darin bestand, dass sie keinerlei Maske zu wahren hatten. Sie hatten einfach nur routinemäßig eine gewöhnliche Frage beantwortet, mehr gab es dazu nicht zu sagen. Bemerkenswert waren hier also nicht die Transvestiten, sondern die Polizei. Die Berliner Polizei. Keine Stadt ist zu jeder Tageszeit so voll von auffälligen Gestalten wie Berlin. Von ungewöhnlichen Menschen. Dropouts. Freaks jeglichen Alters und jeglichen Geschlechts. Es gibt hier z. B. mehr und größere Tätowierungen pro Einwohner als an irgendeinem anderen bekannten Ort der Welt. Hier haben sie sich versammelt. Aus der früheren DDR wie aus Westdeutschland sammelten sich Freaks und Dropouts und andere undurchsichtige Gestalten beiderseits der Mauer. Künstler, Musiker und Homosexuelle aller drei Geschlechter. Keine andere Stadt hat so viele lesbische Transvestiten. Und auch keine so viele schwule Transvestiten. Für manche sind es zu viele. Nicht alle spüren die Verlockung in dem Satz: Nach Berlin, nach Berlin!

Als der Deutsche Bundestag beschloss, die Hauptstadt des sogenannten wiedervereinigten Deutschlands nach Berlin zu verlegen, war die Freude in Bonn nicht groß. Auch in Düsseldorf nicht oder in Frankfurt am Main. Die Beamtenschaft freute sich nicht. Die Politiker freuten sich nicht. Die Staatssekretäre freuten sich nicht. Die Botschaften freuten sich nicht, weder die internationalen noch die innerdeutschen Vertreter der Bundesländer. Keiner freute sich. Konzernchefs und Bankdirektoren rieben sich zwar die Hände beim Gedanken an die ökonomischen Möglichkeiten Berlins, aber wollten sie selbst hierherziehen? Nein. Sie wollten zu Hause wohnen. In Köln. Oder Düsseldorf. Ins Berliner Büro ging's von Dienstagmorgen bis Donnerstagnachmittag. Dann nach Hause. Daheim waren sie von Donnerstagabend bis Montagabend, ja, sogar bis Dienstagmorgen. Berlin ist nicht ihre Stadt. Berlin ist auch nicht die Stadt der Politiker. Berlin hatte einen Makel. Der Makel war die Bevölkerung. Diejenigen, die hier wohnen, eignen sich nicht als Einwohner von Deutschlands Hauptstadt, auch nicht von einer anderen Hauptstadt. Zehn Jahre nach dem Mauerfall haben sie sich nicht gebessert. Die Stadt ist immer noch ungewöhnlich, Reichtum und Macht sind so ungleich verteilt wie früher. Es gibt in Berlin zu wenig Reiche. Es gibt hier zu wenig Symbole, an denen die Reichen sich mit Würde bewegen können, die Atmosphäre ist schuld, es fehlt die Begeisterung für das, worauf man in anderen Hauptstädten stolz ist. Berlin verleiht einem nicht das Gefühl, dass sich hier die Reichen und Mächtigen bewegen könnten, als wäre Berlin ihre gute Stube, wie in Paris oder London. Daran sind nicht nur die Ungewöhnlichen schuld. Zwar gibt es viele von ihnen, aber es liegt nicht an tausend Transvestiten, dass die Reichen und Mächtigen sich hier nicht zu Hause fühlen, obwohl es ihre Hauptstadt ist. Schuld sind auch nicht die drei- bis vierhunderttausend Türken, drei- bis vierhunderttausend Türken rauben keinem modernen Politiker oder Geschäftsmann den Mut. Schuld sind die Normalen. Wie etwa die zwei Berliner Polizisten, mit denen wir gerade Bekanntschaft geschlossen haben, die nicht einmal den Mund verzogen haben, nachdem sich der graziöse, wenngleich großgewachsene und etwas kräftige Transvestit entfernt hatte. Es gibt unglaublich viele Normale in Berlin. Die Stadt ist geprägt von den Normalen, aber die Normalen sind auf die falsche Weise normal. Das merkt man an allem. Sie sehen z.B. viel zu wenig fern. In bestimmten Stadtteilen kann man am Abend kilometerweit laufen, ohne in den vielen Häusern auch nur ein einziges Mal das bläuliche Licht eines eingeschalteten Fernsehers zu sehen. Fast wirkt es so, als wären die Türken die Einzigen, die fernsähen. Sie haben ihre Parabolantennen. Schauen sich Istanbuler Seifenopern an. Abend für Abend. Aber die Deutschen in Berlin sehen fast nicht fern. Warum nicht? Kann Berlin Deutschlands Hauptstadt bleiben, wenn diejenigen Einwohner, die normal sind, abends nicht zu Hause sitzen und fernsehen? Welche Mentalität entwickeln Menschen, die Fernsehen als Lebensstil verweigern? Darüber weiß man bisher zu wenig. Aber manches wissen wir. Manches kann man am Kleiderstil der Normalen ablesen. An ihrem Kleiderstil können wir ablesen, dass sie sich nicht vom Kleidungsstil der Fernsehmoderatoren inspirieren lassen. In allen anderen Hauptstädten geben Fernsehmoderatoren und Nachrichtensprecher den Ton an. Nicht in Berlin. Was andernorts normal ist, fehlt bei den Normalen in Berlin, ohne dass es auch nur ein Gesprächsthema zu sein scheint oder ein Gefühl von Bedauern vorhanden ist, dass es so gekommen ist, auch macht es nicht den Anschein, als seien sie besonders stolz darauf, so wenig fernzusehen. Es sieht so aus, als wäre es für die Berliner irrelevant. In Berlin ist es nicht leicht, ein Mensch der Macht zu sein. Die Bevölkerung empfindet sie als irrelevant.

Berlin ist ein Zusammenschluss von zwei Städten, Westberlin und Ostberlin, mit einer eingerissenen Mauer dazwischen. Wer wollte in den 1960er-Jahren in Westberlin leben? Die Berliner natürlich, aber wer noch? In einer isolierten Stadt mitten in der DDR? An einem potenziellen Kriegsschauplatz? Der Zustrom aus Westdeutschland war verhalten. Die Stadt zog Künstler, Freiheitsliebende, Studenten, Lebenskünstler, ungewöhnliche Existenzen an. Und ein paar hunderttausend Türken, die die Räder am Laufen hielten. Berlin wurde zu einer Stadt für Künstler. Es ist kein Zufall, dass aus dem großen Bethanien dicht an der Mauer nach seiner Stilllegung ein Kunstzentrum wurde. Das wäre nie passiert, wäre Berlin Hauptstadt gewesen. Im Osten lebte man sein eigenes Leben. Als die Mauer fiel, hatte man große Erwartungen an Ostberlin. Die Freude in der Bevölkerung war groß, als das Brandenburger Tor gestürmt wurde und die Leute plötzlich im Westen standen. Leider wurden die Hoffnungen nicht erfüllt. In Ostberlin stimmen immer noch 50 Prozent für die Kommunisten, die reformierten Kommunisten. Das sorgt aus westlicher Sicht für eine merkwürdige Atmosphäre. Angesichts des Umstands, dass es sich um die Hauptstadt Deutschlands handelt, ist es im besten Falle absurd, im schlimmsten unerträglich. Auf längere Sicht.

Zweimal pro Woche bietet die kleine Fluggesellschaft Widerøe einen Direktflug von Oslo nach Berlin an.[1] Es sind die einzigen Direktflüge von Norwegen zu Deutschlands Hauptstadt. Gleichzeitig bietet SAS täglich mehrere Direktflüge nach Düsseldorf an. So sieht die Verbindung Oslo–Berlin aus. Und Oslo ist kein Einzelfall. Zehn Jahre nach dem Mauerfall gab es in Berlin noch keine direkten Flugverbindungen nach New York (oder zu anderen Zielen in den USA). Doch 2001 nahm die Lufthansa endlich die tägliche Flugroute Berlin–New York ins Programm. Sie war nicht von Erfolg gekrönt. Die Berliner fuhren weiterhin nach Frankfurt oder Hamburg, um von dort nach New York zu fliegen. Warum? Weil die Lufthansa auf der Strecke Berlin–New York keine Bonusmeilen gewährte. Frankfurt–New York, Hamburg–New York, München–New York, Düsseldorf–New York bescheren einem haufenweise Bonusmeilen, die der Glückliche zu gegebener Zeit in Gratisflüge ummünzen kann. Berlin–New York: Fehlanzeige. So demonstriert die mächtige Lufthansa ihre Verachtung und ihre Wut darüber, dass Berlin Deutschlands Hauptstadt ist.

*

Ich kam also nach Berlin und ließ mich hier nieder. Das war im Jahr 2000. Ich, vielmehr wir[2], mieteten eine Wohnung im Stadtteil Kreuzberg, eine einfache Zweizimmerwohnung mit einem Balkon im ewigen Schatten, doch mit Blick auf den größten Türkenmarkt Europas außerhalb von Istanbul. Wir blickten auch auf den Kanal. Die Sonne schien am Morgen nur eine Viertelstunde lang auf unseren Balkon, meistens bevor ich aufstand, aber die Wärme blieb, das fiel mir auf, wenn ich unversehens mit der Hand über das Geländer strich, dann spürte ich auf dem Putz die Wärme der verschwundenen Sonne. Ich blicke auf den Kanal, das Wasser im Kanal, das im Verlauf der Jahreszeiten seine Farbe ändert und auch mit dem Wetterwechsel innerhalb der Jahreszeiten. Hier wohne ich, sage ich zu mir selbst am, nach meinem Zeitverständnis, frühen Morgen. Warum ich mich hier befand, fragte ich mich nicht. Dafür gab es keinen Grund. Ich befand mich einfach hier. Einen besonderen Anlass gab es dafür nicht, und schon gar keinen literarischer Art. Ich war nicht auf der Flucht. Es gab nichts in Berlin, was ich in Erfahrung bringen und weshalb ich hier wohnen müsste. Ich war keineswegs auf der Suche. Ich suchte nicht nach etwas oder jemandem. Ich hatte hier keinen Auftrag. Keine Unternehmung, fiktiv oder real, hatte mich hierhergeführt, sei es als Ende einer Etappe oder als ihr endgültiges Ziel. Ich war nicht hier, um das Deutschtum zu erforschen. Oder den Berlin-Begriff. Ich sprach kein Deutsch und wusste auch, dass ich es nicht lernen würde. Wenn es eine Sprachreise war, dann diente sie wie alle meine Sprachreisen der Erforschung der norwegischen Sprache, der einzigen, die ich beherrsche. Ich musste nicht nach Berlin, um eine meiner ewigen Sprachreisen zu unternehmen. Es gibt für mich keinen Grund, hier zu sein, und das ist vielleicht genau der Grund, weshalb ich mich hier befinde. Um zu frühstücken. Sonst nichts. Dafür muss ich nach draußen, auf die andere Seite des Kanals, zu Bäcker Arnold, um frische Brötchen zu kaufen. Ich trat auf die Straße und konnte feststellen, dass weder Dienstag noch Freitag war, denn die Straße war leer, und am Dienstag und Freitag ist hier Türkenmarkt, und dann herrscht großes Gedränge. Aber jetzt war die Straße nahezu leer. Das Straßenpflaster war schmutzig, und auf der anderen Straßenseite, am Ende der Straße, bei der Kottbusser Brücke, sah ich, dass die Sonne schien. Daher ging ich auf die andere Seite und überquerte die Kottbusser Brücke in der Sonne, es muss im Herbst gewesen sein, oder im Februar. Ich ging über die Kottbusser Brücke und kaufte Brot bei Bäcker Arnold. Auf dem Rückweg über die Brücke sah ich, dass sich eine kleine Gruppe Menschen versammelt hatte, die über das Geländer ins Wasser starrten. Ich ging hinüber, um zu sehen, was los war. Sie starrten auf ein Polizeiboot. Es lag ganz ruhig, und an Deck stand ein Mann im Taucheranzug mit Schwimmflossen und Druckluftflasche auf dem Rücken. Ich blieb eine Weile stehen und wartete darauf, dass etwas geschah. Aber der Taucher tauchte nicht. Er stand einfach nur da, als wartete er auf einen Befehl. Daher drehte ich mich um und wollte die Straße erneut überqueren. Doch der Verkehr war zu dicht, die Autos hatten Grün und rasten über die Brücke. Daher ging ich auf derselben Straßenseite weiter, und als ich zur Ampelkreuzung kam, wo ich auf die andere Straßenseite wechseln wollte, zeigte die Ampel Rot. Daraufhin machte ich kehrt und ging zurück zu der kleinen Menschengruppe, die dort stand, und verfolgte, was sich auf dem Kanal abspielte. Jetzt war der Taucher im Wasser. Ich wartete, bis er wieder hochkam. Das zog sich hin, doch als er wieder auftauchte und an Bord des Polizeiboots gezogen wurde, hatte er offensichtlich nicht gefunden, wonach er gesucht hatte. Es war übrigens nicht das erste Mal, dass ich einer solchen Szene beiwohnte. Doch auch bisher hatte ich noch nie erlebt, dass der Taucher mit etwas aufgetaucht war, wonach er gesucht hatte, oder Zeichen machte, dass dort unten etwas lag. Zu behaupten, der Anblick ließe mich kalt, besser gesagt, der Gedanke, der einem aufgrund des fehlenden Anblicks kommt, wäre unzutreffend, andererseits prägte der Vorfall auch nicht nennenswert meine Beschäftigung an diesem Tag oder an anderen Tagen, an denen ich das Gleiche erlebt hatte.

*

Ich war Ende fünfzig, ja, ich näherte mich stark der Sechzig, als ich mich in Berlin registrieren ließ. Adresse Maybachufer 8. Eine Zweizimmerwohnung mit einem kleinen Balkon. Die Wohnung lag in Kreuzberg, und Kreuzberg kennenzulernen nahm ich mir als Erstes vor. Daher spazierte ich viel durch die dortigen Straßen, ja, das tue ich nach wie vor, denn in diesem Viertel wohne ich, und ich verlasse die Gegend nur selten. Kreuzberg zu entdecken bereitete mir große Freude. Vor allem Kreuzbergs Geografie. Nun ist Kreuzberg ein großer Stadtteil in Berlin, hier leben 400000 Menschen, davon mindestens 100000 Türken, und es ist in zwei getrennte Bezirke geteilt, Kreuzberg 61 und Kreuzberg 36, ich selbst gehöre zu Kreuzberg 36, und in der Regel nenne ich Kreuzberg 61 das falsche Kreuzberg. Doch auch das echte Kreuzberg ist in viele kleinere Bereiche aufgeteilt, was bedeutet, dass ich auf Entdeckungstour in Kreuzberg durch eine eher begrenzte Gegend lief, nämlich rund um meine Wohnung. Das heißt nicht, dass ich den Rest des echten Kreuzberg nicht kenne, im Gegenteil, oft unternehme ich lange Abendspaziergänge entlang der Wiener Straße und dem Görlitzer Park in der Nähe des Mariannenplatzes, und die berühmte Oranienstraße kenne ich sehr gut, sowohl von innen (Cafés, Restaurants) als auch von außen, als einer, der durch die Straßen streift und die Besonderheiten des Straßenkörpers genießt.

Ich konzentrierte mich jedoch vor allem darauf, die Geografie meiner direkten Umgebung kennenzulernen. Ich unternahm lange Spaziergänge, kreuz und quer, in den nahe gelegenen Straßennetzen am Kanalufer und den angrenzenden Gebieten, bis zum Hermannplatz. Meine Wanderungen am Kanal entlang verdienen ein eigenes Kapitel, darauf komme ich noch zurück. Jetzt konzentriere ich mich auf die Entdeckung meiner engsten geografischen Umgebung. Meine Spaziergänge in einer Gegend, die die meisten Berliner nicht kennen, die für sie eher anonym und nichtssagend ist. Auf langen Spaziergängen, bei denen ich auf die Beschaffenheit des Viertels horchte und die Atmosphäre einsog, lief ich durch diese Straßen. Ich wünschte mir wirklich, festen Boden unter die Füße zu bekommen, und oft kehrte ich aufgeregt in meine Wohnung zurück, um die erlebte Beschaffenheit der Gegend mit der Karte zu konfrontieren. Meine Freude war groß, ja, fast muss ich sie triumphierend nennen, wenn sich zeigte, dass die während meiner Streifzüge überraschend aufgedeckte Beschaffenheit der Gegend tatsächlich mit der Karte übereinstimmte.

Zum Beispiel entdeckte ich den im Verhältnis zum Landwehrkanal in diesem Teil der Stadt unregelmäßigen Straßenverlauf, der eine Menge Konsequenzen hat, die man erst mit der Zeit erkennt. Zentral in meinem lokalen Bewusstsein liegt das ehrwürdige Kaufhaus Karstadt – in den 1920er-Jahren einmal Berlins ganzer Stolz. Es liegt am Hermannplatz, und ich gehe dort oft einkaufen. Anfangs nahm ich den natürlichen Weg: vom Maybachufer zur Kottbusser Brücke und von dort den Kottbusser Damm hinauf zu Karstadt am Hermannplatz. Das ist so offenkundig der natürlichste Weg, dass alle, die sich weniger mit der Topografie der Stadt beschäftigen als ich, nicht auf die Idee kämen, einen anderen Weg zu nehmen. Doch mein Misstrauen war alsbald geweckt. Denn die erste Seitenstraße am Kottbusser Damm oder die letzte, wenn man von Karstadt kommt, ist die Schinkestraße. Bleibt man dort stehen, was man am ehesten macht, wenn man von Karstadt zurückkommt, und schaut nach rechts, kann man am Ende der Straße den Landwehrkanal erkennen. Und man wird den Eindruck haben, der Weg dorthin sei sehr kurz. Witzig, dachte ich und nahm den Weg. Es war nicht weit, letztendlich wohne ich näher an der Stelle, an der ich herauskam, als an der Kottbusser Brücke. Wenn das stimmte, war es ein sinnloser Umweg, das ganze Maybachufer entlang zur Kottbusser Brücke und dann den Kottbusser Damm hinaufzulaufen. Es schien, als wäre es viel einfacher, das kleine Stück zur Schinkestraße zu gehen, sobald ich am Maybachufer 8 aus der Tür trat, also ein kleines Stück nach rechts zu gehen anstatt nach links, und dann die Schinkestraße entlang bis zum Kottbusser Damm. Denn das Stück Schinkestraße–Kottbusser

Damm und das Stück Kottbusser Brücke–Ecke Kottbusser Damm / Schinkestraße schien mehr oder weniger gleich kurz oder lang. Aufgeregt eilte ich in meine Wohnung, um es mit der Karte abzugleichen. Und es stimmte. Es gab keinen Zweifel. Es stellte sich nämlich heraus, dass die Ecke Kottbusser Damm / Kottbusser Brücke ziemlich schief auf den Landwehrkanal trifft, weshalb die ganze Promenadenstraße, die so kerzengerade wirkt, wenn man sie z. B. von der Kottbusser Brücke aus betrachtet, in Wahrheit extrem schräg verläuft, was verwirrend sein kann. Studierte man die Karte, und nur dann, stellte sich sogar heraus, dass es von der Hobrechtbrücke aus zu Karstadt tatsächlich kürzer war als von der Kottbusser Brücke, und das war eine ziemlich große Verschiebung der Perspektive. Das hätte man zumindest vorher nicht gedacht, denn wenn man mitten auf der Hobrechtbrücke steht und sich den schmalen Kanal anschaut, ist es ein gutes Stück, bis der Kanal die Kottbusser Brücke passiert. Leider verläuft von der Hobrechtbrücke aus keine Straße in direkter Linie zu Karstadt und zum Hermannplatz, doch auch wenn man auf seinem Weg kurz nach links und dann nach rechts geht, ist man viel schneller als von der Kottbusser Brücke aus. Obwohl es immer wieder vorkommt, dass ich den Kottbusser Damm entlanglaufe aufgrund der deplatzierten Großstadtatmosphäre dieser breiten Avenue, die im Grunde gut zu einem Karstadtbesuch passt, tue ich es nie, wenn ich in Eile bin. Dann nehme ich stets wechselnde Seitenstraßen. Egal, für welche ich mich entscheide, spare ich immer Zeit, und außerdem bewege ich mich durch interessante Straßen mit labyrinthischem Gepräge, was man zwar schnell durchschaut, was als verschleiertes ästhetisches Erlebnis dennoch da ist. Doch der schnellste Weg von meiner Wohnung am Maybachufer 8 zu Karstadt, wenn ich auf die Straße, also das Maybachufer, trete, besteht darin, nach rechts zu gehen und nicht in die Schinkestraße einzubiegen, sondern hinter ihr in die nächste Seitenstraße, die Hobrechtstraße, benannt nach demselben Hobrecht, der der Hobrechtbrücke ihren Namen verliehen hat, James Hobrecht, Kanalingenieur und Brückenbauer, und ihr dann zu folgen, aber nicht ganz, denn dann wäre man zu weit gegangen, sondern an der nächsten Querstraße, der Weserstraße, stehenzubleiben. Biegt man hier nach rechts, hat man Karstadt direkt vor der Nase. Fünf oder sechs Minuten Fußweg verglichen mit mindestens der doppelten Zeit für den »natürlichen« Weg, den ich anfangs genommen habe.

*

Innerhalb dieses Bezirks befinden sich unzählige Kneipen. Allein in der Hobrechtstraße habe ich vierzehn gezählt, die meisten sind Eckkneipen. Die Hobrechtstraße hat vier Seitenstraßen, die entsprechende Ecken bilden, sie könnte also ganze sechzehn Eckkneipen haben, wenn alle Ecken als Kneipen genutzt würden. Manche Ecken beherbergen aber stattdessen Läden, sodass sich in der Hobrechtstraße nicht mehr als zehn Eckkneipen befinden. Und die Hobrechtstraße ist keine beeindruckende Straße, nicht einmal in diesem Teil von Berlin, sie ist eine ganz gewöhnliche Straße, ohne besondere Vorzüge. Sie ist nicht einmal die faszinierendste Straße in meiner allerengsten Nachbarschaft. Ich würde sagen, dass ich die Pflügerstraße mit ihrem Knick und die abwechslungsreiche, wenn auch kerzengerade Panierstraße viel lieber mag. Aber sie haben nicht so viele Kneipen wie die Hobrechtstraße. Ich will nicht behaupten, dass ich alle vierzehn Kneipen der Hobrechtstraße besucht habe, offen gestanden bin ich nur in dreien gewesen, und von diesen wiederum bin ich nur in der *Oase* ein einigermaßen regelmäßiger Gast. Aber es gibt eine Menge anderer Kneipen in derselben engeren Umgebung, in denen ich mich ständig aufhalte. Ich bin ein ziemlich fleißiger Cafégänger geworden. Ja, ich habe mir in Berlin eine neue Gewohnheit zugelegt, die ich vorher nicht kannte, mich nämlich am Nachmittag ins Café zu setzen, um Kaffee zu trinken. Kaffee und nicht Bier. Ausgestattet mit einem Notizblock und/oder einem abwesenden, verschlossenen Blick. Ich war jedoch nicht an meine engere Umgebung gebunden, ich empfand ihr gegenüber keinerlei Loyalität, ging weit über ihre Grenzen hinaus, ja, mir gefiel es an der Admiralbrücke, die sich südlich der Kottbusser Brücke befindet, viel besser, auch in den angrenzenden Straßen, wie beispielsweise der Grimmstraße, die eigentlich Grimmdamm heißen müsste, denn sie ist durch einen Reitweg zweigeteilt, und dann sprechen die Berliner normalerweise von Damm, und die Dieffenbachstraße, beide mit einer Menge Cafés ausgestattet, die weitaus moderner waren als die in meiner nächsten Nachbarschaft. Gleich neben der Admiralbrücke liegt das *Vienna Art Café*, und unterm Strich teilte ich meine Zeit ziemlich gleichmäßig zwischen der *Oase* in der Hobrechtstraße und dem *Vienna Art Café* auf. Jedenfalls mit der Zeit. Mittlerweile gehe ich nur noch in die *Oase* oder das *Vienna Art Café*. Ja, sobald die Haustür zum Maybachufer 8 hinter mir ins Schloss fällt, frage ich mich ganz automatisch: *Oase* oder *Vienna Art Café*?, und ich muss mich blitzschnell entscheiden, denn will ich zur *Oase*, muss ich nach rechts gehen, will ich ins *Vienna Art Café*, muss ich nach links. Da ich mich so schnell entscheiden muss, kommt es vor, dass ich den Entschluss unterwegs bereue. Bin ich noch nicht sehr weit gekommen, kehre ich mit einem kleinen entschuldigenden Lächeln um: Ja, ja, dann also doch die *Oase* heute.

Das *Vienna Art Café* ist ein modernes Café, das Popmusik, Rock und Jazz für ein überwiegend jüngeres zeitgemäßes Publikum spielt, das in einem zeitgemäßen Interieur sitzt. Ja, manche Tische sind so hoch, dass man genauso gut an ihnen stehen könnte, anstatt auf einen anderthalb Meter hohen Barhocker zu klettern. Steht man und ist ca. 1,80 Meter groß, kann man die Ellbogen allerdings nicht auf den Tisch legen, zumindest nicht, ohne sich auf die Zehenspitzen zu stellen. Zum Glück hat das *Vienna Art Café* auch normale Tische, und an einem davon sitze ich und bestelle mir einen Kaffee. Ich muss hinzufügen, dass ich normalen schwarzen Kaffee haben will, den ich: »Kaffee normal!« nenne. In der *Oase* brauche ich bloß »Kaffee« zu sagen und bekomme automatisch das, was ich im *Vienna Art Café* »Kaffee normal« nenne. Die *Oase* ist mit anderen Worten nicht besonders mondän, es ist eine Berliner Kneipe mit einem völlig anderen Publikum als das *Vienna Art Café*. Nicht notwendigerweise älter, aber anders. Während die Gäste im *Vienna Art Café*, sobald sie ihren Cappuccino getrunken und ihr Baguette gegessen haben, weiterwollen, wollen die Leute in der *Oase* nach ihrem Bier nicht weiter. Sie wollen nach Hause. Genauer gesagt: Sie wollen mal zu Hause vorbeischauen.

Hier sitze ich also. In der *Oase* oder im *Vienna Art Café*. Ich muss mich schnell entscheiden. Blitzschnell. Heute bekam die *Oase* den Zuschlag. Ich sitze also in der *Oase*. Aus der Jukebox erklingt eine von Wenche Myhres Schülerinnen. Ein fröhliches, banales Lied, etwas zu banal für meinen Geschmack, aber nicht so banal, dass es mich stört. Ich konzentriere mich auf andere Dinge. Auf meinen Notizblock und/oder das, was sich hinter meinem abwesenden Blick verbirgt. Ich sitze an einem Tisch am Fenster, dessen blickdichte Gardinen zugezogen sind. Die anderen Gäste sitzen an der Theke. Aber nicht zusammen. Ein kräftiger Mann sitzt allein am einen Ende, trotzdem beteiligt er sich am Gespräch. Ich lausche. Heute genau wie vor zwei Jahren. Ich verstehe noch genauso wenig wie damals bei meiner Ankunft. Ich versenke mich mit meinem abwesenden Blick immer tiefer in Berlin. Aber ich verstehe, dass sich das Gespräch um Bier dreht. Mit der Zeit merke ich, dass sie darüber sprechen, wo in Deutschland es das beste Bier gibt. Ich höre, dass das Wort Bayern fällt. Aber ich höre auch, dass es von dem kräftigen Mann, der allein am Tresen sitzt und doch am Gespräch teilnimmt, egal, worum es sich dreht, barsch zurückgewiesen wird. Bayern gehört nicht zu Deutschland. Damit das mal gesagt ist, an die Adresse all derer, die behaupten, das bayrische Bier sei das beste in Deutschland. Brauchbares Bier, das schon, aber Bayern liegt nicht in Deutschland. Die Stimmen haben einen eigentümlich abgehackten Rhythmus, sie haben alle den gleichen Rhythmus, meine ich. Woher kommt dieses Interesse, wo in Deutschland das beste Bier gebraut wird? Hier sitzen ja keine Bierkenner. Das hier ist kein Berliner Feinschmeckerlokal. Man braucht hier *keine* acht Minuten, um ein Glas Bier zu zapfen. Es kommt sofort. Rums! Warum dann dieses Interesse an Feinschmeckerthemen? Das wundert mich, während ich hier sitze oder saß. Ich lausche. Ich lausche schon lange, ohne mehr zu verstehen. Der Berliner Ton. Der Berliner Dialekt, ist er hart, schludrig oder laut? Es kommt mir vor, als würden sie die Wörter mit Hilfe der Vokale in die Länge ziehen, zugleich werden die Konsonanten geschmatzt. Der Tonfall ist wirr, auf und ab hüpfend. Von mir nimmt man wenig Notiz, obwohl ich ziemlich regelmäßig hierherkomme und mich immer an denselben Tisch setze und einen Kaffee bestelle. Einmal habe ich ein Bier bestellt. Da hat der Wirt gelächelt. Und es kam sofort. Rums! Ansonsten nimmt niemand Notiz von mir. Ich komme herein. Guten Tag, sage ich, weil es noch keine achtzehn Uhr ist. Danke schön, sage ich, wenn ich meinen Kaffee bekomme. Wenn ich gehe, stehe ich auf und gehe zur Theke. Könnte ich bezahlen, frage ich und bezahle. Gebe immer Trinkgeld, runde bis zur nächsten halben Mark auf. Danke schön, sage ich, wenn ich das Rückgeld bekomme. Tschüss, sage ich, wenn ich gehe. Früher habe ich Auf Wiedersehen gesagt. Das sage ich nicht mehr. Ein bisschen was habe ich gelernt, nicht viel, aber ich sage nicht mehr das steife Auf Wiedersehen, sondern das jovialere Tschüss. Ich könnte durchaus auch Auf Wiedersehen sagen, denn wenn eins sicher ist, dann, dass ich wiederkomme. Wenn nicht morgen, so doch übermorgen oder nächste Woche. Aber ich sage Tschüss, denn das sagen alle anderen in Berlin.

Draußen auf der Straße, der Hobrechtstraße, sind die meisten Menschen, denen ich begegne, türkischer Herkunft. Aber in der *Oase* und den anderen Kneipen gibt es nur Deutsche. Die Türken haben ihre eigenen Cafés. In die gehe ich nicht. Ich gehe in Berliner Kneipen, sitze da und höre zu. Ohne viel zu verstehen. Vermisse ich etwas? Nein, ich vermisse nichts. Nicht persönlich. Aber manchmal spüre ich eine Angst, weil ich so einseitig an meine eigene Sprache gebunden bin. Ich finde es merkwürdig, dass ich als guter Schriftsteller gelte, wo ich ausschließlich meine eigene Muttersprache beherrsche. Während ich hier sitze, wird mir klar, dass das nicht stimmen kann. Ein Norweger, der eine Fremdsprache beherrscht, ist von Anfang an besser gerüstet, ein reicheres Norwegisch zu schreiben als einer, der nur seine Muttersprache beherrscht. Ein Norweger, der z.B. Deutsch beherrscht, muss sich doch oft über die norwegische Art, das Gleiche auszudrücken, wundern. So viele Unterschiede zu sehen muss sich enorm bereichernd auf die eigene Sprache auswirken, ich kann mir nicht vorstellen, dass es sich anders verhält. Aber von dieser Bereicherung bin ich ausgeschlossen, weil ich nichts zum Vergleichen habe. Ich bin ganz eingleisig in meinem Sprachgebrauch. Ich kann meine Sprache nicht beim Schwanz packen, sie hochziehen und erstaunt oder misstrauisch studieren. Mit welch fruchtbarer Unruhe kann nicht derjenige, der eine Fremdsprache beherrscht, seine eigene betrachten? Oft sitze ich in meiner Berliner Kneipe und quäle mich mit solchen Gedanken. Ich bin außerstande, meine eigene Sprache zu durchschauen, denn mir fehlt das fremde Element, das dies ermöglichen würde. Ich bin vollständig in meiner norwegischen Sprache gefangen, ihren Lauten und Meinungsbekundungen, ihrer vermutlich verlorenen Schönheit, die ich naiv, ja, gedankenlos verehre, willenlos ausgeliefert. Ich bin schließlich Schriftsteller, warum hat mich bisher niemand auf das aufmerksam gemacht, was ich gerade so glasklar durchschaue, wie ich hier isoliert in meiner eigenen sprachlichen Selbstgenügsamkeit dasitze. In schlechten Momenten halte ich mich für einen armen

Menschen, der etwas macht, für das ihm die Voraussetzungen fehlen. Nach derlei Grübeleien fühle ich mich ausgelaugt, verzweifelt und bedrückt.

*

Geführte Tour

Zentraler Punkt, um das historische Berlin zu verstehen, ist das Hallesche Tor, ein für sich genommen völlig uninteressanter Ort. Vom Halleschen Tor gehen zwei zentrale Straßen des 18. Jahrhunderts ab. Einmal die Friedrichstraße, die kerzengerade hinauf zum Oranienburger Tor führt. Und dann die Wilhelmstraße[3], die leicht schräg in dieselbe Richtung zum Brandenburger Tor verläuft. An oder neben diesen Straßen liegen Berlins wechselnde moderne Zentren. Die Moderne lasse ich dabei mit Friedrich dem Großen beginnen, was nicht ganz korrekt ist. Das moderne Berlin beginnt mit seinem Urgroßvater, dem Großen Kurfürsten Friedrich Wilhelm, der Ende des 17. Jahrhunderts zwei verfolgte religiöse Gruppen nach Berlin einlud. Die Hugenotten und die Juden. Mit ihnen wurde Berlin zu einer europäischen Großstadt. Wenn ich trotzdem mit Friedrich dem Großen beginne, dann liegt es daran, dass ich die Stadtmauer Friedrichs des Großen zum Ausgangspunkt nehme und viel von Berlins Pracht aus seiner Zeit stammt. Doch zuerst wollen wir über die

Wilhelmstraße spazieren, und es ist nicht nötig, die Augen vor dem Grauen zu verschließen, das uns jetzt bevorsteht, denn die meisten Gebäude, die wir dabei sehen werden, gibt es nicht mehr.

Als Erstes kommen wir zum Anhalter Bahnhof, dem früheren Bahnhof für Züge nach Südeuropa. Während des Zweiten Weltkriegs zerbombt. Nur Teile der Fassade stehen noch, wodurch man eine Ahnung davon bekommt, weshalb er als Berlins schönster Bahnhof galt. Gleich darauf gelangen wir zu einem hässlichen großen Grashügel. Das sind die Reste des Prinz-Albrechts-Palais, das später als Hotel genutzt wurde und anschließend als Gestapo-Hauptquartier. In den Ruinen befindet sich heute eine Gedenkstätte, nicht für die Gestapo, sondern für ihre Opfer. Zwischen den unzähligen Fotografien an den Wänden hängt auch ein Jugendporträt von Erich Honecker. Ironischerweise verlief hier die Mauer, und der alternde Erich Honecker regierte auf der anderen Straßenseite. Dort befand sich Ostdeutschlands wichtigstes Ministerium, ein gigantisches Gebäude, das die Nazis selbst erbaut hatten und das heute noch steht. Das Gebäude wurde errichtet, um Hermann Görings Luftfahrtministerium zu beherbergen, und ist eins der Bauwerke der Nazizeit, die es noch gibt. Wir gehen rasch die Wilhelmstraße entlang, überqueren die stark befahrene Leipziger Straße und kommen in eine Gegend, die teils in sozialrealistischer Nachkriegsarchitektur bebaut wurde, teils unbebaut und zugewachsen ist. Hier stand die Reichskanzlei, Hitlers Bunker, neben einer Reihe anderer Zeugnisse der Machtentfaltung im Dritten Reich. Jetzt verschwunden. Aber einst stand sie hier. Es ist eine historische Tatsache, dass sie einst existiert hat. Es ist aber eine ebenso historische Tatsache, dass sie heute verschwunden ist. Wir gehen weiter und kommen zum Pariser Platz mitsamt Brandenburger Tor, dem Triumphtor der 1790er-Jahre.

Dann folgen wir der Friedrichstraße. Bis zum Checkpoint Charlie nichts von Interesse. Vom Halleschen Tor aus können wir den Checkpoint Charlie nicht einmal sehen, er verschwindet hinter dem Horizont. Doch stehen wir am Checkpoint Charlie, können wir den Umsteigebahnhof der S-Bahn-Station Friedrichstraße sehen und die Züge, die pausenlos darüber hinwegbrausen. Die Friedrichstraße ist sehr schmal und war von der Zeit Friedrichs des Großen bis zum Zweiten Weltkrieg Berlins belebteste Geschäftsstraße. In der DDR verfiel sie, war dem DDR-Regime wohl zu schmal. Darum wechseln wir an der Leipziger Straße in eine Parallelstraße und gelangen zu einem schönen Platz, dem Gendarmenmarkt, einem Soldatenmarkt. Er erinnert uns daran, dass Berlin die Hauptstadt Preußens war, eine Soldatenstadt, eine Garnisonsstadt. Die Stadtmauer Friedrichs des Großen war großzügig angelegt, hinter ihren Toren lagen größtenteils große offene Felder, bevor man in die eigentliche Stadt gelangte. Dort exerzierten die königlichen Regimenter. Am Gendarmenmarkt liegen drei Prachtgebäude, zwei

Kirchen, darunter die Kirche der Hugenotten, die zusammen ein beeindruckendes Theatergebäude einrahmen. Vom Gendarmenmarkt aus gehen wir parallel zur Friedrichstraße knapp hundert Meter weiter bis zu Unter den Linden. Unter den Linden ist breit und eine von den Hohenzollern angelegte Paradestraße. Wir gehen nach rechts und kommen zu einem Platz, der die St.-Hedwigs-Kathedrale beherbergt, die Friedrich der Große erbaut hat, nachdem Preußen sich (als Kriegsbeute) das katholische Schlesien einverleibt hatte, außerdem das Alte Palais, das an die viel größere Alte Bibliothek angrenzt, und die Deutsche Staatsoper. Mitten auf dem Platz befindet sich eine Glasplatte, die ein mit Büchern gefülltes Loch bedeckt. Hier fand 1933 Goebbels' Bücherverbrennung statt. Auf der anderen Straßenseite thront die Humboldt-Universität, ursprünglich das Palais des Prinzen Heinrich, des Bruders Friedrichs des Großen. Neben dem Prinz-Heinrich-Palais stehen das Zeughaus und die Neue Wache. Aber wir gehen auf der anderen Straßenseite weiter, vorbei an der soeben erwähnten Oper, am Prinzessinnenpalais und am Kronprinzenpalais, bis wir eine Brücke über die Spree passieren und den Palast der Republik erblicken, den entblößten Staatspalast der DDR, den Ersatz für das alte Hauptschloss der Hohenzollern. Vielleicht gehen wir bis dorthin, bleiben an der zweiten Spreebrücke stehen und schauen auf den Park, in dem noch die gigantischen Statuen von Karl Marx und Friedrich Engels thronen. Von dort sehen wir auch den Fernsehturm am Alexanderplatz und können das vierzigstöckige Forum Hotel erahnen. Doch dahin wollen wir nicht, nicht jetzt. Wir überqueren Unter den Linden und stehen an der Treppe des düsteren und doch beeindruckenden Berliner Doms, 1890 erbaut, bevor wir die Museumsinsel betreten, auf der Berlins prachtvolle Museen liegen, rußgeschwärzt und streng, wie die Alte Nationalgalerie, das Pergamonmuseum etc. etc., dann gelangen wir über ein paar Querstraßen und durch erneutes Überqueren einer Spreebrücke zurück in die Friedrichstraße nahe der während des Kalten Krieges so sagenumwobenen S-Bahn-Station Friedrichstraße, wo Besucher aus dem Westen von der Volkspolizei und bissigen Schäferhunden in Empfang genommen wurden.

*

Die Hochbahn

Das ist mein Berlin, sowohl als Skulptur hier in Kreuzberg wie auch als Transportmittel weg von Kreuzberg in weitere, völlig andere Stadtteile im Osten wie im Westen. Die Hochbahn: die bewegliche Skulptur in einem altmodischen Ring rund um Berlin, schön anzuschauen und deutlich zu sehen. Ich träume schlecht. Kriege die Träume nicht zu fassen, aber wenn ich erwache, spüre ich, dass es schlechte Träume sind, die ich besser zu fassen bekäme. Nur hin und wieder habe ich Glück und erhasche einen

Fetzen Reminiszenz an etwas Schreckliches, bevor auch er unter dem Zugriff meines Bewusstseins verblasst. Dann ist er verschwunden. Mir wird klar, wie wenig mich meine schlechten Träume prägen. Es ist viel schlimmer, Albträume zu haben, die ganze Nacht dazuliegen und sich mit einem idiotischen Rebus abzumühen, der einfach nicht aufgehen will. Dann wache ich völlig erschöpft auf und weiß, dass er mit etwas Ungelöstem in mir in Zusammenhang steht, oft finde ich auch heraus, worum es sich handelt, insbesondere wenn ich in literarisch aktiven Zeiten mit derlei absurden ungelösten Bilderrätseln kämpfe. Doch zu meinen schlechten Träumen finde ich keinen Zugang. Wenn ich sage, dass ich ihn gern hätte und es mich ärgert, dass mir sogar die Reminiszenzen entgleiten, dann stimmt das durchaus. Zugleich bin ich mir aber auch darüber im Klaren, dass ich eine solche Konfrontation kaum ertragen würde. Sollte der Morgen kommen, an dem eine solche Konfrontation stattfindet, ist das mein Untergang. Weshalb ärgere ich mich dann, wenn der Zugriff meines Bewusstseins auf Reminiszenzen dieser Träume nicht gelingt, wenn sie verschwinden, vermutlich zurück in die bodenlose Dunkelheit, aus der sie kommen? Denke ich sehr lange über diese Dinge nach, lande ich bei Höllenvorstellungen. Dass für einen Menschen, der sich in einem Zustand befindet, in dem er mit seinen Träumen eins wird, das ewige Leben die Hölle bedeutet. Tot und doch den Träumen ausgeliefert, die in der Dimension Zeit durch ihn hindurchgegangen sind, bis in alle Ewigkeit. Eine ewige Wiederholung also seiner im lebendigen Leben aus Barmherzigkeit verborgenen Nachtseite. Geisteskrankheiten sind ein Vorgeschmack auf die Hölle. Vielleicht weiß der Geisteskranke, dass der Zustand, den er jetzt in der Dimension Zeit durchlebt, später zur ewigen Verbannung wird. Ein solcher Gedanke, von einem Geisteskranken gedacht, ist kaum auszuhalten. Aus einer solchen Perspektive wird der Verdacht, meine schlechten Träume seien Vorstellungen und Bilder des Todes, dem ich in nicht allzu langer Zeit begegnen werde, voll und ganz auszuhalten, ja, man kann meinen naiven Ärger über die Einsicht, dass sich die Reminiszenzen dieser höchst realen Todesvorstellung entziehen, wenn ich versuche, sie mit meinem Bewusstsein zu fassen, sogar nachvollziehen.

Den Geisteskranken hingegen treffe ich, sobald ich nach draußen gehe und nicht Markttag ist, das heißt, nicht Dienstag oder Freitag. Es ist ein verrückter Muslim, bärtig und in ungepflegter, annähernd orthodoxer Kleidung. Manchmal sehe ich ihn auf dem Bürgersteig schlafen, auf der Kanalseite, wenn ich morgens losgehe, um Brot zu kaufen. Das gilt für die hellere Jahreszeit, in Kälteperioden scheint er einen anderen Ort zu haben, an dem er sein Nachtlager aufschlägt. Andere Male steht er vor einer Hauswand und starrt sie an. Oder er erleidet einen Anfall. Dann stößt er in einer wahnsinnigen Wut unverständliche Wortfolgen und Schreie aus. Meistens kommt er mir aber in ein Selbstgespräch vertieft entgegen. Er gibt Wortfolgen von sich, laut, aber nicht schreiend. Ich bilde mir ein, dass er unter einem religiösen Wahn leidet. Es wirkt, als wäre er in eine unendlich lange Meinungsverschiedenheit mit Allah verwickelt, wobei er mal beruhigende Gebete vor sich hinspricht, mal heftige Anklagen hinausschreit. Mir kommt es vor, als würden ihn die anderen Türken hier am Maybachufer wenig mitfühlend, ja, regelrecht feindlich behandeln. Ich habe oft erlebt, wie er verjagt wurde, z.B. von der Tür zur türkischen Fußballkneipe. Oft habe ich gehört, wie sie ihn abwimmeln und mit irritiertem Knurren verscheuchen. Sie wollen nichts mit ihm zu tun haben. An den Markttagen hält er sich fern oder wird ferngehalten. Ich habe aber auch schon gehört, dass sie ihn rufen, streng, wenn er seine Anfälle hat, und nicht aufgeben, bis sie ihn so weit haben, dass er zu ihnen kommt. Dann versuchen sie ihn zu beruhigen. Ich habe auch gesehen, wie er von den Betreibern der Dönerbude in meinem Wohnblock etwas zu essen bekommen hat. Einen riesigen Döner, den er direkt vor der Luke des Dönerladens in sich hineinstopft. Sie haben ihn wohl nicht hereingelassen, haben ihm das Essen durch die Luke gereicht, vor der er jetzt steht, um es in sich hineinzustopfen, dabei starrt er wie so oft an die Wand. Doch an diesem Tag traf ich ihn, wie er mit äußerst gequälter Leidenschaft halblaut seine Wortfolgen von sich gebend auf mich zukam. Es war frühmorgens, ich war von meinen schlechten Träumen geweckt worden und hatte beschlossen, mit der Hochbahn zum Wittenbergplatz zu fahren, um Schuhe zu kaufen, denn das Paar, das ich besaß, war ziemlich abgetragen. Ich hatte die Wohnung sogar ohne Frühstück verlassen. Frühstücken konnte ich in einem Café, entweder bevor ich in die Hochbahn stieg oder danach, am Wittenbergplatz.

Ich ging das Maybachufer entlang und über die Kottbusser Brücke. Schon von dort konnte ich den U-Bahnhof Kottbusser Tor sehen, wo ich üblicherweise in die Hochbahn einstieg. Doch weil die Sonne schien, beschloss ich, auf der Terrasse des *Morgenland*, gleich neben der U-Bahn-Station Görlitzer Bahnhof, zu frühstücken, und ging nach rechts, am Paul-Lincke-Ufer entlang, wo bereits viele draußen in den Straßencafés mit Blick auf den Kanal in der Morgensonne frühstückten, dann bog ich in die Manteuffelstraße und ging zum *Morgenland*. Das *Café Morgenland* liegt am Südende eines Platzes, an dem drei große Straßen aufeinandertreffen, die Skalitzer Straße, die Oranienstraße und die Wiener Straße, und oberhalb dieses Treffpunkts verläuft die Hochbahn, auf der man die Züge in die U-Bahn-Station Görlitzer Bahnhof einlaufen und halten sieht. Nach meiner Zeitrechnung, die einer biologischen Uhr folgt, aufgezogen von einem langen Leben als privilegierter freier Literat, war es frühmorgens, kurz nach zehn, aber das *Morgenland* war bereits vollbesetzt von Berlinern, die sich sonnten, Kaffee tranken und/oder etwas aßen. Ähnlich schien es in den anderen Cafés auszusehen, die diesen Platz von allen Seiten umgaben. Das ist Berlin. Wäre es kalt oder bewölkt oder regnerisch, wäre diese Gegend leer und verlassen, aber jetzt, beim ersten Sonnenstrahl, kriechen die Berliner aus ihren Löchern und strömen hier in die Cafés, wo sie in der Sonne sitzen und Zeitung oder Bücher lesen und an ihrem Kaffee nippen. Welche Jahreszeit es war, weiß ich nicht mehr. Es kann jede Jahreszeit gewesen sein, ich erinnere mich nur an milde Sonnenstrahlen, es kann ebenso gut Januar gewesen sein wie Mai oder September. Dem Tag müssen ein paar kalte Tage vorausgegangen sein, aber die kann man genauso gut im Mai wie im September haben, denn die Freude über den milden Morgen mit Sonnenschein war groß. Um genau zu wissen, welche Jahreszeit es war, reicht es nicht, sich an die Freude über die Sonne, die milde Luft zu erinnern, man muss auch wissen, welche Kleidung man an dem Tag trug. Hatte ich einen Wintermantel angezogen, war es Januar, trug ich eine Jacke oder einen leichten Pullover, kann es Januar, Mai oder Juni gewesen sein, und war ich mit einem leichten Pullover oder nur mit einem Hemd oder T-Shirt bekleidet, war es vermutlich Mai oder September. Ich setzte mich in einen Korbstuhl. Dass ich das *Morgenland* all den anderen netten Cafés in dieser Gegend vorziehe, liegt an den Korbstühlen, in denen man sitzen und das vorbeirauschende Leben auf den Straßen oder oben auf der von Eisensäulen getragenen Hochbahn betrachten kann, wo die gelben U-Bahn-Züge leise auf ihren Gleisen vorbeirauschen und langsam zur U-Bahn-Station Görlitzer Bahnhof fahren und hinter den eleganten Glaswänden halten, mit denen diese U-Bahn-Station wie so viele andere entlang der

Hochbahn ausgestattet ist. Und darunter, direkt vor mir, düsten die Autos in ihren jeweiligen Formationen vorbei, gesteuert von einem ausgeklügelten Ampelsystem dort, wo die drei großen Verkehrsadern zusammentreffen und auch die vierte, kleinere Straße, die Manteuffelstraße, so angelegt ist, dass sie eine Autoschlange mit sich führt, die sich dem Ampelsystem unterordnen muss. Alles in allem ein angenehm bedächtiger Rhythmus, die gelben U-Bahn-Züge in ihrem stillen regelmäßigen Verkehr in beide Richtungen und das Rauschen der Autos in vier Richtungen und Menschen auf allen Bürgersteigen und volle Straßencafés in der Morgensonne. Ich trank eine Tasse Kaffee und aß ein Croissant. Anschließend überquerte ich zwei Straßen und betrat die U-Bahn-Station, ging die Treppe zum Görlitzer Bahnhof hinauf, um die U1 oder die U15 zum Wittenbergplatz zu nehmen.

Eigentlich hätte ich die Skalitzer Straße weitergehen, auf diese Weise der Hochbahntrasse bis zum Schlesischen Tor folgen und von dort die U1 oder die U15 nehmen sollen. Das ist die eigentliche Anfangs- oder Endstation der Hochbahn. Sie führt zwar weiter über die Spree und die märchenhafte Oberbaumbrücke zur Warschauer Straße, aber aus zwei Gründen finde ich es korrekt zu sagen, die Hochbahn beginne (oder ende) am Schlesischen Tor. Erstens, weil sie während des Kalten Kriegs hier endete. Erst nach dem Mauerfall wurde sie bis zur Warschauer Straße verlängert. Nun könnte man einwenden, dass sie ja in den 1920er-Jahren bis zur Warschauer Straße als Endstation ging und man die Strecke nur restauriert hat. Das stimmt zwar, aber die Warschauer Straße war unter keinerlei Gesichtspunkt eine natürliche Endstation, weder 1920 noch 1990. Man hätte die Hochbahn um ca. einen Kilometer bis zum Frankfurter Tor verlängern sollen. Die Hochbahn wurde schließlich auf den Resten der alten Stadtmauer Friedrichs des Großen errichtet, daher Stationsnamen wie Schlesisches Tor (Tor nach Schlesien), Kottbusser Tor (Tor nach Cottbus), Hallesches Tor (Tor nach Halle), und sie sollte folglich am Frankfurter Tor (Tor nach Frankfurt an der Oder) enden. Dass man sie 1920 nicht bis zum Frankfurter Tor verlängert hat, ist unter ästhetisch-logischen Gesichtspunkten ein Fehler, dass man sie nach 1990 nicht bis zum Frankfurter Tor verlängert hat, ist eine Folge schlechter Stadtentwicklung mit ganz klar westlich-arrogantem politischem Unterton. Denn am Frankfurter Tor endet die Prachtstraße Stalinallee oder Karl-Marx-Allee, wie sie ab 1956 hieß. Sie war die Paradestraße Ostberlins und ist ein imponierendes Bauprojekt sozialistischer Monumentalkunst, das sogar in all seinem üppigen, wenn auch etwas lähmenden Glanz vollendet wurde. Würde man die Hochbahn von der Warschauer Straße bis zum Frankfurter Tor verlängern, bekäme man vom Kurfürstendamm bis zur Karl-Marx-Allee eine einheitliche, wunderschön gebogene Verkehrsader, teils über Straßenniveau, teils unterirdisch. Die Ostberliner Paradestraße verbunden mit und angeschlossen an die Westberliner Paradestraße. Aber das sollte nicht sein. Die Karl-Marx-

Allee sollte mit nichts verbunden werden. Die Ostberliner Paradestraße sollte abgehängt werden. Zur Wiedervereinigung Berlins fehlt ein Kilometer vollendeter Planung. Und diesen Kilometer mit einem eleganten Betongerüst zu füllen, auf dem aquäduktartig Gleise verlaufen, die in einer nostalgischen 1920er-U-Bahn-Station aus Eisen und mit Glasdach enden, wird hundert Jahre dauern.

Doch obwohl mein Protest bewirkt, dass ich die Warschauer Straße nicht als Anfangs- oder Endstation für die U1 und die U15 anerkenne, will ich hier trotzdem einmal sagen, dass die Fahrt von der Warschauer Straße zum Schlesischen Tor einen Höhepunkt der Hochbahnstrecke darstellt. Man quert auf der Oberbaumbrücke die Spree und blickt direkt auf sie hinunter. Die Bahn fährt dann sehr langsam, und man kann zu beiden Seiten aus dem Fenster schauen, wo man jeweils einen guten Blick auf die Spree hat, es ist der beste Punkt, um der Spree die Grandezza zuzuerkennen, die sie verdient. Anschließend kommen die U1 oder die U15 in einem merkwürdigen Bogen über den Platz um das Schlesische Tor förmlich angeschwebt, bevor sie zielsicher in der Station mit Glasdach landen. Stets mit perfekter Haltungsnote.

Ich stand nun aber am Bahnsteig im Görlitzer Bahnhof und wartete auf die U1 vom Schlesischen Tor. Dort kam die gelbe Bahn und hielt. Die Türen gingen auf, Passagiere stiegen aus, Passagiere stiegen ein. Mit einem kurzen Tonbandsummton setzte sich die U1 in Bewegung und fuhr langsam über die Skalitzer Straße zum

Kottbusser Tor, vorbei an Wohnblocks aus scheinbar billigem Material, in denen die Türken wohnten, eine Pufferzone gegen den Verkehrslärm. Halt am U-Bahnhof Prinzenstraße. Dann der Böcklerpark mit seinem Freibad, auf das ich gern einen Blick zu erhaschen versuche, sommers wie winters, denn das Becken ist blau angestrichen, sodass es auch im Winterhalbjahr, wenn es geleert wurde, unverändert blau ist. Hinter dem Park verläuft die Hochbahn parallel zum Ufer, also zum Landwehrkanal, auch ein Anblick, den ich gern mitnehme. Heute jedoch nicht. Denn schon am Kottbusser Tor stieg ein unangenehmer Fahrgast ein, der all meine Aufmerksamkeit auf sich zog. Es war ein eher kleiner Mann mit einer großen, klobigen Tasche. Der Wagen war ziemlich voll, trotzdem ging der kleine Mann entschlossen zu der Sitzbank mir gegenüber und erzwang sich recht demonstrativ einen Platz. Ja, er drückte sich zwischen zwei Männer, die, auch wenn sie nicht gerade Schulter an Schulter saßen, zwischen sich keinen Platz für einen dritten Mann hatten. Doch da der neue Fahrgast, wie gesagt, ein ziemlich kleiner Mann war, rückte einer der anderen Männer automatisch, nahezu reflexhaft, zur Seite, um dem kleinen Mann eine Chance zu geben, die dieser blitzschnell ergriff, er setzte sich so hin, dass auch der Mann auf der anderen Seite gezwungen war, so weit wie möglich wegzurücken. Kaum saß er, breitete der Mann seine Ellbogen aus, um sich etwas Platz zu verschaffen, und nahm dann die klobige Tasche hoch. Er stellte sie aber nicht auf seinen eigenen Schoß, sondern fast schon auf den Schoß des Nachbarn, der so höflich reflexhaft weggerückt war und dem kleinen Mann dadurch ermöglich hatte, sich auf die Bank zu quetschen. Dieser stellte die schwere Tasche auf die Oberschenkel des Nachbarn und versuchte zugleich, zwischen sich und den Beinen des Nachbarn Platz für seine Tasche zu schaffen. Ja, er drückte die Tasche herunter, und es gelang ihm, so viel Platz zu ergattern, dass die Tasche hochkant zu stehen kam. Glücklich mit seiner Eroberung mühte sich der kleine Mann weiterhin damit ab, noch mehr Platz für seine Tasche zu schaffen. Es gefiel ihm schlicht nicht, dass sie hochkant stand, und er versuchte eifrig, sie in ihrer Breite nach unten zu drücken. Jetzt reichte es seinem Nachbarn, er stand auf, stellte sich in den Mittelgang und hielt sich an einem Halteriemen nahe der Tür fest. Der kleine Mann schob die Tasche resolut zur Seite, sodass sie den ganzen Platz einnahm, den der Nachbar vorher belegt hatte. Nun hatte er selbst ausreichend Platz und lehnte sich genüsslich zurück, gegen die Schulter des anderen Mannes. Auch diesem reichte es, er stand auf und schnappte sich ebenfalls einen Halteriemen unweit der Tür. Der kleine Mann breitete sich aus und verteilte sich und die Tasche im Einklang mit den neuen Gegebenheiten großzügig auf der Bank. Dann studierte er seine Finger. Er spreizte die Finger und studierte sie eingehend, zuerst die Finger der linken Hand, dann die Finger der rechten Hand, dann wieder die der linken. Er studierte seine Finger, als wären es Karten, die er gerade ausgeteilt bekommen hatte. Doch während er die zufällig verteilten Karten studierte, warf er immer wieder Blicke um sich, es waren böse Blicke, das weiß ich, denn mehrere davon trafen mich. Ich saß schräg gegenüber, und seine Blicke galten mir. Ich sah weg. Ich sah zu Boden. Ich sah hoch und merkte, wie mich der kleine Mann weiterhin mit Blicken bedachte, mit durchdringenden Blicken. Ich empfand die Situation als sehr unangenehm, und als die U1 am Halleschen Tor hielt, stand ich abrupt auf und verließ in Windeseile den Wagen, dicht hinter den beiden früheren Sitznachbarn des kleinen Mannes mit der klobigen Tasche. Rasch stieg ich in den Wagen davor und setzte mich ganz nach vorn.

Die Hochbahn verlief nun parallel zum Landwehrkanal, wenngleich weit oberhalb desselben, der auch auf diesen Passagen ewig schön ist, worüber ich mich in meinem neuen Wagen freute. Die U1 hielt an der Möckernbrücke und fuhr dann weiter, immer noch parallel zum Kanal und den entsprechenden Ufern und Uferstraßen, wie sie beiderseits des Kanals heißen. Doch gleich hinter der Möckernbrücke trennen sich Hochbahn und Kanal, der Kanal biegt nach rechts und fließt nach Norden Richtung Potsdamer Platz, während die Hochbahn geradeaus weiterfährt. Diese Trennung erleben die Passagiere der U1 mit einer gewissen Wehmut, sofern sie einen Blick dafür haben, hinausschauen und nicht die Nase in eine Zeitung stecken oder in ein Buch, was die meisten Fahrgäste allerdings tun. Doch diese Wehmut wird alsbald von dem Eindruck ersetzt, den ein überraschender Anblick auf einen ausübt. Denn gleich nach der Trennung taucht im Blickfeld des Fahrgasts ein echtes Flugzeug auf. Ein Flugzeug in voller Größe, das vor einem großen modernen Gebäude an einer Stange hängt. Es handelt sich bei dem Gebäude um das Deutsche Technikmuseum in Berlin und bei dem Flugzeug vermutlich um einen der Flieger, die während der Berlinkrise 1948 für die sogenannte Luftbrücke in das isolierte Westberlin eingesetzt wurden. Doch noch bevor man diesen Anblick verdaut hat, schiebt sich die U1 durch einen schmalen Spalt zwischen zwei Gebäuden, und da die Hochbahn ziemlich hoch oben verläuft, befindet sich der Spalt zwischen dem zweiten und dritten Stockwerk der Häuser, zwischen denen die Hochbahn hindurchrattert, bevor sie in den mystischen U-Bahnhof Gleisdreieck einfährt. Eigentlich sollte man gerade diese Fahrt mit der U1 in umgekehrter Richtung erleben. Man sollte vom Gleisdreieck kommen und dann durch diesen schmalen Spalt fahren. Dann hätte man das eigentümliche Gefühl, direkt die Fenster der Gebäude auf der rechten Seite zu streifen, fast könnte man an die Fensterscheiben der dort wohnenden Familie klopfen. Sie erlebt das alle vier Minuten, von der Früh bis um neunzehn Uhr abends, und anschließend alle zwölf Minuten bis um ein Uhr nachts. Sollte jemand, der das hier liest, nach einer Romanidee suchen, kann ich durchaus einen Roman empfehlen, dessen ganze, wirklich die ganze Handlung sich hinter diesen Fenstern abspielt. Im Übrigen verweise ich gern auf diese

Fahrt und das eigentümliche Berlingefühl, dem man jedes Mal ausgesetzt wird, wenn man in einem Wagen der U1 in Richtung Warschauer Straße fährt, das Gleisdreieck verlässt und dann wie ein Vogel dieses Fenster im zweiten oder dritten Stock eines Gebäudes von etwa 1920 streift.

Mittlerweile sind wir auf unserer eigentlichen Fahrt zum Wittenbergplatz, um im KaDeWe Schuhe zu kaufen, am Gleisdreieck angekommen. Diese Station liegt mitten im Niemandsland. Einöde nenne ich den U-Bahnhof Gleisdreieck, und hier herrscht wirklich Einöde. Dennoch treffen an diesem Gleisdreieck, in dieser Einöde, Berlins zwei stolze Hochbahnen aufeinander, die U1, in der ich sitze, und die U2, die Hochbahn vom Nollendorfplatz, bis diese hinter dem Mendelssohn-Bartholdy-Park, der nächsten Station nach der Einöde, unter der Erde verschwindet. Doch rund um diese große Station gibt es nichts. Nur einen riesigen Bauplatz, der ins Stocken geraten ist. Man könnte die Einöde gut und gern Einödeneck nennen oder besser noch: das einödige Dreieck, das ist vermutlich die zutreffendste Bezeichnung für diesen Teil Berlins. Von der Einöde aus kann man auf der rechten Seite den Neuen Potsdamer Platz erkennen. Man sieht weit weg den gelbgrünen Turm des Daimler-Gebäudes aufragen und etwas weiter kann man auch das segelähnliche Glasdach des Sony Centers erahnen. Dort hat sich das Neue erhoben.[4] Aber hier ist das Neue ins Stocken geraten. Hier befindet man sich mitten auf einem Bauplatz, in einem Provisorium, das niemals etwas anderes als ein Provisorium sein wird. In den letzten zwei, drei Jahren ist hier nichts passiert. Wobei, ein bisschen was ist schon passiert, aber so ungemein langsam, als hätten wir es mit einer archäologischen Ausgrabung zu tun. Die Kräne ragen seit drei Jahren in den Himmel, hie und da sehe ich einen Lastwagen, gefüllt mit Schotter oder Kies, der reglos in der Ödnis unter mir herumsteht, doch da der Lkw an einem Tag mit Kies gefüllt ist und der Kies am nächsten Tag weg ist, muss er sich zwischen meinen zwei Fahrten mit der U1 bewegt haben. Einmal sah ich auf einen Blick, dass etwas passiert war, man hatte es tatsächlich geschafft, einen unterirdischen Straßentunnel zu graben, möglicherweise aber auch ein riesiges Parkhaus. Ja, wahrhaftig. Und das in der Einöde oder dem einödigen Dreieck. Über dem Straßentunnel oder dem Parkhaus wird offensichtlich auch etwas ausgehoben oder die Grundlage für eine Form der Bebauung geschaffen. Mühselig kommt die Wahrheit ans Licht. Die Kräne schweigen nicht, sie arbeiten, aber so langsam, dass man es mit bloßem Auge nicht erkennen kann. Hier in Berlins Hinterhof, im östlichen Westberlin, weit weg von der Kurfürstenstraße oder der Bülowstraße, wo Westberlin abrupt endet, und weit entfernt von der Stelle, an der die ehemalige Mauer stand oder eingepflanzt war.

Hinter dem Gleisdreieck erhascht man einen letzten Blick auf diese eigentümliche Großstadtödnis, bevor die Bahn unter der Erde verschwindet. Hier endet die Hochbahn, und die Reststrecke der U1 zur Krummen Lanke tief unter dem Grunewald vollzieht sich in einem Tunnel unterhalb der Straßendecke. Nun ist die Hochbahn zur Untergrundbahn geworden. An der Möckernbrücke waren in meinem Wagen vier junge Mädchen zugestiegen, die jetzt mit einer Art Spiel oder Abzählreim begannen. Es war ein rhythmisches Spiel, bei dem die vier Mädchen Handbewegungen im Takt zu etwas ausführten, das ich als Vers oder Abzählreim interpretierte und das sie laut aufsagten. Zunächst klatschten sie im Takt in die Hände, dann schlugen sie sich rhythmisch auf die Oberschenkel, bevor sie die Hände wieder über den Kopf hoben und im Takt weiterklatschten, und schließlich sagte eins der Mädchen ein Wort. Nach einer Weile begriff ich, dass es ein Mädchenname war. Ich hörte zumindest, dass einer der Namen, die ständig wiederholt wurden, Olympia lautete, und einen anderen, den ich nicht ganz mitbekam, interpretierte ich als Doppelnamen, Ursula Maria oder so ähnlich. Und jedes Mal, wenn eins der Mädchen in einem scheinbar festen Turnus einen solchen Mädchennamen aussprach, lachten und kicherten sie vergnügt. Sie schauten sich fröhlich an und brachen in Gelächter aus. Sie saßen nebeneinander auf der Querbank, ich saß ein Stück weiter ihnen gegenüber und konnte sie beobachten, ohne dass es auffiel. Ob der Name, der am Ende des Spiels ausgesprochen wurde, der Name derjenigen war, die ihn von sich gab, oder ob er einer der anderen Anwesenden gehörte, vermochte ich nicht herauszufinden. Es können natürlich auch ganz andere Namen gewesen sein, Namen von vier Freundinnen oder langweiligen Klassenkameradinnen, die nicht dabei waren. Jedenfalls amüsierten sie sich köstlich über die Namen, die sie von sich gaben und die sich wiederholten. Leider war ich nicht wachsam genug, um festzustellen, ob diejenige, die einmal Olympia gesagt hatte, das nächste Mal, als sie an der Reihe war, den Namen wiederholte, dann hätte ich vielleicht herausfinden können, inwieweit es ihre eigenen Namen waren, die sie am Ende des Spiels ausriefen. Aber ganz sicher war ich nicht, denn es könnte ja sein, dass sich diejenige, die, wenn sie an der Reihe war, jedes Mal Olympia rief, einen Spaß daraus machte, die Auswahl von insgesamt drei an der Zahl einzuschränken, wenn das Regular vorsah, dass jede zwischen den Namen der drei anderen wählen musste, aber nur einen nennen durfte, nämlich Olympia, wodurch sie die Lust und das Gekicher bei mindestens zwei der drei anderen inklusive ihrer selbst erhöhte, aber am wahrscheinlichsten bei allen dreien, obwohl vielleicht diejenige, die wirklich Olympia hieß, einen Anflug von Kränkung ob ihrer Schamhaftigkeit empfinden könnte, was sie allerdings nicht zu zeigen wünschte. Es war schwer zu sagen, wie alt diese Mädchen waren. Sechzehn vielleicht, nein, sie waren mindestens siebzehn. Achtzehn, ja, sie könnten sogar neunzehn sein, denn etwas an ihrer Art zu lachen deutete darauf hin, dass das Spiel, das sie spielten, etwas Kindliches an sich hatte, auf das sie sich gegenseitig aufmerksam machen mussten und worüber sie sich gleichzeitig amüsierten, wie in einer erschlichenen Pause. Jedenfalls wiederholten sie dieses Spiel, diesen Abzählreim immer und immer wieder, während die U1 ihre Fahrt durch den engen Tunnel unter Berlins Straßendecke fortsetzte, und als ich am Wittenbergplatz ausstieg, waren sie noch immer damit beschäftigt, denn als die U1 aus der Station hinausfuhr, sah ich, dass die vier jungen Mädchen die nächste Runde ihres rhythmischen Spiels begonnen hatten, ich sah, wie sie mit den Händen über dem Kopf im Takt klatschten, aber ich konnte nicht länger hören, welchen Namen sie riefen und wer ihn rief.

Ich stieg am Wittenbergplatz aus und fuhr mit der Rolltreppe hinunter in die Ankunftshalle. Ich wollte zum KaDeWe, um mir ein Paar Schuhe zu kaufen. Als ich auf den eigentlichen Platz trat und wie üblich von Abonnementverkäufern der *Berliner Morgenpost* umringt wurde, ereilte mich plötzlich eine brillante Idee. Das war's! Es stand glasklar vor mir. Alles, wonach ich jahrelang gesucht hatte, war wieder zu mir gekommen. Es war exakt die gleiche brillante Idee, die mich 1997, an einem Septembertag in Moskau, ereilt hatte, als ich mich auf der Straßenseite gegenüber dem Platz mit der Statue des großen russischen Dichters Puschkin befand. Einen Augenblick lang stand alles glasklar vor mir. Ein ganzer Roman oder zumindest eine brillante Romanidee war, glaube ich, in die innere Leinwand meines Bewusstseins eingeritzt, und ich brauchte sie bloß abzulesen. Bedauerlicherweise hatte mich die brillante Idee so schnell wieder verlassen, wie sie aufgetaucht war. Lange hatte ich versucht aufzuspüren, was mir an dem Tag in Moskau so klar vor Augen gestanden hatte, es war mir jedoch zu keinem Zeitpunkt gelungen. Bis jetzt. Jetzt tauchte die gleiche brillante Idee wieder in mir auf, und ich brauchte sie bloß abzulesen. Allerdings geschah hier auf dem Wittenbergplatz in Berlin zu Beginn des neuen Jahrtausends das Gleiche wie in Moskau Ende des 20. Jahrhunderts, die brillante Idee verschwand ebenso schnell, wie sie aufgetaucht war. Verzweifelt merkte ich, wie sie einfach verschwand, noch bevor es mir möglich gewesen war, auf der inneren Leinwand meines Bewusstseins auch nur das Geringste zu lesen. Man könnte sagen, der Gedanke entglitt mir, er verschwand ganz einfach, obwohl ich hellwach war und ihn, sobald mir bewusst wurde, dass er aufgetaucht war, zu packen suchte, ich weiß schließlich, wie schnell einem solche Ideen entgleiten. Pack sie, dachte ich, und das war das Dümmste, was mir einfallen konnte. Denn gerade, indem man sich zurief, pack sie, setzte man sich selbst außer Gefecht. Zu denken, »pack sie«, ist nicht gleichbedeutend damit, sie zu packen, eher das Gegenteil, denn es bedeutet, dass man für das, was man so gern packen würde, unwiderruflich zu spät kommt. Zu denken, »pack sie«, anstatt sie unmittelbar zu packen, führte meinerseits zu einem Augenblick der Unaufmerksamkeit, der ausreichte, damit mir der brillante Gedanke entglitt. Er löste sich in Wohlgefallen auf. Da war Leere. Da war nichts zu begreifen. So stand ich also da. Auf dem Wittenbergplatz, vor mir das KaDeWe. Erneut war mir ein Geistesblitz, der alles in meinem Leben hätte erklären können, entglitten. Da solche Augenblicke so selten eintreffen, war es umso enttäuschender, dass es mir auch dieses Mal nicht gelungen war, die Idee zu fassen zu kriegen. Insbesondere ärgerte es mich, dass der Fehler dieses Mal ausschließlich bei mir lag, wäre ich aufmerksamer gewesen, wäre das nicht passiert. Dann hätte ich mein ganzes Buch auf einen Blick lesen können.

So kommt es mir jedenfalls vor. Doch Enttäuschungen wie diese waren mir durchaus vertraut. Wie oft hatte ich nicht in all den Jahren, in denen ich mich als Autor schöngeistiger Literatur betätigt hatte, das Gefühl gehabt, ich stünde direkt vor einem Durchbruch von der Art, wie ich ihn soeben geschildert habe, daher tat ich meine Enttäuschung als nutzlos ab und meine Sehnsucht als unrealistisch und betrachtete meine abgetragenen Schuhe. Ich war zum Wittenbergplatz gekommen, um mir neue Schuhe zu kaufen. Folglich steuerte ich auf das KaDeWe zu. Die Sonne hatte nicht aufgehört zu scheinen, unabhängig von der Jahreszeit war es ein anhaltend milder Tag, ohne die Wetterwechsel, für die Berlin so bekannt ist. Ich betrat das KaDeWe durch die Eingangstür in der Tauentzienstraße. Von dort kommt man in eine große prunkvolle Halle, in der Kronleuchter funkeln und große Silberteller glitzern. Am Ende dieser riesigen Halle befindet sich eine breite majestätische Rolltreppe. Auf diese ging ich zu. Ich stellte mich in das Gedränge der Menschen, die sich von diesen Rolltreppen die Stockwerke nach oben befördern ließen, bis zur 7. Etage. In der 6. Etage befindet sich übrigens die berühmte Lebensmittelabteilung, die Tag für Tag Tausende Touristen anlockt. Aber ich verließ die Rolltreppe schon im ersten Stock und begab mich in die verschiedenen Abteilungen für Herrenbekleidung. Rasch fand ich die Schuhabteilung. Ich blieb stehen und betrachtete die ausgestellten Schuhe, begann meine Eindrücke zu sortieren. Ich wollte Schuhe kaufen. Darum hatte ich heute meine Wohnung verlassen. Die Schuhabteilung beeindruckte mich. Nicht weil sie so groß wäre, denn das war sie nicht, groß genug, das schon, aber die Schuhe waren mit Respekt ausgestellt. Nicht affektiert, so als stellte jedes Paar ein Kleinod dar, sondern mit Respekt. Das zeugte von Qualität, und für einen Mann wie mich, der nicht sehr viel von Schuhen verstand, war das wichtig. Es war Monate her, seit ich zuletzt im KaDeWe gewesen war. Damals hatte ich nicht Schuhe gesucht, sondern einen Anzug. Ich konnte mich nicht entscheiden. Ich hatte die Wahl zwischen einem Leinenanzug von Boss und einem Anzug von Cerruti von derart feinem Stoff, derart dünn, dass ich bei der Anprobe die Hose so vorsichtig anziehen musste, als wären es des Kaisers neue Kleider. Am Ende kaufte ich beide und bezahlte mit Goldkarte. Als mir der Verkäufer die Goldkarte zurückgab, schlug er mir jovial auf die Schulter und sagte Viel Glück. Good luck auf Englisch. Hätte er sich nicht eher verbeugen und Auf Wiedersehen sagen sollen? Doch er schlug mir auf die Schulter und sagte Good luck. In der Schuhabteilung sah ich nur Verkäuferinnen, in der Anzugsabteilung waren nur Verkäufer gewesen. Das Seltsame am KaDeWe ist, dass sich die meisten Menschen auf den Rolltreppen oder in den Fahrstühlen befinden oder in der sogenannten kontinentalen Wohnstube. Aber auf den einzelnen Stockwerken, das heißt in den Abteilungen, sind es nie sehr viele. Auch nicht in der Schuhabteilung. Ich war, als ich mich dort umsah, ziemlich allein, mit Verkäuferinnen an jeder Ecke, die mich verstohlen beäugten. Hoffentlich sahen sie, dass ich ein Kunde mit abgetragenen Schuhen war, der folglich neue brauchte. Ich besah mir die Schuhe. Ich nahm einen Schuh hoch, studierte seine Form und las die Gebrauchsanweisung. Es war der rechte Schuh eines Paars, das aus Känguruleder bestand. Da kam mir der Gedanke, ein Paar aus Schlangenleder zu kaufen, was ich aber nicht finden konnte. Sollte ich jetzt etwa mit einem Paar aus Känguruleder vorliebnehmen? Ich hatte noch nie Schlangenlederschuhe gekauft. Danach war mir jetzt. Ich war ein Mann von etwa sechzig Jahren, grauhaarig, mit abgetragenen Kleidern, konnte ich mich mit einem Paar Schuhe aus Känguruleder begnügen? Ich glaube nicht. Doch ich wusste es nicht. Ich war unsicher. Es gab auch ein Paar italienische Schuhe, die mir gefielen. Aber sie waren im Angebot. Warum waren sie im Angebot? Sie waren ziemlich billig, kosteten nicht mehr als 1500 Kronen. Warum waren sie so billig? Wie sehr kann man dem KaDeWe eigentlich trauen? Und warum haben sie keine Schlangenlederschuhe im Sortiment? Solche wollte ich haben. Die italienischen Schuhe waren nur eine Idee, auf die ich kam, weil sie so billig waren. Ich beschloss, stattdessen in einen anderen Laden zu gehen. Warum nicht ins Lafayette, die Berliner Filiale des Pariser Warenhauses, das in einem funkelnagelneuen Gebäude in der Friedrichstraße in Mitte untergebracht war.

Daher ging ich zurück zum U-Bahnhof am Wittenbergplatz und nahm zuerst die U2 zum Zoo und von dort die S-Bahn zur Friedrichstraße. Das war ein Umweg, es wäre einfacher gewesen, mit der U2 in die entgegengesetzte Richtung zu fahren und in Stadtmitte auszusteigen, doch weil der Tag so schön war, wollte ich die S-Bahn nehmen, die überirdisch verläuft und mich durch den Tiergarten führte, vorbei an den ewigen Kränen des Lehrter Stadtbahnhofs, der Berlins neuer Hauptbahnhof werden soll und von dem keiner weiß, wann er einmal fertig sein wird, vorbei am Reichstag mit seiner neuen Kuppel und der deutschen Flagge, vorbei an dem verlassenen Gebiet für die neuen Regierungsbüros mit einem fertigen Kanzleramt mittendrin, einsam und modern, über die Spree zum Bahnhof Friedrichstraße. Ich stieg aus, doch anstatt auf den Hauptausgang zuzusteuern, der mich direkt in die belebte Friedrichstraße geführt hätte, ging ich in die entgegengesetzte Richtung. Dort war eine Überführung, die in Treppen über die Spree führte. Sie verlief unterhalb und parallel zur Eisenbahnbrücke, die ebenfalls über die Spree führte, und hatte etwas von einem Tunnel, aber die offenen Ausblicke zu beiden Seiten milderten den

Eindruck von Dunkelheit. Das ist das Schönste in Berlin. In dieser Überführung stehenzubleiben und auf die Spree zu schauen. Hinter, unter und innerhalb dieser mächtigen Eisen- und Stahlkonstruktion zu stehen, die zu einer schweren Eisenbahnbrücke über die Spree gehört, und auf die Strömungen im Fluss zu schauen. Eisen und Wasser. Hier hält die Zeit inne, und ich blickte in das vergangene Berlin. Das Spiel mit Licht und Schatten. Die Boote auf der Spree. Das dunkle fließende Wasser im Licht. Natürliches Wasser. Schleppschiffe. Lastkähne. Gesehen durch diese Konstruktionen, die aus dem beginnenden 20. Jahrhundert stammten. Dann eilte ich weiter … Schiffbauerdamm. Diesem folgte ich und beschloss, im *Ganymed* ein Bier zu trinken. Das verstieß zwar gegen meine Prinzipien. In puncto Alkohol halte ich es mit James Joyce. Kein Alkohol vor 19 Uhr. Selbst liege ich zwei hinter Joyce (das heißt, meine erste Einheit Alkohol trinke ich frühestens um 17 Uhr, streng genommen müsste ich sagen, dass ich zwei vor Joyce liege, aber das klingt nicht richtig, schon gar nicht, da ich den Plan habe, irgendwann erst um 19:30 Uhr Alkohol zu trinken, und dann würde ich sagen, jetzt liege ich ein halb vor Joyce. Während ich das hier notiere, bin ich schon bei eins hinter Joyce angelangt, wenn ich schreibe, dass ich zwei hinter ihm liege, dann, weil es sich in der Zeit, aus der diese Erinnerungen stammen, so verhielt). Und bei diesem Prinzip bin ich normalerweise sehr streng. Heute jedoch nicht. Schließlich hatte ich auf meiner Fahrt zur Galerie Lafayette in der

Friedrichstraße schon zwei unnötige Dinge gemacht. Den Umweg mit der S-Bahn gewählt anstelle der kürzeren U-Bahn-Verbindung und anschließend den falschen Weg aus dem Bahnhofgelände heraus genommen, was ebenfalls ein Umweg war. Dann konnte ich genauso gut noch eine Pause machen, oder einen Umweg ins *Ganymed*. Gesagt, getan. Hinein ins *Ganymed*, das schicke *Ganymed* mit seiner Bar und den zwei Speisesälen. Ich setzte mich an einen Tisch in der Bar und bestellte ein Bier. Es waren nur wenige Gäste da. Die beiden Speisesäle wirkten ziemlich leer, und außer mir befand sich nur ein Mann im Lokal, der auf einem Hocker am Tresen saß. Während ich dasaß und auf mein Bier wartete, kam übrigens noch ein Mann herein, der den ersten offensichtlich kannte, sich zu ihm auf einen Hocker setzte und ebenfalls ein Bier bestellte. Das *Ganymed* ist ein Lokal, das ich sehr mag. Auf den Tischen im Speisesaal liegen weiße Tischdecken und darauf ziemlich schwere, ebenfalls weiße Servietten. Die Kellner sind schwarz gekleidet und haben sich vorschriftsmäßig eine lange weiße Schürze umgebunden. Das erinnert mich daran, dass Berlin nach Zentraleuropa ausgerichtet ist, nach Dresden, Wien und Prag.

Der erste Herr am Tresen hatte sein Bier bereits erhalten, und nachdem der zweite jetzt eingetroffen war, legte er die Zeitung beiseite, in der er gelesen hatte. Sie wechselten ein paar Worte, wandten sich lustigerweise aber gleich darauf mit einer Frage an mich. Derjenige, der zuletzt gekommen war, saß leicht schräg am Tresen, demjenigen zugewandt, der zuerst gekommen war, aber auch so, dass er mich sehen konnte. Er war es, der sich an mich wandte. Ich glaube, dass er etwas Nettes sagte, vom Tonfall her hörte es sich so an, aber ich war mir nicht sicher, was genau er gesagt hatte. Darum antwortete ich irgendetwas in gebrochenem Deutsch. Daraufhin ergriff derjenige, der zuerst gekommen war, das Wort und sprach mich auf Englisch an. Ich antwortete erneut etwas Unsinniges, zum Teil, weil ich mir immer noch nicht sicher war, was genau sie mich fragten oder mir erzählten, aber auch, weil ich verhindern wollte, in ein Gespräch verwickelt zu werden. Die beiden Männer schienen sich das nicht weiter zu Herzen zu nehmen und waren bald wieder ins Gespräch vertieft.

In einem Berliner Lokal, das etwas auf sich hält, dauert das Zapfen eines Biers mindestens acht Minuten. Das kann einem lang vorkommen, wenn man Durst hat, aber mir machte es nichts aus, denn ich bin daran gewöhnt, zu warten und in Gedanken zu verfallen, sobald sich die Möglichkeit dazu bietet. Ich saß also da und dachte nach. Dachte an meinen Roman. Mein Werk, meine Zukunft. Ich holte mein Notizbuch heraus und legte es vor mir auf den Tisch. Aber ich schlug es nicht auf. Ich saß da und dachte nach. Nach acht Minuten kam mein Bier mit akkurater Schaumkrone. Ich nahm einen großen Schluck, wie es sich gehört, wenn man ein Bierglas mit einer derart akkuraten Schaumkrone serviert bekommt. Anschließend schlug ich das Notizbuch auf. Nach einer Weile notierte ich: »Der Anfang ist das Ziel, ich bin weit vom Anfang entfernt.« Es war eine Erleichterung für mich, das schreiben zu können. Ja, ich war fast inspiriert und begann, über andere Seiten der schöngeistigen Kunst zu sinnieren, der ich mein Leben gewidmet hatte. Wie zum Beispiel Hilfsverben. Verben, die dazu da sind, anderen Verben zu helfen, die aus sich selbst heraus nichts Besonderes zu bieten haben und die einem Romanschriftsteller ein Studium wert sein sollten. Aber mich faszinierte vor allem der Begriff an sich, nicht so sehr seine Funktion, die ich sicherlich ebenso unreflektiert und spontan behandeln würde wie bisher. Doch mit Behelfswörtern verhält es sich anders. Wörtern, die wir hervorkramen und aus der Not heraus verwenden, weil wir keine anderen finden. Diese beschäftigten mich über die Maßen, ja, ich stellte fest, dass ich sie kultivierte, und jetzt begriff ich auch, warum ich sie kultivierte und es vermutlich auch künftig tun würde. Genau wie lange umständliche Umschreibungen von Dingen, für die es einen einfachen Begriff geben sollte, für die ich allerdings keinen Begriff kannte, weshalb es mir sehr wichtig war, sie so auszudrücken. Erneut notierte ich in meinem Notizbuch: »Ich bin kein begnadeter Stilist. Die Sprache ist ein löchriges, zerschlissenes und geflicktes Netzwerk.«

Bald hatte ich mein Bier ausgetrunken. Nur ein kleines Glas. Die beiden Herren auf den Barhockern an der Bar saßen nach wie vor da. Der Zuletztgekommene hatte die Sitzhaltung geändert und saß jetzt genauso da wie der zuerst Dagewesene, beide mit dem Rücken zu mir. Der Zuletztgekommene trank schneller als der zuerst Dagewesene. Er hatte sich ein neues Bier bestellt und es auch erhalten. Wie einsam zwei Herren, die auf ihrem Barhocker an einer Bar sitzen, auf jemanden wirken können, der so sitzt, dass er sie von hinten sehen kann. Der Zuerstgekommene hatte sein Bier ausgetrunken. Er winkte dem Barkeeper, um zu bezahlen. Dann kletterte er von seinem Barhocker und blieb beim Bezahlen daneben stehen. Er bekam Geld zurück und verabschiedete sich von dem anderen. Anschließend nahm er seine Aktentasche, die neben dem Barhocker auf dem Boden stand. Dort hatte auch der andere seine Aktentasche abgestellt. Die beiden Aktentaschen waren vollkommen identisch, und der zuerst Dagewesene schnappte sich nicht die Tasche, die gleich neben seinem Barhocker stand, sondern die andere, dicht am Barhocker des Zuletztgekommenen, der auf seinem Barhocker saß und mir den Rücken zukehrte. Bewaffnet mit dieser verließ er die Bar des *Ganymed*. Der andere trank in aller Seelenruhe weiter an seinem Bier. Mit dem Rücken zu mir, der ich meinerseits den Barkeeper heranwinkte, um zu bezahlen.

Als ich wieder auf der Straße stand, das *Ganymed* befindet sich übrigens neben dem Berliner Ensemble und dem Platz mit der Büste Bertolt Brechts, nur um das einmal erwähnt zu haben, nahm ich Kurs auf die Friedrichstraße, um endlich meinem Anliegen nachzukommen, das darin bestand, ein Paar Schuhe zu kaufen als Ersatz für diejenigen, die ich an den Füßen trug und die ziemlich abgetragen waren. Ich folgte der schmalen Friedrichstraße unterhalb der Eisenbahnüberführung des U- und S-Bahnhofs Friedrichstraße und querte die Straße Unter den Linden, bis ich zur funkelnagelneuen Galerie Lafayette gelangte. Die lange, schmale Friedrichstraße. Wenn ich sie entlanglaufe, wundere ich mich immer darüber, dass sie einmal Berlins Hauptstraße gewesen ist und dass sie es wieder werden soll. Denn neue Gebäude schossen und schießen zu beiden Seiten der schmalen Straße in die Höhe. Warenhäuser, Passagen, Konzerngebäude, Zeitungshäuser, Hotels. Ich betrat das schicke Gebäude, das die Galerie Lafayette in Gänze beherbergt. Vorhin habe ich erwähnt, dass abgesehen vom Gedränge auf den Rolltreppen und in der Feinkostabteilung im 6. Stock sich in den Abteilungen des KaDeWe überraschend wenige Kunden aufhielten. Das war falsch, wie ich jetzt merkte. Denn erst als ich die Galerie Lafayette betrat, begriff ich, was ein leeres Warenhaus war. Nicht einmal die klimatisierte Luft vermochte den Katastrophengeruch zu überdecken. Nur ein Konzern mit unglaublich großem Erfolg in Paris kann es sich leisten, den Laden hier am Laufen zu halten. Ich fand den Weg in die Schuhabteilung. Suchte nach Schlangenlederschuhen. Fand aber keine. Da ich jetzt fest entschlossen war, mir Schlangenlederschuhe zuzulegen, hielt ich nicht Ausschau nach anderen Schuhen als Ersatz.

Ich ging die Treppe hinunter zum U-Bahnhof Französische Straße und nahm die U6 zum Halleschen Tor, wo ich in die Hochbahn der U1 umstieg. Ich befand mich auf dem Heimweg. Hallesches Tor. Das Stadttor nach Halle. Hier habe ich vor Kurzem als Stadtführer in diesem Buch ausgehend vom Straßenverlauf der Friedrichstraße und der Wilhelmstraße Berlins Blütezeit erklärt. Doch habe ich in dem Zusammenhang das Hallesche Tor nicht vorgestellt. Das werde ich auch jetzt nicht tun, es gehört zu den tristesten Orten Berlins. So trist, dass ich ihn nicht zu beschreiben brauche, denn ich gelange durch einen unterirdischen Tunnel von der Station der U6 zur Station der Hochbahn U1, wo mich eine Rolltreppe zum Bahnsteig im Freien befördert. Langsam fuhr die gelbe Bahn ein. Ich stieg ein, stieg aber nicht am Kottbusser Tor, der für mich nächsten Station, aus, sondern fuhr bis zum Schlesischen Tor, bevor ich die Bahn verließ. Denn jetzt hatte ich Appetit auf Fisch zum Abendessen bekommen, und gleich neben dem Schlesischen Tor kenne ich ein kleines Fischgeschäft in der Wrangler Straße.

Fischessen in Berlin

In dem kleinen Fischgeschäft roch es nach Fisch. Hinter der Theke stand eine Frau im weißen Kittel. Die Auswahl an frischem Fisch war nicht groß, es gab vor allem Fischsalate und Fischfarcen, geräucherten und gesalzenen Fisch. Ich zeigte auf zwei Barsche und kaufte sie. Sie seien »frisch«, stand dort zu lesen, was in Berlin nicht bedeutet, dass der Fisch frisch ist, sondern dass er vor dem Verkauf nicht tiefgefroren war. Frischer Fisch heißt »fangfrisch«, ihn gibt es nur selten zu kaufen. Meine Barsche wurden eingepackt, und ich machte mich auf den Heimweg. Ich spazierte durch den Görlitzer Park zum Ufer, d. h. zum Kanal. Unter dem Arm trug ich ein Päckchen mit zwei Barschen. Ich lief am Paul-Lincke-Ufer entlang. Wann könnte ich diese Strecke gegangen sein? Die Sonne ging gerade unter, es war früher Nachmittag, daher nehme ich an, dass es ein Tag im März gewesen sein muss oder vielleicht im Oktober. Aber in den Kneipen am Paul-Lincke-Ufer saßen die Leute immer noch draußen in der kräftigen Abendsonne und auch während der ersten halben Stunde abendlicher Dunkelheit. An der Kottbusser Brücke machte ich einen kurzen Abstecher zur Mariannenstraße, um bei Bäcker Arnold Brot zu kaufen. Fisch und Brot. Daheim im Maybachufer 8 briet ich die beiden Barsche und servierte sie. Fisch und Brot. Zusammen mit meiner Lebensgefährtin aß ich Fisch und dazu Brot. Sonst nichts.

*

Ich laufe durch Berlin und denke nach. Gestern hatte ich eine seltsame Offenbarung in einem verrußten Prachtbau aus dem letzten Jahrhundert, also dem 19. Das Gebäude stand auf einer Insel, und ich betrat die Insel und stieg die Treppen zu ihm hinauf. Drinnen sah ich das Babylonische Tor. Nebukadnezars Tor, durch das die Juden zu ihrer

70-jährigen Gefangenschaft in Babylon schritten. Es gehört zu den Dingen, die Berlin beherbergt. Nun laufe ich am Landwehrkanal entlang und denke an meine eigene Zukunft, d.h. meinen nächsten Roman. Aber auch an meine nächtlichen Träume, an die ich mich fast nie mehr erinnern kann. Ich denke an das Gedächtnis als Phänomen und an meine eigene Unwissenheit, die erschreckend ist, aber nur in dem Maße, wie sie eine Unwissenheit berührt, die allen gemeinsam ist, zumindest den meisten Menschen unseres Kulturkreises. Die Unwissenheit, die nur mir zu eigen ist, erschrickt mich nicht, sie ist für mich ein Kuriosum, das mich aus irgendeinem Grund nicht sonderlich berührt. Wie ich auch nicht in der Lage bin, eine andere Sprache als meine eigene zu verstehen, die nur von läppischen vier Millionen Menschen beherrscht wird. Über diese Form der Unwissenheit kann ich nur mit den Schultern zucken. Es gelingt mir, mich durch eine deutsche Zeitung zu buchstabieren, und damit bin ich im Prinzip zufrieden. Ich laufe durch Berlin und denke an meine Zukunft. Heute nun am schönen Landwehrkanal entlang. Gedankenversunken. Ich schaue nur nach vorn, nie zurück. Ich beschäftige mich ausschließlich mit meinem künftigen Buch, nicht mit etwas Ungeklärtem in der Vergangenheit. Eigentlich ist die Vergangenheit und damit auch mein früheres Leben für mich nicht mehr da. Ich glaube mir eingestehen zu können, dass ich ein Mann ohne Vergangenheit bin. Denke selten zurück, und dann nur in kurzen Augenblicken. In gewisser Weise liegt meine Vergangenheit, also das Leben, das ich hinter mir habe, ebenso sehr im Dunkeln wie die Zukunft, die mich erwartet, ich sehe beides gleich schlecht, irgendwann zu gegebener Zeit wird die Zukunft jedoch hell werden, die Zukunft wird zur Gegenwart. Nur kurze Momente des Aufflackerns von gelebtem Leben, also von Vergangenheit, die einmal Gegenwart war, tauchen bisweilen als Erinnerungen in mir auf, die ich im Großen und Ganzen von mir wegschiebe. Ich habe sehr wenig Platz für derlei Erinnerungen. War das schon immer so? Ich weiß es nicht, aber so ist es jetzt schon seit Jahrzehnten. Ich laufe am Landwehrkanal entlang. Ich bin am Maybachufer und am Planufer entlanggelaufen, vorbei an den Grashügeln am Urbanhafen, über die Brücke an der Prinzenstraße, weiter am Carl-Herz-Ufer und vorbei am vornehmen Restaurant *Altes Zollhaus* zur Brücke an der Lindenstraße, an der ich stehenbleiben werde. Ich will mal schauen, ob ich ein paar Ruderer sehe. Wenn ich welche sehe, werde ich auf die Brücke an der Prinzenstraße treten, mich dort mit dem Rücken zum Geländer stellen und den Ruderern zusehen, wie sie in ihren schmalen Gefährten auf mich zurudern. Auf den Berliner Kanälen ist Rudern sehr beliebt. Oft sitzen sechs Männer oder Frauen in einem langen Rennruderboot. Oft in Weiß gekleidet oder zumindest in einheitliche Sportklamotten. Ich glaube nicht, dass es Wettkampfruderer sind, denn insbesondere die Männer sind dafür zu alt, meist sind sie in den Fünfzigern. Aber sie rudern routiniert und im Takt. Ich sehe sie auf mich zukommen und unter der Brücke durchtauchen, auf der ich stehe. Anschließend beuge ich mich über das Geländer, um sie auf der anderen Seite wieder herauskommen zu sehen, wo sie auf dem mittlerweile ziemlich schmalen Kanal weiterfahren Richtung Hallesches Tor. Das bereitet mir großes Vergnügen. Aber oft vergesse ich es auch. Bin in Gedanken versunken und vergesse, an der Kanalbrücke in der Lindenstraße stehenzubleiben und den Ruderern hinterherzuschauen, ich nehme sie gar nicht wahr, wenn ich wie ein Schlafwandler durch Berlin laufe, völlig vereinnahmt von meiner eigenen Zukunft. Sogar die Bücher, die ich geschrieben habe, sind für mich fort. Ich bin stolz auf sie, aber sobald sie aus meinem Körper heraus sind, zählen sie für mich nicht mehr. Es kann ein oder zwei Jahre dauern, bis ich sie aus dem Körper habe, aber sobald sie aus meinem Bewusstsein heraus sind, zählen sie für mich nicht mehr. Welche Leidenschaft hat da mein Leben gesteuert, seit meiner Jugend bis ich jetzt fast sechzig bin? Ich warte ab. Registriere. Und warte. Worauf? Dass die Zeit reif ist.

*

Der stillgelegte Kanal

Sehr oft steige ich am U-Bahnhof Heinrich-Heine-Straße aus und laufe dort in der Umgebung herum. Die Heinrich-Heine-Straße ist, wie der Name schon sagt, eine Straße und eine Station in Ostberlin. Früher hieß die Straße Prinzenstraße und erstreckte sich von der Jannowitzbrücke über die Spree bis zum Landwehrkanal. Doch nachdem die Mauer mitten in der Prinzenstraße errichtet worden war, gleich gegenüber dem verlassenen und viel zu großen Moritzplatz in der Oranienstraße, wurde die Straße auf der Ostberliner Seite in Heinrich-Heine-Straße umbenannt. Hier unter der Erde verläuft die U8. Sie beginnt in der Hermannstraße in Neukölln im Süden Westberlins und endet in Wittenau hoch oben im Westberliner Norden. Doch vom U-Bahnhof Moritzplatz aus fährt sie nach Ostberlin, und zwar nicht erst in der heutigen unsichtbaren Grenzlandschaft, sondern schon damals, als Ostberlin Hauptstadt eines eigenen Staates war, der Volksrepublik Deutschland, DDR oder Ostdeutschland. Vom Moritzplatz aus fuhr die U8 unter der DDR bis zur Voltastraße in Westberlin. Diejenigen, die an den Stationen, an denen die U-Bahn üblicherweise hielt und tatsächlich Menschen absetzte und aufnahm, aus- oder einstiegen, benötigten zum Ein- und Aussteigen ein gültiges Visum und wurden von Angehörigen der Volkspolizei an den Ab- und Aufgängen zu den jeweiligen U-Bahnhöfen kontrolliert. Nun stieg ich am U-Bahnhof Heinrich-Heine-Straße der ehemaligen DDR aus und spazierte dort durch die Gegend. Ich kann zum Beispiel nach links gehen in die Gegend des Spittelmarkts, ans Ende der stark befahrenen Leipziger Straße, oder ich kann zielstrebig das Märkische Museum ansteuern, wenn Mittwoch ist und mein Lieblingsmuseum freien Eintritt hat, wo ich besonders gern das große Berlin-Modell zur Zeit Friedrichs des Großen studiere, um mich anschließend in das sich drehende Kaiserpanorama zu setzen und mehrdimensionale Fotografien aus dem Berlin der Jahrhundertwende zu studieren. Heute jedoch nicht, ich werde das Märkische Museum ein andermal besuchen, an einem Mittwoch, heute ist vielleicht Dienstag und da gehe ich an der Heinrich-Heine-Straße genauso gern nach rechts wie nach links. Ich laufe durch triste Ostberliner Straßen wie die Köpenicker Straße. Folgt man der Köpenicker Straße bis zum Ende, dem Schlesischen Tor, kommt man unterwegs an der früheren Mauer vorbei. Aber die Stelle ist nicht leicht zu finden, denn die Köpenicker Straße ist im gesamten Verlauf ein Stück trostloses Ostberlin, auch der Teil, der nachweislich zum reichen Westberlin gehörte. Geht man den Weg in umgekehrter Richtung, vom Schlesischen Tor aus, wird man sich lange, bevor man tatsächlich da ist, in Ostberlin wähnen, weil es hier ganz nach Ostberlin aussieht, baufällige Mietskasernen, Müll, Autowracks auf Schuttabladeplätzen, stillgelegte kleinindustrielle Betriebe. Jetzt sind wir in Ostberlin, dachte ich oft, wenn ich die Straße entlanglief, aber das stimmte nicht. Die Mauer verläuft entlang des Bethaniendamms, wenn man vom Schlesischen Tor aus der Köpenicker Straße folgt, und entlang des Engeldamms, wenn man aus der entgegengesetzten Richtung kommt, wie es bei mir jetzt der Fall war. Doch das muss man vorher wissen, sonst sieht man es nicht.

Was schon merkwürdig ist, denn der Unterschied ist deutlich zu erkennen, nur nicht, wenn man an den tristen Mietskasernen in der Köpenicker Straße entlangläuft. Wäre man einer Eingebung folgend von der Köpenicker Straße auf den Engeldamm abgebogen, wie ich es nun tat, oder auf den Bethaniendamm, könnte man es sofort erkennen. So wie es mir passiert war. Einer plötzlichen Eingebung folgend war ich eines Tages in den Bethaniendamm eingebogen und ihm gefolgt, dabei stieß ich innerlich aus: Das hier ist ja der frühere Mauerverlauf! Daran besteht kein Zweifel, dachte ich, glücklich, sie endlich gefunden zu haben. Nein, daran bestand kein Zweifel. In einem Bogen zog sich ein breiter Gürtel durch die städtische Landschaft, und inmitten dieses Gürtels gab es eine Art leeres längliches Becken, das tief in die Erdkruste hineinragte und aus Beton war. Zu beiden Seiten befand sich eine ungepflegte, möglicherweise noch unfertige Grünanlage. Auf den Außenseiten derselben wiederum, beiderseits des Gürtels, verliefen die beiden Straßen: Engeldamm und Bethaniendamm. Zusätzlich sah ich zwei Kirchen, die St.-Michaels-Kirche rechts, die St.-Thomas-Kirche links. Links, im früheren Westberlin, thronte ebenso wie die St.-Thomas-Kirche auch ein großer Wohnkomplex. Das war Bethanien, heute ein internationales Kunstzentrum, insbesondere für junge Künstler, davor jedoch ein großes Krankenhaus, das stillgelegt worden war, sicherlich weil es nach Ansicht der Behörden gefährlich dicht an der Mauer stand. Die Michaelkirche und ein weiterer großer

Wohnkomplex, ebenfalls ein Krankenhaus, das nicht stillgelegt worden war, standen im ehemaligen Ostberlin. Die Mauer muss so verlaufen sein, dass das längliche Becken, oder die Rinne, in Ostberlin gelegen hatte, strategisch angeordnet für den, der überwachte, dass niemand die Mauer überwand, also die ostdeutsche Volkspolizei, bewaffnet in ihrem Wachturm, der längst entfernt worden war. Ich folgte dem Bogen, den die Mauer in dieser Gegend geschaffen hatte. Das längliche Becken, vielmehr die Rinne oder das Betonbachbett, wenn man so will, das ziemlich breite Betonbachbett, verschwand, als der erste Bogen zu Ende war und man auf einem offenen Platz stand, dem Michaelkirchplatz, und ab jetzt war schwer auszumachen, wo genau die Mauer verlaufen war. Ich ging einfach weiter und stieß erneut auf die Heinrich-Heine-Straße, aber viel weiter südlich als dort, wo ich meine heutige Tour begonnen hatte, über die ich streng genommen gerade nicht schreibe, da ich meinen ersten Spaziergang entlang der Mauer in dieser Gegend schildere, und auf diesem überquerte ich die Heinrich-Heine-Straße und fand die Mauer nach kurzem Zögern wieder, in der Sebastianstraße. Ja, daran konnte kein Zweifel bestehen, hier musste es gewesen sein. Erneut ein brachliegender Gürtel mit unbebauten und baufälligen Abschnitten, wenn ich so sagen darf, mit armseligen Grasbüscheln und verlassenen Gebäuden auf der östlichen Seite, als wären es Kasernen oder Wachstuben, die vor gut zehn Jahren Hals über Kopf verlassen worden waren. Hier waren die Wunden noch zu sehen, und ich folgte diesen Wunden immer weiter. Und nach demselben Prinzip tastete ich mich entlang der Mauer vorwärts, hin und wieder nach gründlicher Überlegung, doch nach jeder gründlichen Überlegung folgerte ich, ja, dieser Weg musste es sein, und so kam ich zur Stallschreiberstraße, auf die Alte Jakobstraße und über die Kommandantenstraße zur Kochstraße, wo ich unvermittelt auf den gelben Wolkenkratzer des Axel-Springer-Medienhauses blickte, und da wusste ich, dass ich es geschafft hatte. Gleich nördlich des Springer-Hauses war die Mauer verlaufen, das wusste ich. Das Springer-Hochhaus war gerade deshalb erbaut worden, um Ostberlin eine lange Nase zu drehen. Direkt an der Mauer, ganz dicht dran, hatte Axel Springer in der Enklave der westlichen Zivilisation in Berlin seinen Leuchtturm der Freiheit errichtet. Hier verlief die Mauer, parallel zur Kochstraße bis zum Checkpoint Charlie und weiter zum Potsdamer Platz, Brandenburger Tor etc. etc. und nochmals etc. Am Ton hört man, wer ich bin. Ein Ossi. Kein Wessi, das will ich gern einmal dartun. Es ist meine innerste politische Identität. Aber dieses Mal bin ich noch nicht bei Axel Springers Leuchtturm angekommen. Ich stehe vor der Michaelkirche, auf dem Michaelkirchplatz. Ich bin die Strecke nun erneut abgelaufen, denn seit dem letzten Mal habe ich etwas Neues erfahren. Über das leere Becken. Es sei gar kein Becken, es sei einst ein Kanal gewesen. Es seien die Reste eines Kanals, der irgendwann in der Zwischenkriegszeit trockengelegt worden war. Davor war das leere Becken Teil eines Seitenkanals zwischen der Spree und dem Landwehrkanal gewesen, Berlins Hauptkanal, der sich durch ganz Berlin zieht. Der Kanal war etwa um das Jahr 1900 herum angelegt und, wie gesagt, irgendwann in der Zwischenkriegszeit aufgegeben worden. Aus Gründen, die mir nicht bekannt sind, die jedoch mit der Wasserwirtschaft zusammenhängen. Aber ich war fasziniert von diesem Becken, das einmal ein Wasserweg gewesen war, ein lebendiger Kanal mit Lastkähnen, Segelbooten, Kajaks und Ruderern, wie ich mir denken kann. Das dachte ich zumindest, als ich der Mauer dieses Mal von der Köpenicker Straße im Bogen bis zum Michaelkirchplatz folgte. Vor meinem inneren Auge sah ich das Wasser, das durch den Kanal floss, und alle Boote, die darauf fuhren. Eine Berliner Idylle. Bewegt lief ich an der Mauer entlang und sah den Kanal vor mir. Doch am Michaelkirchplatz war Schluss. Wo sollte ich meinen Weg fortsetzen? Entlang der Mauer oder entlang des Kanals? Dieses Mal entschied ich mich für den Kanal. Also für den Leuschnerdamm. Ich hätte ebenso gut den Legiendamm nehmen können, im Grunde ist es die gleiche Straße, nur dass sie auf der anderen Seite des gepflegten parkähnlichen Streifens verläuft, der vom Michaelkirchplatz bis zum Landwehrkanal geht, vorbei am Oranienplatz, wo die beiden Straßen ihre Namen ändern und nun entsprechend Erkelenzdamm und Seglitzdamm heißen und wo sich das Parkmäßige und Spaziermäßige dieser Parallelstraßen noch stärker ausnimmt. Hier ist einmal der Kanal verlaufen, auch hier kann ich mir lebhaft vorstellen, wie es war, obwohl es nichts gab, was daran erinnerte, die Betoneinfassung des Kanals war längst begraben und vom Michaelkirchplatz bis zum Landwehrkanal durch grüne Rasenflächen, gepflegte Bäume und Blumen in Reih und Glied ersetzt worden, ein Stück Westberlin, ein Stück Wohlstandsgeschichte, ja, man könnte es gut und gern auch ein Stück Nachkriegsgeschichte dieser geteilten Stadt nennen.

*

Kurfürstendamm, Westberlin

Wenn man am Morgen in einer Berliner Wohnung erwacht und nicht in einem Hotelzimmer und sich später am Tag plötzlich auf dem Kurfürstendamm wiederfindet, geschieht dies mit einer gewissen Verwunderung. Für den, der in einem Hotelzimmer erwacht, ist es durchaus naheliegend, dass er irgendwann im Laufe des Tages über den Kurfürstendamm spaziert, aber für denjenigen mit einer Wohnung ist es durchaus unwahrscheinlich, eher abwegig. Doch wenn man es ein seltenes Mal tut, ist es absolut lohnenswert. Der Kurfürstendamm ist ein völlig anderes Berlin. Er ist tatsächlich schon etwas unzeitgemäß, obwohl er immer noch die Berliner Straße ist, die am meisten an beispielsweise Paris oder London erinnert, wenn man nach solchen Vergleichen sucht. Der Kurfürstendamm war das Herz Westberlins. Sein Schaufenster. Hier wollten sie entlangspazieren, Hunderttausende träumende Ostberliner, die damals DDR-Bürger waren. Hierher kamen sie, um Bananen zu kaufen, als die Mauer endlich fiel. Sie kauften sie direkt vor dem U-Bahnhof Zoologischer Garten. Der Zoologische Garten gehört zum Kurfürstendamm, denn auch wenn das für die Adresse nicht gilt, so zumindest für die Geografie. Die charakteristische Ruine der Kaiser-Wilhelm-Gedächtniskirche, das Europa-Center und die Eisenkonstruktion des Bahnhofs Zoologischer Garten machen allesamt den Begriff Kurfürstendamm aus, viele würden sogar die Tauentzienstraße vom Wittenbergplatz mit dem Kaufhaus des Westens zu diesem Begriff zählen oder zu seinem geografischen Horizont. Der eigentliche Boulevard Kurfürstendamm ist nur ein Teil des Begriffs Kurfürstendamm, aber er ist die Promenadenstraße schlechthin, obgleich die exklusivsten Läden in den Seitenstraßen des Kurfürstendamms liegen, beispielsweise in der Fasanenstraße. Doch es gibt hier große Warenhäuser wie Wertheim, und in einem völlig neuen Einkaufstempel findet man Hennes & Mauritz zentral gelegen. Letzteres ist möglicherweise die Zukunft des Kurfürstendamms: einfache Konfektionsware mit modernem Schnitt. Aber die großen alten Cafés der Zwischenkriegszeit liegen hier in einer Reihe, und sobald sich nur ein Anflug von Sonne und Wärme zeigt, sind die Straßencafés oder die Glasveranden unabhängig von der Jahreszeit gefüllt. Das kann natürlich an die Champs-Élysées in Paris erinnern, und während der ganzen Zeit des Kalten Krieges war es Aufgabe des Kurfürstendamms, an die Champs-Élysées zu erinnern. Ringsum von der DDR umgeben war es für die Westberliner etwas Schönes gewesen, auf den Glasveranden, wo an heißen, wirklich heißen Tagen die Glasscheiben beiseitegeschoben wurden, eine Tasse Kaffee oder ein Glas Bier zu trinken, und während sie sahen und gesehen wurden, zu denken, das ist ja fast so, als säßen wir mitten auf den Champs-Élysées. So gesehen war der Kurfürstendamm Teil des Westberliner Selbstbewusstseins, das, was Westberlin vom Osten unterschied und zugleich auf eine besondere, nahezu heroische Weise vom restlichen Westen trennte. Der Kurfürstendamm ist ein echtes Produkt der Nachkriegszeit. Erst in der Zwischenkriegszeit wurde er Berlin einverleibt. In der Kaiserzeit, unter den Hohenzollern, lag der Kurfürstendamm fast auf dem Land. In der Zwischenkriegszeit wurde er zur Avenue des neuen reichen Stadtteils am Rande Berlins, aber noch nicht zur Paradestraße. Erst als Ostberlin nach 1945 als kommunistische Stadt wiederaufgebaut wurde, wurde der Kurfürstendamm zum Herzen Westberlins. Das alte Herz schlug in Ostberlin. Das Herz Westberlins befand sich hier. Hier wurde das große Europa-Center errichtet, mit dem Mercedes-Stern auf der Spitze, ein Europa-Center, auf das die Berliner mächtig stolz waren, das aber nichts anderes ist als eine ziemlich gewöhnliche Shoppingarkade mit zwei Stockwerken plus Untergeschoss. Hier auf dem

Kurfürstendamm saß man in den großen Cafés und beobachtete das Leben. So ist es immer noch, doch das Leben sickert langsam heraus. In den letzten zwei Jahren wurden mehrere bekannte Cafés geschlossen. Trotzdem strömen die Leute noch vorbei. Und sie sitzen in den verbliebenen Cafés. Ich bin selbst hier vorbeigeströmt und habe selbst hier gesessen. Ich habe sogar auf dem Kurfürstendamm diniert. An einem heißen Abend im Mai. Draußen, an einem Tisch mit weißer Decke. Wir saßen zusammen mit norwegischen Freunden, die zu Besuch waren. Wir aßen neuseeländisches Lamm. Ein paar Flaschen Rotwein standen ebenfalls auf dem Tisch. Ich trank von dem Rotwein. Konnte ihn plötzlich aber nicht mehr hinunterschlucken. Der Rotwein saß im Hals fest, er wollte nicht nach unten. Ich versuchte es mit Mineralwasser. Auch das bekam ich nicht hinunter. In meinem Hals steckte etwas fest. Ich bekam keine Luft. Ich stand auf und versuchte es auszukotzen, mitten auf dem Bürgersteig. Ich japste den anderen zu, ich bräuchte einen Arzt, schnell. Ein Krankenwagen wurde gerufen. Ich versuchte, mich zu erbrechen, würgte verzweifelt, um das Etwas aus dem Hals zu kriegen, aber es half nichts. Ich hörte ein Martinshorn. Ich war in Gesellschaft guter Freunde, auch meine Frau war da. Sie hielt meine Hand. Der Krankenwagen bog auf den Bürgersteig. Zwei Männer eilten heraus und führten mich zu dem Wagen. Der Krankenwagen fuhr wieder los. Ich hörte Sirenen und wusste, dass es die Sirenen des Krankenwagens waren, der mich jetzt in hohem Tempo durch die Straßen Berlins zum nächsten Krankenhaus brachte.

Im Krankenhaus kam ich sofort zu einem Arzt. Ich bekam noch Luft, aber sie beschlossen, mich zu operieren. Meine Frau war die ganze Zeit bei mir, ausnahmsweise kann ich sie in dieser Erzählung nicht außen vor lassen, es klingt für mich so richtiger. Ich musste ein paar Papiere unterschreiben. Dass ich mich auf eigenes Risiko operieren ließ. Eine reine Formalität, wurde mir gesagt. Ich wurde in den OP-Raum geschoben. Meine Frau verabschiedete ich. Eine Narkosemaske wurde mir über Mund und Nase gelegt. Aber zuerst musste ich ein paar Papiere unterschreiben. Soweit ich sehen konnte, ging es um das Gleiche wie vorher. Dass ich das Risiko der Operation selbst tragen würde. Dann verlor ich das Bewusstsein. Später erwachte ich in einem Bett. Meine Frau war da, und ich schlief wieder ein. Am Morgen wachte ich auf, am ganzen Körper zitternd.

Ich befand mich im Sankt Gertrauden-Krankenhaus, einem von Nonnen, von den Katharinenschwestern, betriebenen Krankenhaus. Ich wusste nicht, wo es sich befand, aber es gab dort einen schönen Garten. Mir wurde gesagt, dass sie meine ganze Speiseröhre gereinigt, aber keinen Fleischbrocken gefunden hätten. Ich muss ihn also doch herausgewürgt haben, ihn mit innerer Kraft aufgespalten und in einzelne Fasern aufgelöst haben. Es bestehe keine Gefahr, ich sei völlig fit. Meine Frau könne mich abholen kommen. In einem Büro bezahlten wir die Nonnen, eine äußerst detaillierte Rechnung. Zudem würde mir die Feuerwehr, die in Berlin den Ambulanzendienst betreibt, eine Rechnung schicken. Letzteres begriff ich nicht in dem Moment, ich beherrsche die deutsche Sprache kaum, nicht einmal, wenn sie von deutschen Nonnen gesprochen wird, deren Krankenhaus ich zu großem Dank verpflichtet bin. Letzteres begriff ich erst, als der Postbote ein paar Wochen später einen Umschlag der Feuerwehr durch den Briefschlitz meiner Kreuzberger Wohnung schob.

*

Ost

Eines Morgens erwachte ich mit einem Gefühl der Erleichterung im ganzen Körper. Im Verlauf der Nacht hatte ich ein außergewöhnliches Déjà-vu. Ich war mit derselben Frage aufgewacht, die ich mir gestern Abend kurz vor dem Einschlafen gestellt hatte. An die Frage erinnere ich mich nicht mehr, denn sie entzog sich mir genau in dem Moment, in dem ich sie einfing, doch als sie sich auflöste, wusste ich, dass es exakt dieselbe Frage gewesen war, die ich mir kurz vor dem Einschlafen gestellt hatte. Die Freude über dieses Zusammentreffen war groß. Die Frage, auch wenn sie jetzt im Schlummer meines Gedächtnisses ruhte, hatte die Zumutungen der

Nacht überlebt. Eine ganze Nacht mit all ihren turbulenten Träumen zwischen derselben Frage. Wie sehr ich mich auf diesen nächtlichen Reisen verausgabe, an die ich mich beim Aufwachen nicht mehr erinnere, weiß ich nicht, aber ich kann mir nichts anderes vorstellen, als dass sie sehr anstrengend sein müssen, denn oft habe ich schreckliche Träume. Sich dann vorzustellen, welches Glück es war, mit derselben Frage aufzuwachen, die ich mir vor dem Einschlafen gestellt hatte, dass diese Frage nicht durch meine Träume in Stücke gerissen worden war, sondern beim Erwachen genauso klar vor mir stand, auch wenn ich mich jetzt nicht mehr an sie erinnern kann. Es ist, als hätte ich überhaupt nicht geträumt oder – und das ist noch befreiender – als gäbe es einen unbestreitbaren Zusammenhang zwischen meinem wachen Leben und meinen Träumen, weshalb es meinen Fragen möglich ist, unbeschadet die Widrigkeiten einer ganzen Nacht zu überstehen.

Dass ich mich an die Frage nicht mehr erinnerte, störte mich nicht. Ich war mir sicher, sie würde früher oder später wieder auftauchen. Sollte ich sie dann nicht wiedererkennen, wäre das für mich nicht von Bedeutung, denn sie war ja wieder aufgetaucht, auch ohne dass ich es wusste. Es wäre noch immer dieselbe intakte Frage, der ich mich in dem, was meine Zukunft ist, anzunehmen wüsste: indem ich diesen Roman schrieb.

Den ganzen Vormittag lief ich in euphorischer Stimmung durch meine Wohnung am Maybachufer 8. Ich trat auf den Balkon und schaute auf den Kanal. Ich sah das natürliche Wasser des Kanals und spürte den Wind im Gesicht. Plötzlich schien die Sonne durch die Wolkendecke. Unter mir bauten die Türken ihre Zelte für den heutigen Markt auf. Ich beschloss, in das Berliner U-Bahn-Netz abzutauchen und zwanzig Minuten später wieder am Alexanderplatz nach oben zu steigen.

Das tat ich. Tauchte in der Schönleinstraße in das U-Bahn-Netz ab, ließ mich von der U8 unter der Erde, unter dem Kanal, der früheren Mauer und der Spree hindurch zum Alexanderplatz befördern, wo ich die Bahn verließ und wieder hinauf ins Tageslicht stieg, Auge in Auge mit dem dortigen Fernsehturm.

Schön ist er nicht. Ein riesiger Betonturm mit einem Insektengesicht auf der Spitze, wo am Abend Fühler blinken, jetzt also nicht. Er ist 365 Meter hoch, ein Koloss aus Beton, rund, sich nach oben verjüngend, er könnte an einen Fabrikschornstein erinnern, und man kann davon ausgehen, dass die Ähnlichkeit beabsichtigt ist. Dorthinein wollte ich. Ich wollte hoch zur Spitze und Berlin von dort überblicken.

Ich stellte mich in die Schlange all derer, die das Gleiche vorhatten. Mir war etwas mulmig. Vor mehreren Monaten war ich auf dem Turm gewesen, um ihn unserem damaligen norwegischen Besuch zu zeigen, und da war mir schwindlig geworden. Meine Knie hatten angefangen zu zittern, und ich musste die Augen schließen, ließ mir ansonsten aber nichts anmerken. Ich versuchte, ein wenig von meinen norwegischen Gästen wegzukommen, und stützte mich an der inneren Wand ab, also nicht an der äußeren aus Glas, versuchte, mich wieder zu fangen. Doch es nützte nichts, das Zittern wollte nicht aufhören, und das Schlimmste war, dass ich auch nichts sagen konnte, ich brachte kaum ein Wort über die Lippen, und das, obschon sowohl ich als auch meine norwegischen Gäste selbstverständlich erwarteten, dass ich ihnen zeigte und erklärte, was wir von dort, wo wir jetzt standen und durch das Glasfenster auf Berlin schauten, sahen. Ich blieb stumm, bis meine Gäste zum Ausdruck brachten, dass sie genug gesehen hatten und mit dem Fahrstuhl nach unten fahren wollten. Daraufhin nickte ich und befand mich zu meiner Erleichterung Sekunden später wieder auf dem Boden, immer noch zitternd.

Dieser Schwindel gehört zu den Dingen, die angefangen haben, mich mit den Jahren zu quälen. Früher kannte ich keine Höhenangst, erst als ich gut vierzig war, tauchte sie auf und hat später immer mehr zugenommen. Das betrübt mich, denn es gehört zu meinen großen Freuden, in Großstädten oben auf einem Turm zu stehen und über die Stadt zu schauen. Daher wollte ich heute einen erneuten Versuch unternehmen, Berlin auf diese Weise zu erobern. Dass dieser Turm im Osten steht, schmälert keineswegs die Bedeutung des neuerlichen Versuchs, denn für einen Menschen wie mich ist es etwas ganz Besonderes, oben auf diesem schlecht beleumundeten Fernsehturm im Osten zu stehen und auf ganz Berlin hinunterzuschauen, während sich die oberste Etage des Turms langsam dreht.

Die Fahrstuhlfahrt nach oben dauerte nur wenige Sekunden, vor ihr hatte ich mich nicht gefürchtet, in Fahrstühlen wird mir nicht schwindlig. Doch dann stieg ich aus und befürchtete das Schlimmste. Ich muss zugeben, dass ich ein Ziehen im Bauch verspürte, doch – zum Glück! – stellte sich kein Schwindelgefühl ein. Blass, aber gefasst konnte ich Berlin überblicken.

Ein beeindruckender Anblick, der meinem Auge gefiel. Von meinem Aussichtspunkt aus gesehen, 203 Meter über dem Boden, lag die Stadt zu allen Seiten unter mir, und ich wusste auch, hätte sich der Turm 500 oder 1000 Meter über den Boden erhoben, hätte die Stadt trotzdem zu allen Seiten unter mir gelegen, ohne Anzeichen dafür, dass sie jemals in Natur übergehen würde. Ich genoss wahrhaftig den Anblick dieser Stadt und tat natürlich das Übliche: suchte nach bekannten Punkten und versuchte, vertraute Strecken in diesem Wirklichkeitsmodell unter mir abzulaufen. Besonders großen Spaß machte es mir, die Oberbaumbrücke und die U-Bahn-Station Warschauer Straße an der Spree ausfindig zu machen und dann von diesem Punkt aus das Haus zu suchen, in dem ich wohnte.

Doch just an diesem Tag war es vornehmlich der Himmel über Berlin, der meine Begeisterung weckte. Es muss ein Tag im Oktober gewesen sein, und der Himmel über Berlin war überwältigend. Ein mattblauer Herbsthimmel, an dem ein gewaltiges, ständig wechselndes

Farbenspiel stattfand. Man konnte sehen, wie Licht und Schatten am hohen Gewölbe über Berlin um die Vorherrschaft kämpften. Das hier war Berlins Himmel, der Himmel der Flachlandmetropole. Ich dachte, etwas kleingeistig vielleicht, wie gut es sei, meine braune Aktentasche dabeizuhaben, in die ich meinen Taschenschirm gepackt hatte. Zugleich war ich nicht unempfänglich für das intensive Licht, das dort draußen, auf der anderen Seite der Glasscheiben und schwankenden Wände des Turms flimmerte. Ja, ich fand dieses Schauspiel ergreifend, das meine Aufmerksamkeit in einem Maße eingefordert hatte, dass ich das Interesse für die Stadt, über der sich dieser gewaltige Himmel wölbte, sobald ich mit Ausgangspunkt in der Oberbaumbrücke über die Spree zu der Gegend gefunden hatte, in der ich wohnen musste, verloren hatte. Jeglicher Schwindel war vergessen und folglich fort, desgleichen das Ziehen im Bauch, das von einem Ziehen im Bewusstsein ersetzt worden war.

Ich hielt mich nicht lange in dem 365 Meter hohen Turm auf. Bald stand ich wieder unten auf dem Alexanderplatz. Unter Berlinern ist es üblich, vom Alex zu sprechen, was von in Berlin wohnenden Ausländern übernommen wird, aber nicht von mir. Doch auch ich sehe, wie hässlich der Alexanderplatz ist, wofür ich ihn gerade mag. Auf diesem Platz wird einmal eine Rose sprießen, und zwar eine Rose, die nicht welken wird, sondern immer wieder neu geboren. Über den Platz führen Straßenbahngleise, und auf den Gleisen fahren unablässig die gelben Straßenbahnen. Ostberlin unterscheidet sich von Westberlin durch die gelben Straßenbahnen. Die Leute stehen schweigend an der Haltestelle und warten auf die gelbe Tram. Sie hatten im Wartehäuschen Schutz gesucht, denn es hatte angefangen, leicht zu regnen. Ich dagegen spannte meinen Schirm auf und begab mich in Richtung Rosa-Luxemburg-Platz.

Ich unterquerte die Karl-Liebknecht-Straße mittels einer riesengroßen sowjetischen Fußgängerunterführung und kam auf der anderen Seite wieder heraus. Dann betrat ich eine Gegend voller Großstadtversuchungen. In der Ära des Kommunismus war es hier grau und trist gewesen, und die meisten Gebäude ragen auch noch grau und trist in einer Reihe in die Luft, trotzdem herrscht hier Leben und Trubel. Ich würde behaupten, hier schlägt Deutschlands Herz. In diesem bunten Viertel, das man der Einfachheit halber grob als Dreieck aus Friedrichstraße–Torstraße–Karl-Liebknecht-Straße / Unter den Linden umreißen kann, hat der Geist des Humanismus seinen Zufluchtsort gefunden. Man könnte zu der Annahme verleitet werden, dieses Viertel, dieses neue Vergnügungsviertel, ja, Touristenviertel – man denke nur an die Oranienburger Straße mit all ihren In-Cafés, manche davon sogar rauchfrei und nur für Vegetarier, und mit einem Straßenbild, geprägt von wartenden osteuropäischen Nutten – repräsentiere den neuen Mix, das neue Berlin mit seiner abgerissenen Mauer, im fröhlichen Geist der Wiedervereinigung, aber der neue Mix ist lediglich eine überdeutliche Kulisse, die die Aufmerksamkeit von einem anderen, tieferliegenden Geist ablenkt und diesen verdeckt. In unglaublich vielen Lokalen, die in Cafés, Kleinbühnen und Kunstgalerien verwandelt wurden, herrscht ein ironischer nostalgischer Geist. Hier trauert man mit tiefempfundener Ironie um den Kommunismus. Zwar trauert kein Mensch darum, dass die Wilhelm-Pieck-Straße, benannt nach dem ersten Präsidenten der DDR, wieder in Torstraße umbenannt worden war. Aber viele stellen sich die lustige Frage, warum sie nicht ihren alten Namen zurückerhalten hat, den doppelten. Vor dem Zweiten Weltkrieg hieß nämlich der erste Teil der jetzigen Torstraße und früheren Wilhelm-Pieck-Straße Elsasser Straße und der zweite Teil Lothringer Straße, ein Beispiel für den deutschen Humor, zu dem sich Deutschlands neue Herrscher nicht mehr bekennen wollen. 1871 gewann Deutschland von Frankreich Elsaß und Lothringen (Alsace und Lorraine), und dieser Sieg wurde noch verstärkt, ja, zur ewigen Geografie erhoben, indem diese Straße den Doppelnamen erhielt, einen Doppelnamen, den die Straße als einen ewigen geografischen Wert beibehielt, auch nach dem Versailler Frieden von 1918, als Elsaß-Lothringen erneut zu Alsace-Lorraine wurde und französisch. Erst mit Wilhelm Pieck wurde dieser ewige geografische Wert ausgelöscht, und man versöhnte sich dank dieses eigentümlichen kommunistischen Straßennamen-Coups mit der Wirklichkeit. Jetzt heißt sie Torstraße in Anlehnung an das Oranienburger Tor, nach dem zwei

Straßen benannt wurden, die Oranienburger Straße und die Torstraße. Sei's drum. Mehrere Straßen im früheren Ostberlin haben übrigens ihren Namen geändert, alle ausländischen Kommunisten sind verschwunden, ob Autoren, Komponisten oder Politiker. Auch Clara Zetkin ist verschwunden. Nur am Rosa-Luxemburg-Platz wagt man nicht zu rühren. Und auch die Karl-Liebknecht-Straße wurde in Ruhe gelassen. Das erstaunt mich ein wenig, denn die Karl-Liebknecht-Straße ist eine ziemlich zentrale Straße, die Verlängerung von Unter den Linden, und hieß früher Kaiser-Wilhelm-Straße. Letzteres sagt alles. Baut man jedoch das Hohenzollern-Schloss wieder auf, werden sich viele Westdeutsche wünschen, das Schild, auf dem Karl Liebknecht steht, abzuschrauben und wieder das alte mit der Aufschrift Kaiser Wilhelm hervorzuholen. Aber das wird nicht passieren, bevor man im wiedervereinigten Deutschland nicht einen christdemokratischen Kanzler hat und gleichzeitig einen christdemokratischen Bürgermeister in Berlin. Dann wird Karl Liebknecht in dem engen trubeligen Viertel, durch das ich gerade lief, ein kleines Sträßchen zugewiesen bekommen, denn ganz entfernen kann man Karl Liebknecht wohl kaum.

Ich lief also durch dieses Viertel in diesem zutiefst humanistischen Dreieck. Hier lebt ein merkwürdiger Geist. Hier hat eine Farbexplosion stattgefunden. Hier wird eine Freimütigkeit in immer neuen Verkleidungen gefeiert, in unzähligen Läden, man könnte glauben, man habe völlig die Bodenhaftung verloren, aber dann zeigt sich trotz allem, dass man das Alte, das Zerschlissene, das Graue, das schockierend Autoritäre nicht loslassen will. Man will damit spielen. Hier gibt es Läden, die alles verkaufen, von surrealistischen Moden über Soldatenmützen eines längst abgesetzten Heers bis hin zu Traumdeutungen. Ich selbst blieb vor einem Traumdeutungsladen stehen, war aber über die Auswahl enttäuscht. Die Traumdeutung ist ganz offensichtlich ein stark stagnierendes Fach, jedenfalls verglichen mit den großen Meistern der 1920er-Jahre. Es scheint, als hätte der Zusammenbruch des DDR-Staats die Traumdeutung mitnichten beeinträchtigt. Die merkwürdige Existenz, die ein Leben als Oppositioneller in der DDR ausgemacht haben muss, sie muss Traumstrukturen ihren Stempel aufgedrückt haben bei all jenen, die diese Zeit als eine Art Wachtraum erlebt haben, sollte man meinen. Der Laden, in dem die Traumdeutungseffekte zusammen mit alten Filmrollen im Schaufenster ausgestellt waren, lag in der Sophienstraße, gleich hinter der großen, wiederaufgebauten jüdischen Synagoge mit ihrer vergoldeten Kuppel, die man vom Traumdeutungsladen aus sehen konnte. Zu groß, um heute ihre Funktion als Synagoge erfüllen zu können, wurde sie in ein Museum verwandelt. Aber bald wird sie als Synagoge wieder eröffnen, und die heimgekehrten Juden aus Israel werden sie bis auf den letzten Platz ausfüllen. Anschließend können sie in den ironischen Cafés der Nachbarschaft sitzen und Erfahrungen mit den oppositionellen, jetzt reformierten Kommunisten der DDR austauschen. Während sie gemeinsame historische Erfahrungen austauschen, schauen sie aus den Fenstern der Cafés und können nicht glauben, was sie sehen. Denn draußen in der Oranienburger Straße demonstriert die Befreiungsfront Lesbischer Jüdinnen und schreit im Takt Parolen, mit denen sie ihre Rechte einfordert. Anschließend kann unser heimgekehrter Jude Arm in Arm mit seinem neuen Freund, dem oppositionellen, jetzt reformierten Kommunisten der DDR, auf die Straße treten. Etwas später sah ich sie über die Sophienstraße kommen, wo ich immer noch stand und auf die Auslagen des Traumdeutungsladens starrte. Sie gingen an mir vorbei, und einen Augenblick lang fragte ich mich, ob ich mich ihnen anschließen und zusammen mit ihnen durch das Viertel laufen sollte, in dem ein seltsamer Geist herrschte, fand es jedoch unpassend, in gewisser Weise aufdringlich, daher ließ ich sie weitergehen, zu zweit. Ich ließ sie also vorbeigehen und folgte ihnen dann in gutem Abstand. Ich sah sie eifrig diskutieren. Ich hoffe, über die Zukunft. Die Art, wie sie gestikulierten, mit dem freien Arm, beide nacheinander, könnte ein Zeichen dafür sein. Ich ahnte auch, wohin sie wollten. Ich nahm an, die zwei mir fremden Männer wollten zur Volksbühne am Rosa-Luxemburg-Platz, um Theaterkarten zu besorgen. Nicht für die heutige Abendvorstellung, denn die war längst ausverkauft, sondern für eine Vorstellung in vierzehn Tagen. Doch das stimmte nicht. Zwar liefen sie die Münzstraße entlang, aber anstatt zur Volksbühne auf dem Rosa-Luxemburg-Platz abzubiegen, liefen sie weiter und nahmen dann die Fußgängerunterführung unter der Karl-Liebknecht-Straße, woraufhin ich sie an einer Straßenbahnhaltestelle stehenbleiben sah, sie verabschiedeten sich per Handschlag. Der heimgekehrte und doch ewig heimatlose deutsche Jude ging anschließend zur S-Bahn-Station Alexanderplatz, während der ebenso heimatlose oppositionelle, jetzt reformierte Kommunist aus der längst abgewickelten aufgelösten DDR zurückblieb, um auf die Straßenbahn zu warten. Ich stand jetzt ebenfalls an der Haltestelle auf dem Alexanderplatz. Die Straßenbahn kam und der oppositionelle, jetzt reformierte Kommunist stieg ein. Ich merkte mir, welche Straßenbahn er nahm. Es war die Nr. 6 nach Marzahn.

Erneut nahm ich die sowjetische Fußgängerunterführung am Alexanderplatz, um mich in das zutiefst humanistische Dreieck zu stürzen, das von den Straßen Friedrichstraße–Torstraße–Karl-Liebknecht-Straße/Unter den Linden begrenzt wurde. Es fing wieder an zu regnen, und ich spannte meinen Schirm auf. Die beiden, denen ich gefolgt war, wollten also doch keine Theaterkarten besorgen. Das heißt jedoch nicht, dass sie keine Theaterkarten in der Tasche hatten. Die meisten, die sich innerhalb dieses Dreiecks bewegen, sind Theatergänger. Es sind die Unterdrückten der DDR. Die das Wesentliche begriffen haben. Sie spüren die Trennung. Dass es zu menschlichen Erkenntnissen verhilft, im Kommunismus unterdrückt gewesen zu sein, die von keiner westlichen Freiheit ersetzt werden können. Selbstverständlich hatten sie die

Taschen voller Theaterkarten. Ich selbst begab mich dieses Mal auf direktem Wege zum Rosa-Luxemburg-Platz. Innerhalb dieses kleinen dreieckigen Platzes gibt es neben einer Unmenge experimenteller Bühnen zwei Theater, die die europäische Zivilisation am Leben halten: das Berliner Ensemble und die Volksbühne, an der ich hier auf dem Rosa-Luxemburg-Platz gerade vorbeilief, mit aufgespanntem Regenschirm, den ich herunternahm, als ich sie passierte, da es tatsächlich soeben aufgehört hatte zu regnen. Die Sonne lugte hervor. Drinnen geben sie hin und wieder Goethes *Faust*, in Gänze, beide Teile, *Faust I* und *Faust II*, in einer Marathonvorstellung von zwei Tagen zu 12 und 16 Stunden.[5] Vor vollem Haus. Es bilden sich lange Schlangen an den Kassen, wenn sich herumspricht, dass Goethes *Faust I* und *Faust II* aufgeführt werden sollen. Ein Volk mit Schicksal. Deutschlands Vernunft. Hier stehen sie, in diesem Viertel, mit dem Rücken zur Wand. Aufrecht mit ihrer Erfahrung, ihrer Bildung. Aus den Universitäten geworfen, den Zeitungen, dem Fernsehen und Radio, aus den Schulen, aus der Öffentlichkeit, aber nicht aus den Theatersalons oder der Ironie Berliner Cafés. Ich betrat ein Café, es war ein altes Café aus der DDR-Zeit, und trank einen Kaffee. Das Café lag direkt gegenüber der Volksbühne und war wohl eine Art Theatercafé. Ich saß da und schaute auf die halb gebogene Fassade der Volksbühne. Dort drinnen wird hin und wieder *Faust I* und *Faust II* gespielt. Ich bin ganz entschieden der Ansicht, dass ein gebildeter Mensch in einer Zeitspanne von 500 Jahren

Gegenwart leben muss. 250 Jahre in der Zeit zurück und 250 Jahre in der Zeit voraus. Fällt *Faust* aus unserer Gegenwart heraus, werden wir auf individueller Ebene Zeuge einer menschlichen Unzulänglichkeit, kollektiv aber einer Selbstzerstörung, wenn eine ganze Kultur beschließt, *Faust I* und *Faust II* in die Verjährung zu schicken, also in das, was man nicht erkennt, das Fremde. Kann das sein? Schon jetzt! Nach gut 200 Jahren! Nein, das kann nicht sein. *Faust I* und *II* sind Teil unserer Gegenwart. Schwieriger ist es schon, sich zu unserer künftigen Gegenwart zu verhalten. Linien 250 Jahre im Voraus zu ziehen erfordert Mut und eine utopische Vernunft, die ungemein selten ist, ja, die man möglicherweise bei keinem Menschen unseres Kulturkreises, unserer Zeit findet. Vielleicht nicht einmal als Möglichkeit. Doch die Frage muss gestellt werden. Auch wenn es eine Unmöglichkeit ist, muss sie gestellt werden, nicht zuletzt hier, wo Deutschlands Herz schlägt. Ich schaute nach draußen, auf das Theater über der Straße. Dort geschah es. Die Frage nach *Faust I* und *II* ist Teil unserer Gegenwart. Insbesondere bei der Aufführung von *Faust II* war die Spannung spürbar und greifbar. Zuschauer tauchten auf, blass vor gespannter Erwartung. Würde die Vorstellung die Erwartungen erfüllen? Das Langweilige an *Faust II* ist schrecklich. Es bedroht unsere Existenz. Das weiß das Publikum, ja, das weiß auch der Magier, der es inszeniert hat, um die Grundlage unserer Zivilisation auf die Probe zu stellen. Wenn das Publikum es in die Verjährung schickt, Abend für Abend, sind wir an einem Ende angelangt, dachte ich, wie ich dort saß und über die Straße zur Volksbühne schaute. Solchen Gedanken hing ich an diesem merkwürdigen Tag nach, an dem meine unbekannten Fragen die Unerträglichkeit der Träume überstanden hatten und schließlich auf der anderen Seite in sich zusammengefallen waren. Mein Schwindel war nicht ausgebrochen, als ich oben im Turm am Alexanderplatz stand, und jetzt konnte ich in einem Café innerhalb des zutiefst reformierten Dreiecks der Vernunft sitzen. Ich winkte dem Kellner und bezahlte meinen Kaffee. Ich wollte Ostberlins besondere Freiheit genießen. Das, was Ostberlin von Westberlin unterscheidet. Die gelbe Straßenbahn. Ich beschloss, ganz einfach eine Straßenbahnfahrt durch Ostberlin zu machen.

Ich trat auf die Torstraße und stellte mich an die dortige Straßenbahnhaltestelle. Ich nahm die erste Bahn, die kam. Zufälligerweise war es die Nr. 1. Die Nr. 1 nach Heinersdorf. Sie fuhr auf Schienen die Torstraße entlang und bog an der großen Kreuzung Torstraße–Karl-Liebknecht-Straße–Mollstraße–Prenzlauer Allee nach links in die Prenzlauer Allee. Es ist Berlins einzige Erhebung, und die Straßenbahn müht sich mit aller Kraft die Prenzlauer Allee hinauf. Ich saß so, dass ich in den legendären Prenzlauer Berg mit dem Kollwitzplatz hineinschauen konnte, ohne diesen auch nur ein einziges Mal zu sehen, aber nach unzähligen Besuchen wusste ich genau, wo er lag. Die Straßenbahn passierte die Danziger Straße (die frühere Dimitroffstraße), und die Steigung flachte ab. Ich habe gesagt, ich hätte die erstbeste Straßenbahn genommen, was auch stimmt. Doch ich hatte Vorkehrungen getroffen. Bevor die erstbeste Straßenbahn kam, hatte ich den Fahrplan am Wartehäuschen eingehend studiert. Daher wusste ich, dass ich bald umsteigen musste. In der Ostseestraße.

Die Ostseestraße ist ein Verkehrsknotenpunkt. Ich musste zwei Straßen überqueren, bevor ich zu der Haltestelle kam, an der die Straßenbahn, die ich mir ausgeguckt hatte, hielt. Die Nr. 23 Richtung Warschauer Straße. Die kenne ich gut. Sie bringt mich fast ganz nach Hause, und zwar auf einer spannenden Strecke. Diese endet schließlich am absoluten Endpunkt des Straßenbahnsystems, einem Betonsockel weit hinten in der Warschauer Straße, gleich neben der Oberbaumbrücke, die über die Spree führt, und neben der S-Bahn-Station und der Hochbahn. Bis dahin hätte mich die Straßenbahn durch halb Ostberlin gefahren. Doch dieses Mal stieg ich lange vorher aus. Denn während ich auf die Nr. 23 wartete, studierte ich noch andere Fahrpläne eingehend und fand heraus, dass auch ich, wenn ich in der 23 am Kreuz Weißenseer Weg–Hohenschönhauser Straße–Konrad-Wolf-Straße ausstieg und die Nr. 7 nahm, heute noch nach Marzahn käme.

Die Kreuzung an der Ostseestraße ist sehr schön. Ein betörender Anblick, eine Straßenkreuzung am Rande einer Metropole, wo Straßenbahnschienen aus vier Richtungen um die Kurve führen und sich begegnen. Wenn noch dazu Regen in der Luft liegt und sich die Feuchtigkeit auf die Fahrbahn legt, wo sich der Stahl der Straßenbahngleise deutlich absetzt, dann entsteht ein Moment, in dem zumindest der Unterzeichner dieses Textes, der Autor Dag Solstad, mit seinem Leben zufrieden ist, wie er dort steht und auf die Straßenbahn Nr. 23 zur Warschauer Straße wartet.

Die Straßenbahn kam und fuhr weiter mit ihrem charakteristischen Gebimmel. Die Ostseestraße entlang, dann nach links in die Berliner Straße. Wir bewegten uns nun in Gegenden, die für die meisten, die in Ostberlin wohnen, Berlin ausmachen und die sie ihr Zuhause nennen. Ausgerechnet hier in der Berliner Straße gibt es eine verhältnismäßig anonyme Mietskasernenbebauung im Stil der 1920er-Jahre, aber auch das ist Ostberlin, ebenso wie der Anblick des eigentümlichen Weißen Sees, den man hatte, wenn die Straßenbahn von der Berliner Allee abbog und die (leicht abschüssige) Indira-Gandhi-Straße hinunterfuhr, mitten durch einen ziemlich düsteren und verfallenen Volkspark mit seinem Sportforum, bevor wir an der bereits erwähnten Kreuzung Weißenseer Weg–Hohenschönhauser Straße–Konrad-Wolf-Straße die besondere architektonische Prägung der DDR-Zeit zu sehen bekamen. Dort stieg ich, wie gesagt, aus, überquerte die Straße und wartete auf die Nr. 7, die mich ins nahezu legendäre Marzahn bringen sollte.

Die Nr. 7 nahm mich mit durch die zwei riesigen Stadtteile Hohenschönhausen und Marzahn, wo die

DDR-Kolosse auf meinen wohlwollenden Blick trafen, so weit das Auge reicht. Es ist nicht die Höhe, sondern die Breite und die Menge, die diesen Hochhäusern ihre massiven Dimensionen verleihen. Außerdem wartet die Landschaft mit einer Doppelseitigkeit auf. Während man, wohin man sich als Fahrgast in der gelben Straßenbahn Nr. 7, umgeben von Einheimischen, die aus- und einsteigen, auch dreht und wendet, diese massiven Bauten sieht, fährt die Straßenbahn ihrerseits über weite Strecken durch unbewohnte Gegenden, die sich selbst überlassen scheinen, Flecken, die nie bebaut wurden und auch nie bebaut werden sollen, menschenleere vernachlässigte Flecken, die an die Landschaft rund um osteuropäische Bahngleise erinnern, die die Nr. 7 ebenfalls irgendwo quert, in einer Gegend, die den Stadtteil Hohenschönhausen von Marzahn trennt. So wie die Gebäudemassive dort in dieser Landschaft stehen, könnte man sie auch als Gebäudeflecken bezeichnen. Insgesamt haben wir einen Flickenteppich aus brachliegenden und bebauten Flecken. Jede massive Gebäudemasse ist ein Gebäudeflecken, verstreut auf einem riesigen flachen Stück Berliner Erde liegend. Zuerst kam ein Flecken, dann noch einer, dann ganz viele, dann noch mehr. Bis es Stopp hieß. Die Flecken sind ganz besondere Siedlungsformen, eine eigene Gemeinschaft, nicht unähnlich einem deutschen Dorf, ich wäre versucht, sie Stadtsiedlungen zu nennen. Jede einzelne ist eine Welt für sich, bürokratisch geführt, mit ursprünglich intakter Wohlfahrt, Leibniz' Monaden überführt in sozialistische

Architektur. Hohenschönhausen und Marzahn sind lediglich leere bürokratische Bezeichnungen, dazu gedacht, eine hierarchische Ordnung in dem System zu wahren. Die einzelne Stadtsiedlung ist das Zuhause des Ostberliners. Das einzelne Gebäudemassiv ist der Ort, an dem er wohnt. Der Name der Straßenbahnhaltestelle gibt ihm das Gefühl, nach Hause zu kommen. Jetzt näherten wir uns Marzahn. Ich machte mich zum Aussteigen bereit. Aber sollte ich an der S-Bahn-Station Marzahn, an der Marzahner Promenade, am Freizeitforum Marzahn oder am Bürgerpark Marzahn aussteigen? Ich entschied mich für das Freizeitforum Marzahn.

Ich stieg aus und befand mich in einer Trabantenstadt des früheren Ostberlin. Die Trabantenstadt war sauber und schön. Die Gebäude wirkten gut in Schuss, die Fassaden frisch gestrichen und die Gemeinschaftsanlagen sauber und ohne Müll. Viele Gebäudekomplexe hatten im Erdgeschoss Büros und Läden, ich sah auch mehrere Restaurants und Bars. Tatsache ist aber auch, dass Zehntausende Wohnungen in Marzahn leerstehen, die Menschen sind weggezogen. Die Arbeitslosigkeit ist haushoch. Ich war am frühen Nachmittag hier. Ich sah an den Gebäuden hinauf, sie waren ziemlich hoch, viele hatten ca. 15 Stockwerke. Ich hielt nach leerstehenden Wohnungen Ausschau. Ich sah an einem der Blocks hoch und begann, die Wohnungen ohne Vorhänge zu zählen. Das tat ich eine Weile, dann fragte ich mich, wieso Menschen, die weit oben in so einem Gebäude wohnten, überhaupt Vorhänge an den Fenstern haben sollten. Wovor sollten die Vorhänge sie schützen? Daraufhin suchte ich nach Fenstern ohne Topfpflanzen oder anderen Schmuck auf dem Fensterbrett. Auf diese Weise fand ich heraus, dass eine ganze Menge Wohnungen leerstehen mussten. Vorausgesetzt, die Leute stellten auch weiterhin Topfpflanzen und dergleichen Zierrat ins Fenster, nachdem sie zwei Jahre Arbeitslosigkeit hinter sich hatten und ihr Leben auch ansonsten einige Dimensionen an sozialem Wert eingebüßt hatte. Tat man das dann? Ich weiß es nicht. Außerdem hat meine Sehkraft in den letzten zwei Jahren sehr nachgelassen. Aus dem, was ich zu sehen versuchte, vermochte ich keine Schlüsse zu ziehen. Aber es gab in Marzahn nicht viele Vorhänge zu sehen, und in den vorhanglosen Fenstern fehlten, soweit ich sehen konnte, oft auch Topfpflanzen und anderer Schmuck.

Ich kam zum Freizeitforum. Ich trat durch das Eingangstor und gelangte in ein Foyer mit unbewachter Garderobe. Schilder verwiesen auf Schwimmhalle, Sporthalle, Bibliothek »Mark Twain«, Sauna, Restaurant »Malibu«. Ich beschloss, einen Abstecher zur Sporthalle zu machen, nicht um an sportlichen Aktivitäten teilzunehmen, sondern um andere beim Sporttreiben zu beobachten. Die Sporthalle bestand aus zwei Einheiten sowie einer riesigen Bar. In der einen Halle stand eine Tischtennisplatte, an der aber keiner spielte. Allerdings saßen zwei junge Männer auf der Platte und tranken Bier. Die andere Halle war eine Bowlinghalle. Doch nur eine der vier Bahnen war in Benutzung. Zwei Ehepaare in den Sechzigern spielten dort. Ansonsten war die Halle leer, abgesehen von mir, der gerade eingetreten war. Einer der Männer ging auf die Knie und schickte die schwere Kugel auf den Weg. Alle verfolgten den Weg der Kugel zu den weißen Kegeln. Danach war der zweite Mann an der Reihe. Anschließend setzten sie sich an einen kleinen Tisch an der Wand neben ihrer Bahn und unterhielten sich, warteten darauf, dass die Kugeln wieder auftauchten. Schon auf den ersten Blick war mir der Gedanke gekommen, es müssten Russen sein. Und als ich so nahe an sie herantrat, wie ich es konnte, ohne dass es auffällig wirkte, hörte ich, dass sie eine fremde Sprache sprachen, die zumindest nicht Deutsch war. Es müssen Russen gewesen sein. Zwei russische Rentnerehepaare, die an einem frühen Nachmittag zu Beginn des 21. Jahrhunderts im Freizeitforum Marzahn in Berlin Bowling spielten. Was machten diese russischen Rentner hier? Das weiß ich nicht, ich fand sie hier einfach vor, in einer leeren Bowlinghalle. Könnten es zurückgebliebene Offiziere mit ihren Frauen gewesen sein? Frühere Obristen in der Roten Armee? Ihre Haltung war stramm genug, um als Obristen durchzugehen, ja, sie hatten eine militärische Ausstrahlung, aber sie waren von eher kleiner Statur. Könnten es zurückgebliebene Ingenieure sein? Ingenieure im Ruhestand? Mit dem Grad eines Obersten? Nur die beiden Obristen spielten. Das sah ich, als sie das Spiel wieder aufnahmen. Was die Frauen machten, weiß ich nicht, vielleicht schauten sie einfach zu oder räumten auf. Leerten Aschenbecher und dergleichen. Oder schenkten die durchsichtigen Plastikbecher auf dem Tisch wieder voll. Mit der Weißweinflasche oder dem Sekt, der ebenfalls auf dem Tisch stand. Sie sprachen nicht viel, aber der Zusammenhalt zwischen ihnen wirkte groß, sowohl innerhalb der Ehepaare als auch zwischen den beiden Paaren. Doch ich fragte mich, warum diese russischen Rentnerpaare vor gut zehn Jahren zurückgelassen worden oder freiwillig zurückgeblieben waren.[6]

Ich verließ die Bowlinghalle und kam wieder ins Foyer, verließ das Gebäude. Ich ging an der Wand entlang zu einem Seitenflügel, dessen Fassade aus Glas war, und als ich durch die Glasscheibe schaute, sah ich ein Schwimmbecken. Es hatte eine lange Wettkampfbahn, und vor der Bahn, nahezu auf dem Fensterbrett, saßen ein paar Jugendliche, sechs oder sieben, beiderlei Geschlechts. Auf der anderen Seite der Bahn stand eine 40-jährige Frau im Sporttrikot und feuerte ein etwa 12- bis 13-jähriges Mädchen an, das im Becken schwamm. Ich blieb eine ganze Weile stehen und schaute in die Schwimmhalle, etwas weiter links von dort, wo ich zunächst stehengeblieben war, sodass ich nicht direkt auf die Gruppe der Jugendlichen gleich hinter der Scheibe starrte, sondern eher ungestört das Mädchen in der Wettkampfbahn beobachten konnte. Mit geübten geschmeidigen Wenden schwamm sie eine Bahn nach der anderen, während die 40-Jährige an der Beckenkante balancierte, eifrig gestikulierte und sie (für mich lautlos) anfeuerte. Hin und wieder warf ich einen verstohlenen Blick auf die Gruppe der Jugendlichen dicht an der Fensterscheibe im Vordergrund, doch sie beachteten mich nicht. Sie trugen Badesachen, verharrten aber weiterhin in derselben Stellung, die sie innehatten, als ich an ihnen vorbeigegangen war, und rührten sich nicht. Währenddessen schwamm das Mädchen im Becken unbeirrt weiter. Zuerst dachte ich, das Mädchen würde von einer professionellen Trainerin gnadenlos angetrieben, aber dann überlegte ich, dass das nicht stimmen konnte. Professionelles Schwimmtraining erfolgt auf der ganzen Welt frühmorgens, und jetzt war es früher Nachmittag. Daher nahm ich an, die eifrige und ehrgeizige Frau am Beckenrand sei die Mutter des Mädchens. Das könnte angesichts des Altersunterschieds zwischen ihr und dem Mädchen auch stimmen. Aber später überlegte ich, dass es nicht zwangsläufig ihre Mutter sein musste. Es kann auch ihre Lehrerin gewesen sein, die ihr Talent erkannt hatte und ihre eigene Freizeit daransetzte, um sie voranzubringen und hinaus in die Welt. Ja, am Ende neigte ich zu der Einschätzung, die Frau, die dort am Beckenrand balancierte und das Mädchen antrieb, müsste ihre Lehrerin sein. Ich beschloss weiterzugehen. Doch davor warf ich noch einen verstohlenen Blick auf die Gruppe der Jugendlichen gleich hinter der Glasscheibe. Sie verharrten immer noch in derselben Stellung. Zwar ist anzunehmen, dass die Einzelnen ihre Stellung geändert hatten, manche vielleicht sogar mehrmals, da ich aber bei keinem von ihnen eine Änderung beobachtet hatte, wirkte es auf mich so, als wäre die Gruppe die ganze Zeit über in derselben Stellung verharrt.

Ich lief weiter. Durch die Steinwüste zwischen den massiven Wohnblocks hier in Marzahn. Plötzlich fing es wieder an zu regnen und gleichzeitig heftig zu wehen. Ich spannte meinen Schirm auf, doch er stülpte sich nach außen, woraufhin ich darauf verzichtete, ihn erneut aufzuspannen. Vielmehr suchte ich mit Blicken nach einer Stelle, wo ich mich unterstellen könnte, und entdeckte die Schilder einer mutmaßlichen Bar. Rasch eilte ich mit nassen Haaren zu ihr hinüber und trat ein. Es waren nicht viele Gäste da, schließlich war es noch früh am Nachmittag. Ein Paar mittleren Alters saß an einem Tisch ganz hinten im Lokal, und ein ziemlich korpulenter Enddreißiger, wie ich annehme, saß allein am Tresen, hinter dem eine jüngere Frau stand und die wenigen Gäste bediente. Ich setzte mich an einen kleinen Tisch nahe der offenen Eingangstür, um das Regenwetter im Auge zu behalten, und bestellte mir einen Kaffee.

Allerdings konnte ich das Regenwetter dann doch nicht im Auge behalten, denn der Mann am Tresen sollte meine ganze Aufmerksamkeit beanspruchen. Was hieß, dass ich, anstatt mit dem Gesicht zur Eingangstür zu sitzen, dem Mann am Tresen mein Gesicht zuwandte, auch als er aufstand und zu den Spielautomaten ging. Denn genau das tat er. Der Aufenthalt am Tresen war lediglich eine Pause gewesen. Vor ihm auf dem Tresen stand ein Glas Bier, und daneben lag ein Haufen Münzen. Münzen im Wert von einer D-Mark. Er trank einen Schluck, nahm eine Handvoll Münzen und ging zum Spielautomaten. Dort steckte er eine Münze nach der anderen in den Automaten, und bei jeder Münze zog er den Hebel auf dieselbe Weise und mit demselben Resultat herunter: nichts. Bei jedem Zupacken gab es einen ohrenbetäubenden Moment der Erwartung: Man wartete auf klirrende Münzen, die in die Gewinnschale ratterten. Vergeblich. Es dauerte exakt die gleiche Anzahl an Sekunden vom Ausbleiben des Klirrens, bis der Mann eine weitere D-Mark einwarf, den Hebel des Automaten wieder auf dieselbe Weise herunterzog und dasselbe Resultat erzielte: dieses Nichts, dieses ohrenbetäubende Ausbleiben eines Gewinns. Er verspielte D-Mark für D-Mark. Nach einer Weile begann ich mitzuzählen. Er hatte schon eine Menge verspielt, bevor ich mit Zählen begonnen hatte, und ich habe weitere 23 D-Mark gezählt, bevor es zu Ende war. Ruhig ging er zum Tresen und kletterte auf den Barhocker, trank das Bier aus und bestellte sich ein neues, bezahlte mit einem 20-Mark-Schein. Er bekam daraufhin 17,50 DM zurück, gab der Frau hinter dem Tresen fünfzig Pfennig, trank einen großen Schluck Bier und kehrte zum Spielautomaten zurück. D-Mark rein, Herunterziehen des Hebels, dasselbe Resultat: nichts. Wieder und wieder. D-Mark rein, Herunterziehen des Hebels, nichts raus, jetzt zählte ich von Beginn an mit und kam ganz richtig auf 17 DM, ohne dass auch nur eine einzige Münze klirrend in die Auffangschale gefallen wäre. Er ging ganz ruhig zurück, setzte sich wieder an den Tresen und trank einen weiteren Schluck Bier. Sein Glas war jetzt fast leer. Ich empfand große Sympathie für diesen korpulenten Mann. Er trug seine Verbitterung mit Fassung. Ich stand auf und ging zum Tresen. Dort legte ich einen 100-Mark-Schein vor ihn hin. Es war von meiner Seite eine äußerst ungewöhnliche Handlung. Etwas Vergleichbares hatte ich noch nie getan. Er sah ein wenig verunsichert zu mir hoch und wollte den Schein zurückgeben. Doch ich wedelte abwehrend mit den Händen. Daraufhin sagte er etwas, aber ich antwortete, dass ich kein Deutsch verstand. Ich verstehe nicht Deutsch. Daraufhin sagte er etwas zu der Frau hinter dem Tresen, die mit den Schultern zuckte und sagte: Er versteht kein Deutsch. Und so nahm der Mann den Schein, zerknitterte ihn, bestellte sich ein Bier, bekam es, bezahlte und erhielt drei 20-Mark-Scheine und 37,50 DM in Münzen zurück, er gab der Frau hinter dem Tresen fünfzig Pfennig, trank einen großen Schluck Bier, nahm eine Handvoll Münzen und ging zum Spielautomaten. Dort warf er eine D-Mark ein, zog den Hebel des Automaten herunter, und wie üblich geschah nichts. Kein Resultat. Eine weitere D-Mark, noch eine und noch eine. D-Mark für D-Mark in den Schlund des Automaten, derselbe Griff um den Hebel, und dasselbe Resultat: nichts. Nur das Geräusch, wenn er die D-Mark in den Rachen des Automaten wirft, und das Geräusch, wenn er an dem Hebel zieht, und die ohrenbetäubende Stille danach. Nachdem ich atemlos Zeuge davon geworden war, wie er weitere 20–25 D-Mark verspielt hatte, stand ich auf und stahl mich leise aus der bescheidenen Gaststätte.

Ich lief weiter durch die Trabantenstadt. Begegnete Menschen, die offensichtlich von einer Straßenbahnhaltestelle kamen, und ging in die Richtung, aus der sie kamen. Dort war eine Haltestelle, und eine Straßenbahn stand abfahrbereit da. Ich stieg ein, und die Straßenbahn fuhr los. Da der nächste Halt die S-Bahn-Station Marzahn war und sich die Straßenbahnschienen dort aufteilten, ich aber nicht wusste, welche Schleife diese Bahn nehmen würde, beschloss ich auszusteigen und mit der S-Bahn zurück zum Alexanderplatz zu fahren.

Das hier war ganz offensichtlich Marzahns Einkaufszentrum, ich sah eine nagelneue Galerie direkt neben der Straßenbahnhaltestelle und gleich dahinter, als ich eine riesige Bushaltestelle mit zwanzig abfahrbereiten Bussen passierte, ein etwas heruntergekommenes Kaufhaus. Ich ging zur Hauptstraße, die ich überqueren wollte, um auf die andere Seite zu gelangen, wo sich die S-Bahn befand. Doch das war unmöglich. Die Hauptstraße war eine riesige Kreuzung, die Fußgängern keine Überquerung gewährte. Zum Glück entdeckte ich einen Fußgängerüberweg mehr oder weniger direkt über meinem Kopf, er ragte aus dem Gebäude heraus, zu dem das heruntergekommene Kaufhaus gehörte, und auf dieses lief ich zu. Dank des Fußgängerüberwegs gelangte ich über die Kreuzung und kam zur S-Bahn-Station Marzahn. Die Bahn fuhr ein, und ich blieb bis zum Alexanderplatz darin sitzen. Dort stieg ich in die U8, die ich am Kottbusser Tor verließ. Ich fuhr nicht sofort nach Hause, sondern suchte mir eine Bar in der Nähe, in der ich noch nie gewesen war und von der ich mir nicht gemerkt habe, wie sie heißt, dort setzte ich mich hinein, bestellte mir ein Bier und saß mit einem, dann mit noch einem und noch einem Bier lange Zeit da, dachte nach und machte mir Notizen. Als ich nach Hause kam, war es Abend geworden. Der Markt war vorbei. Die Türken hatten die Buden und die Zelte darüber abgebaut und unverkaufte Ware war abgeholt und weggebracht worden. Jetzt war eine ganze Kolonne an Reinigungskräften damit beschäftigt, den Müll einzusammeln und das Maybachufer zu fegen. Sie waren alle weiß. Es war die weiße Arbeiterklasse in Aktion in Kreuzberg. Nach getaner Arbeit kehrten sie dann nach Hohenschönhausen und Marzahn zurück.

*

Demnächst wollte ich für ein paar Tage nach Hause fliegen. Ich hatte längere Zeit an einem Literaturvortrag geschrieben, den ich in Lillehammer halten sollte, anschließend wollte ich nach Sandefjord zu einer Jubiläumsfeier anlässlich meines Abiturs vor vierzig Jahren. Am Tag vor meiner Abreise machte ich daher einen langen Spaziergang am Landwehrkanal. Da ich meinen Vortrag fertig hatte und alles gepackt war, freute ich mich auf diesen Spaziergang, denn ich rechnete damit, dabei ausnahmsweise einmal nicht in Gedanken zu verfallen. Ich neige nämlich dazu, in Gedanken zu verfallen, und das passiert nicht zuletzt jedes Mal dann, wenn ich am Landwehrkanal entlanglaufe. Ich sehe nichts, denke nur unablässig nach und nehme nichts wahr von dem, was um mich herum geschieht. Ich glaube, mich einen Schlafwandler in Berlin nennen zu können. Doch heute würde ich mit offenen Augen und Sinnen am Landwehrkanal entlanglaufen.

Ich beschloss, nicht zur Spree und zu den dortigen Schleusen zu gehen, sondern in die andere Richtung, hinunter zum Urbanhafen und seiner Umgebung. Das mag als Spaziergang vielleicht zu kurz sein, aber ich dachte wohl, je kürzer, desto größer die Chance, dass ich meine Vorsätze auch umsetze, nämlich mit offenen Sinnen am Landwehrkanal entlangzulaufen. Gesagt, getan. Ich folgte dem Ufer auf der rechten Kanalseite, am Urbanhafen entlang, nahm an der Prinzenstraße die Brücke über den Kanal und ging auf der anderen Seite am Urbanhafen entlang zurück. Es war ein milder Nachmittag Ende Mai. Die Radfahrer sausten mit wehenden Haaren an mir vorbei. Die Hunde liefen folgsam an der Leine und zogen ihre Besitzer hinter sich her. Die Weiden neigten sich maigrün hinunter zum Wasser im Kanal. Dort waren die Ruderer. Und die weißen Touristenschiffe, vollbeladen mit Passagieren. Verliebte gingen Hand in Hand. Gruppen türkischer Jugendlicher saßen auf dem Grashügel am Urbanhafen und schienen Berlins milde Nachmittagssonne zu genießen. An Deck von Restaurantschiffen, die vertäut im Urbanhafen lagen, wimmelte es von Gästen. Der Urbanhafen ist eine Art Binnensee, eine natürliche Erweiterung des Landwehrkanals, nirgendwo ist der Kanal breiter als hier. Ein paar private Yachten hatten auf der anderen Seite des Sees oder Kanals am Kai festgemacht. Menschen lagen engumschlungen da oder saßen herum und tranken Bier aus Dosen. Es roch nach Grill, ein paar Türken grillten. Manche joggten gemächlich am Ufer entlang. Ständig neue Radfahrer. Ständig Weiden, deren Äste sich hinunter zum Wasser im Kanal neigten. Das alles und noch mehr genoss ich mit offenen Sinnen. Ja, ich war so guter Stimmung, dass ich, als ich auf dem Rückweg zur Admiralbrücke kam und nur noch wenige hundert Meter am Planufer vor mir hatte, bis ich zur Kottbusser Brücke und zum Kottbusser Damm käme, beschloss, meinen Spaziergang noch ein Stück zu verlängern, ihn sozusagen zu erweitern, weshalb ich jäh in die Grimmstraße bog und dort die erste Straße nach links nahm, wo ich parallel zum Ufer, allerdings mitten im Viertel, entlang der sehr lebendigen Dieffenbachstraße weiterging, die etwas Abwechslung bot, gleichzeitig war es aber auch eine echte Verlängerung, vor allem jedoch eine Abwechslung, indem ich versuchte, die Auswirkung der Nachmittagssonne auf den Asphalt und die Häuserzeilen mit meinen immer noch offenen Sinnen zu spüren. Gesagt, getan. Ich ging die Grimmstraße hinauf und links in die Dieffenbachstraße. Auch in der Dieffenbachstraße saßen die Leute auf der einen Straßenseite in kleinen Straßencafés auf dem Bürgersteig und genossen die Sonne, während ich die andere Straßenseite entlangeilte, denn tatsächlich begann ich nun die Wärme zu spüren und suchte den Schatten. Auf dieser Straßenseite befindet sich außerdem ein kleines Glaserei- und Bilderrahmengeschäft, und ich überlegte, davor stehenzubleiben und mir die kunstvoll gearbeiteten Rahmen anzuschauen, die im Schaufenster ausgestellt waren. Doch kurz vor dem Laden kam mir ein zufälliger Passant entgegen, und ich verspürte plötzlich eine große Unlust. So etwas kann mich jederzeit ereilen, und jetzt ereilte es mich. Ein Mensch kam mir entgegen, ein Mann in den Vierzigern, der sich bewegte, und sofort überkam oder durchfuhr mich der Gedanke: Von außen betrachtet kann das Menschliche (Körper + Gesicht + Bewegung auf dem Weg zu etwas, auf einem Bürgersteig) in all seiner Zufälligkeit unerträglich wirken. Wie kann es sich selbst ertragen? Ich dachte, während dieser Mann mir auf einem Bürgersteig in der Dieffenbachstraße in Kreuzberg entgegenkam, wäre ich er, wäre ich sofort vor Verzweiflung weinend zusammengebrochen, eingesperrt, wie ich es in dem Fall in diesem Körper wäre, der also ich wäre. Allein beim Gedanken daran, dass ich mich in diesem Körper befinden könnte, wurde mir übel. Das lag im Prinzip aber nicht daran, dass es sich um einen besonders schlaffen Mittvierziger handelte, der mir entgegenkam, denn auch wenn es ein vitaler Dreißigjähriger gewesen wäre, vielleicht sogar auf einem Fahrrad, hätte es denselben Effekt auf mich gehabt. Ich im Körper eines deutschen Radfahrers. Das Leben würde sich dann in all seiner Banalität als sinnlos erweisen. Die Freude, die ich beim Radfahren empfinden würde, würde sich wieder trüben beim Gedanken daran, dass ich es war. Doch dieses Mal war es kein dreißigjähriger Radfahrer, sondern ein Fußgänger in den Vierzigern, der mich dazu brachte, diese Abwehrsymptome zu empfinden, die mit dem Gedanken einhergehen, dass man sich selbst in einem fremden Körper befinden könnte, unterwegs zu einer zufälligen Handlung, sinnlos anzuschauen für alle, die es anzuschauen wünschten. Ich kann mich außerhalb meines eigenen Körpers nicht ertragen. Und ich kann nicht verstehen, wie andere es in ihrem Körper aushalten können. Das fröstelnd Einsame, das einen überkommen kann, wenn man einen solchen Menschen auf sich zukommen sieht auf dem Weg von einem Ort zu einem anderen. Das ist für ihn, gesehen von mir, unerträglich. Zugleich ertrage ich mich selbst ohne Probleme eingesperrt in meinem eigenen Körper, der von anderen auf dieselbe Weise beobachtet werden kann, ja, sogar noch herabwürdigender, als ich ihn betrachtet habe. Ja, ich fühle mich wohl, wie ich einen Bürgersteig in der Dieffenbachstraße entlanglaufe auf dem Heimweg nach einem kleinen Spaziergang, der aufgrund meiner guten Stimmungslage ein winziges Stück verlängert und ausgeweitet worden war, bis zu dieser Begegnung mit der sinnlosen Existenz in Form einer zufälligen vierzigjährigen Person. Es muss mit dem inneren Menschen zu tun haben, dem, was andere nicht sehen, selbst wenn es in all seiner fröstelnden Einsamkeit beobachtet wird, es muss eine unglaubliche Quelle der Freude sein, eine Energie, fast eine rotierende Sonne. Doch trotz dieser inneren Freude können andere Menschen unerträglich wirken, allein kraft ihrer Existenz, die mir fremd ist. Fremd, nicht gleichgültig.

*

Ich flog nach Norwegen, um den Vortrag zu halten, an dem ich hier in Berlin seit längerem gearbeitet hatte. Ich nahm den Flieger nach Gardermoen und fuhr von dort mit dem Zug nach Lillehammer. Wurde in der Nansenschule einquartiert und erwachte am nächsten Morgen ausgeruht in Lillehammer, an der Pforte zum Gudbrandsdalen. Es war ein herrlicher Tag Ende Mai. Steile grüne Hänge umgaben die kleine Stadt. Die Luft war ganz klar. Ich verbrachte den Morgen am Schreibtisch des Zimmers, das mir zugewiesen worden war. Las den Vortrag noch einmal durch, korrigierte ihn und ließ ihn mir durch den Kopf gehen. Es sollte in dem Vortrag um den Roman gehen, er war eine Auftragsarbeit für ein Seminar, das die Macht von Autoren und Lesern zum Gegenstand hatte. Ich war gespannt auf den Vortrag, gespannter als sonst, oder zumindest weitaus weniger entspannt. Damals wusste ich zum Glück nicht, dass er auch Eingang in einen Roman finden sollte, aber das soll er. Ich hielt ihn in der Nansenschule. Da er im Rahmen einer nationalen Literaturwoche mit vielen eigens angereisten literarisch befassten Menschen angesetzt war, hielt ich den Vortrag vor vollem Haus. Routiniert begab ich mich zum Rednerpult, ließ ein paar witzige, längst vergessene Bemerkungen fallen, wechselte die Brille, griff nach dem Wasserglas, trank einen Schluck, machte eine Kunstpause und legte los:

»Vortrag in extenso«

Ich sehe, dass mein Vortrag im Rahmen eines Seminars zum Thema Autorenmacht/Lesermacht angekündigt ist, was mir schon seit geraumer Weile bekannt ist, ja, im Prinzip schon lange bevor ich mit der Vorbereitung des Vortrags begonnen habe, trotzdem habe ich vor, nur über den Roman zu sprechen, auf eine ganz bestimmte Art und Weise, und dafür ist die Frage der Macht, ob nun Autorenmacht oder Lesermacht, ziemlich irrelevant, so wie es auch in der Realität der Fall ist, zumindest für mich. Doch ein paar Bemerkungen zum Thema des Seminars will ich mir gönnen, nicht zuletzt deshalb, weil sie auch als Begründung dafür dienen können, weshalb ich mich entschieden habe, meinen Vortrag über den Roman als Beispiel einer Abweichung vom eigentlichen Thema zu konzipieren.

Ich reagiere auf die Verwendung des Begriffs Autorenmacht. Wäre von geistiger Macht anstelle von Autorenmacht und von der aufgeklärten Allgemeinheit anstelle der Lesermacht die Rede gewesen, wäre ich wohlwollender aufgetreten, denn dann hätte man mit stark gegensätzlichen Vorstellungen von der heutigen Wirklichkeit operiert; wenn man allerdings Worte wie Autorenmacht verwendet, missbraucht man den Machtbegriff, weil man den Machtbegriff dann auf Bereiche überträgt, wo er nicht hingehört, und man entzieht ihm so seinen Sinn auch auf dem Gebiet, wo er wirklich hingehört, an dem Ort, wo sich die Macht befindet, und nicht dort, wo sie sich nicht befindet. Denn selbstverständlich gibt es Macht, und vermutlich kann man auch von Intellektuellen mit Macht sprechen, aber dann sollte man den Blick und auch den Zeigefinger auf die Stellen richten, an denen die Macht ausgeübt wird, und sagen: Da, da sitzt die Macht. Und das ist keineswegs im Arbeitszimmer eines Autors, dem Ort, an dem Romane erschaffen werden.

Nein, die Macht befindet sich nicht dort, wo Romane erschaffen werden. Ist der Roman jedoch fertig, wird er publiziert, und an dieser Stelle tauchen Fragen auf, die an die Machtfrage erinnern können, dann muss man allerdings den Begriffshorizont auf die literarischen Institutionen beschränken, und selbst dann halte ich es für irreführend, von Autorenmacht zu sprechen, was ich nun mit Argumenten zu unterfüttern versuche. Eine der wichtigsten Fragen im Hinblick auf einen publizierten Roman oder auch eines Gedichtbands lautet in diesem Zusammenhang: Was genau führt dazu, dass manche Bücher als bedeutungsvoller erachtet werden und dass manche Werke als erhaben gelten, groß und wichtig genannt werden, und andere nicht. Manches kommt an und wird als wichtig angesehen, und manches kommt nicht an und wird folglich auch nicht als wichtig angesehen. Das ist durchaus diskussionswürdig, aber auch hier sollte man nicht von Autorenmacht oder Lesermacht sprechen, sondern von etwas anderem, das gern ebenso unsichtbar ist wie ausgeübte Macht, aber hier wird etwas ausgeübt und wirkt. Wer entscheidet, was als gute Literatur gilt? Die Leser, die Kritiker, die Verlage, die akademische Welt oder die Medien? Und kann man dann nicht genauso gut sagen, dass jene, die entscheiden, Macht haben, wenn auch nur literarische Macht?

Das ist schon denkbar, und ein Untersuchungsausschuss zu den Machtverhältnissen innerhalb der literarischen Institutionen könnte uns viel nützliches Wissen liefern, von soziologischer Art. Wenn ich diesbezüglich dennoch etwas zurückhaltend agiere, dann weil ich in einem Roman grundsätzlich kein Produkt sehe, sondern ein geistiges Werk, und ich es an der Zeit finde, meine Zuhörer daran zu erinnern. Das ist auch meine Antwort auf die Frage, wer entscheidet, ob ein Roman ein bedeutendes Werk ist oder nicht. Das Werk selbst. Das heißt, Eigenschaften des eigentlichen Werks entscheiden, ob es ein bedeutendes Werk ist oder nicht, und nicht Leser, Kritiker, Verlage, die akademische Welt, die Medien oder etwa der Autor. Sie nehmen es lediglich hin, und was den Autor betrifft, hoffentlich mit einer gewissen Dankbarkeit und Demut. Und das macht die Frage nach der Macht des Autors oder des Lesers vollkommen irrelevant. Wenn sich der Kritiker der Zeitung *Dagbladet* lobend über einen Roman von mir äußert, übt er keine Macht aus. Er erkennt lediglich eine Tatsache an. Und wenn er negativ über einen Roman von mir schreibt, übt er immer noch keine Macht aus, er erliegt lediglich einem für ihn bedauerlichen Irrtum. Natürlich unter der Voraussetzung, dass der Roman, von dem ich rede, wahrhaftig ein Meisterwerk ist, ist er das nicht, erliegt der Kritiker des *Dagbladet* dem für ihn bedauerlichen Irrtum im ersten Beispiel, während er im letzten einzig und allein eine Tatsache anerkennt.

Ich bringe hiermit den Qualitätsbegriff ins Spiel und stelle ihn dem Machtbegriff gegenüber, den man heute in die Literatur einzuführen wünscht. Ich schreibe mich mit anderen Worten ein in die klassische Unterscheidung zwischen Geist und Macht. Geist gegen Macht, Kunst gegen Staat. Wenn jetzt jemand einwendet, dass ich im Verhältnis zu meinem Standpunkt in den 1970er-Jahren eine 180-Grad-Wende hingelegt habe, hat er völlig recht, falls das ein Trost sein kann. Ich behaupte also, dass das Gerede über Macht im Sinne von Autorenmacht oder Lesermacht nicht nur einen Missbrauch des Machtbegriffs darstellt, indem man Macht auf einen Bereich anwendet, wo sie nicht hingehört, und sie dadurch dem Gebiet entzieht, wo sie wirklich hingehört, wo die Macht herrscht, sondern auch einen Angriff darauf, dass Literatur zuvörderst etwas Geistiges ist.

Dass ein solcher Angriff möglich ist, hängt selbstverständlich damit zusammen, dass wir in einer Zeit leben, in der die Vorstellung, die schöngeistige Literatur, so sie von großer Qualität ist, bringe etwas Geistiges zum Ausdruck und nicht Missmut und Elend oder Nabelschau und Vitalität, wenn man es lieber so ausdrücken möchte, dem kollektiven Vergessen angehört. Darum erlaube ich mir, daran zu erinnern, auch wenn es nur eine Randbemerkung zu dem ist, worüber ich eigentlich sprechen möchte.

Was ich gerade in Bezug auf Qualität contra Macht gesagt habe mit der Frage, wer entscheidet, was ein guter Roman ist, ist eine Behauptung, die etwas Wichtiges zu sagen versucht, in diesem Sinne ist sie zu verstehen. Es ist die Entwicklung eines Modells und nicht der Versuch einer soziologischen Realitätsbeschreibung, ja, fängt man an, in der Realität zu suchen, schreit meine Behauptung nach Gegendarstellungen und Korrekturen. Daher werde ich, um meine Randbemerkung noch weiter zu vertiefen, selbst ein paar Korrekturen vorbringen.

Erstens, alle wissen, dass der Begriff Qualität mit Unsicherheit behaftet ist, Gelehrte und Laien streiten über Qualität, nicht zuletzt bei jedem einzelnen Buch. Auch hinsichtlich der Qualität einzelner Werke herrscht große Uneinigkeit, zumindest in der Gegenwartsliteratur, aber auch im Hinblick darauf, wer im Nachhinein kanonisiert wurde und wer sich zu Unrecht damit abfinden musste, nach seinem Tod ein Schattendasein zu fristen. Es zeigt sich auch, dass der Blick auf ein einzelnes Buch nicht selten wechselt, indem es bei seinem Erscheinen teilweise verrissen oder übersehen wird und ein paar Jahre später in den Himmel gehoben, oder umgekehrt. Ja, man kann feststellen, dass ein und dasselbe Buch über einen Zeitraum von beispielsweise fünfzig oder hundert Jahren unterschiedlich beurteilt wird, das Gleiche gilt für das ganze Werk eines Autors. Was heute großartig war, kann morgen vergessen oder vermeintlich vergessen sein, und umgekehrt. Die Zeiten ändern sich und damit auch das, was man für Qualität hält. Auch der Alterungsprozess ist ein Problem, das, was vor hundert Jahren vor Esprit nur so sprühte, zeigt heute einen Esprit, der in der Vergangenheit feststeckt und nicht mehr sprüht, er ist ebenso fern wie die Zeit, in der er erschaffen wurde. Zwar ist man geneigt, die Qualität nicht weniger älterer Werke, denen die Zeit davongelaufen ist und die den eigenen Geschmack nicht treffen, anzuerkennen, doch das ist ein Tribut an den Qualitätsbegriff an sich, und die Werke, denen wir diesen Tribut gern zollen, nennen wir Klassiker; ein Pessimist wie ich möchte nun aber ein Fragezeichen dahinter setzen, wie lange sich ein solcher Tribut aufrechterhalten lässt. Er setzt ein viel zu kompliziertes Kunstverständnis voraus, das den Dünkel, den ein solches Tributzollen ebenso offensichtlich ausdrücken kann, zu unterscheiden vermag von der Bescheidenheit im Namen der eigenen Epoche und nicht zuletzt im Namen der eigenen zufälligen Person, die man an den Tag legt, wenn man einem Werk, das einem selbst nicht viel bedeutet, diesen Tribut zollt.

Zudem ist der Zeitgeist für sich genommen eine mächtige Kraft, deren Geschmack sehr einseitig ist und die daher die Tendenz hat, Dinge, die das vorherrschende Gegenwartsgefühl der Zeit befriedigen, zulasten von Werken aufzuwerten, die aus diesem Gefühl herausfallen. Daraus folgt, dass viele Werke von hoher Qualität übersehen werden, da sie entweder zu spät kommen oder zu früh, was häufig auf dasselbe hinausläuft, denn das Buch, das zu früh kommt und das es dann schon gibt, wenn seine Zeit gekommen ist, wird fast nie entdeckt, wenn seine Zeit kommt, sein Schicksal war es, zu früh gekommen zu sein; und auch wenn seine Zeit gekommen ist, ist es trotzdem zu spät. Außerdem sind Menschen, die Bücher lesen, mit Freude und Begeisterung, mit Irritation und Zorn, in jeder Epoche schwache Menschen mit ihren Fehlern, Schwächen, Unwissenheiten und Vorurteilen, persönlichen sowie der Zeit geschuldeten, kurzum, sie sind nicht zuverlässig, das gilt für gute wie für schlechte Zeitalter.

So könnte ich fortfahren. Doch hinter allen denkbaren Missverständnissen, Unzulänglichkeiten, unerklärlichen Überhöhungen unbedeutender Werke, unverdientem Schattendaseinführenmüssen bedeutender Werke, hinter allen Ungerechtigkeiten, allen Zufällen, allen Abdrücken unfähiger und auch fähiger einflussreicher Personen entweder kraft ihrer selbst oder kraft ihrer zentralen Position innerhalb des Systems, hinter allem Missbrauch, Verbrauch und falschverstandenem Gebrauch des Qualitätsbegriffs und aller bedauernswerter Uneinigkeit hinsichtlich dessen, was Qualität ausmacht, steht der Qualitätsbegriff da als letzte Instanz, auf die wir alle hören. Alle mit einem unverfälschten Verhältnis zur Literatur. Und das sorgt für große Irritation bei all denen, die kein unverfälschtes Verhältnis zur Literatur haben. Denen steht der Qualitätsbegriff im Weg. Er sorgt u. a. für rote Zahlen in einer Branche, die diese leicht vermeiden könnte, der Buchbranche nämlich, die, wäre sie allein kommerziell ausgerichtet, Bücher ausschließlich nach dem Prinzip erwartbarer Einträglichkeit drucken und verkaufen könnte. Der Qualitätsbegriff ist ein Hemmschuh für die Buchbranche, und er ist ein Hemmschuh für die Medien, weil er das Kulturleben unübersichtlich und zum Teil unverständlich macht und den Umgang mit unbekannten Namen erschwert, über denen ein irritierender Nimbus weht und die die Eingeweihten voller Ehrfurcht flüstern, obgleich sich ihre Werke kaum 500 Mal verkaufen, und der Qualitätsbegriff ist ein Hemmschuh für die akademische Welt, weil er sie in den Augen der meisten Menschen eingebildet wirken lässt, weshalb viele Akademiker nun die Seite wechseln, und nicht zuletzt ist der Qualitätsbegriff eine Herausforderung nahezu provokativer Art für das Gros der Buchleser, da er sie der großen von den Medien zugestandenen demokratischen Lesermacht beraubt, indem er diese zur Illusion erklärt. Geist gegen Macht.

Nun ist es an der Zeit, zum Thema zu schreiten. Ich werde jetzt über den Roman sprechen, und zwar auf eine ganz bestimmte Weise. Ich will mich selbst zum Ausgangspunkt nehmen, die Stelle, an der ich heute fast sechzigjährig stehe. Ich stehe vor der letzten Phase. Nüchtern kalkuliert kann ich, so mir das Glück hold ist, davon ausgehen, noch höchstens zehn Jahre lang Bücher zu schreiben, zwar gibt es Menschen, die weit über ihr siebzigstes Lebensjahr hinaus Bücher schreiben, aber es wäre unverantwortlich, ja, regelrecht dreist, davon auszugehen, es könnte auch bei mir so sein. Wie viele Romane werde ich in zehn Jahren noch schreiben können? Drei oder vier, höchstwahrscheinlich drei. Ich habe also noch drei Romane zu schreiben, so mir das Glück hold ist, danach ist es aus und vorbei.

Wenn ich vom Roman spreche, denke ich daher an diese drei letzten Romane. Der Begriff »Roman« ist für mich mit drei ungeschriebenen Büchern verbunden, die ich selbst schreiben werde. Oder vielleicht am ehesten: mit dem ersten der drei, also meinem nächsten Roman. Wenn ich von Roman spreche, meine ich also meine ungeschriebenen Romane, nicht all die fertigen, von denen die Welt, will heißen die Bibliothek, voll ist und von denen ich in einer Periode von fünfunddreißig Jahren einige geschrieben habe, etwa vierzehn, glaube ich.

Daher breite ich vor meinen Zuhörern ein zutiefst persönliches Problem aus. Was ich nicht täte, könnte das Gesagte nicht über mich hinausweisen. Ich spreche über etwas so Persönliches wie das Verhältnis zu meinem neuen, jedoch ungeschriebenen Roman, allerdings unter der ausdrücklichen Voraussetzung, dass ich dadurch etwas Wesentliches über den Roman als solchen sagen kann. Doch können die Überlegungen und Dilemmata eines Autors, der vor der letzten Phase seines Lebensprojekts steht, Licht auf den Roman als solchen werfen? Das sollte man annehmen, ich muss jedoch zugeben, dass ich mir nicht sicher bin. Denn bezüglich meiner Voraussetzungen gibt es einiges, was dagegen spricht. Daher muss ich zuerst etwas über diese Voraussetzungen sagen.

Ich sollte aus Erfahrung sprechen können, aus Lebenserfahrung wie auch aus literarischem Vermögen, das ich mir über die Romankunst angeeignet habe, doch sobald ich erwäge, vergnügt genau dies zu tun, kommt es mir vor, als würde meine Sprache in sich zusammenstürzen, und ich höre, wie die Worte zwischen meinen Lippen zermalmt werden. Lebenserfahrung ist wohl etwas, was einem 35- bis 40-Jährigen zugutekommt, verglichen mit einem 20-Jährigen, aber wenn man wie ich vor der letzten Phase seines Autorendaseins steht, muss man einfach einsehen, dass Lebenserfahrung überschätzt wird, zumindest hinsichtlich ihrer Nutzung in literarischem Zusammenhang. Steht man dem eigenen unsichtbaren künftigen Werk von Angesicht zu Angesicht gegenüber, muss man einfach einsehen, dass Lebenserfahrung bei der Erschaffung von Kunst völlig irrelevant ist, das habe ich im Grunde immer schon gewusst, aber erst jetzt bin ich in einer Situation, in der es nützlich für mich sein könnte, geradezu vorteilhaft, mich meiner Lebenserfahrung zu bedienen, und da zeigt sich nun, dass sie vollkommen irrelevant ist.

Meine Erfahrungen in Form von angesammeltem literarischen Vermögen sind natürlich nicht zu verachten, ich bin froh, dass ich so viel vom Romanschreiben verstehe, wie ich nun mal davon verstehe. Zugleich stattet mich dieses Vermögen jedoch im Augenblick des Schreibens mit einer Selbstgefälligkeit aus, die fast unerträglich ist, wenn man für einen Augenblick in die Situation kommt, sich von außen zu sehen. In meinen Augen bergen die erworbenen Kenntnisse eher eine große Gefahr als eine Stärke, wenn ich nun vor meiner letzten Phase stehe.

Die Sache ist die, dass ich kein Gelehrter bin, und das ist ein schwerwiegender Mangel. Dass ein 30-jähriger, 40-jähriger, ja sogar 50-jähriger Autor kein Gelehrter ist, macht eigentlich nichts, es gibt anderes, was viel wichtiger ist, aber wenn man in zwei Monaten sechzig wird, merkt man, dass es für einen selbst als Autor ein Mangel ist, kein Gelehrter zu sein. Man bekommt dann leicht etwas allzu Unverbindliches. Alles, was man zu sagen hat, hätte man vor zwanzig Jahren sagen sollen, als es kein Problem war, dass man sich noch nicht das erforderliche Gewicht im Leben verschafft hatte. Für mich ist es ein Problem, dass ich kein Gelehrter bin, denn was kann ein 60-jähriger Autor sagen, was nicht ein 30-jähriger genauso gut sagen könnte, zudem mit dem Odem des Neuen?

Was mich heute zum Schriftsteller macht, ist nicht

dasselbe wie das, was mich gestern zum Schriftsteller gemacht hat. Jede Zeit und jedes Alter haben ihre Voraussetzungen, und bis jetzt hatte ich in jeder Periode und in jeder Lebensphase das Glück, mich auf sie einlassen und ihr meinen literarischen Stempel aufdrücken zu können. Nichts an meiner literarischen Ausrüstung hat mich daran gehindert, die literarischen Probleme zu lösen, die mir zur Verfügung standen, um es mal so auszudrücken, oder mich jederzeit selbst als Roman in Szene zu setzen und mich so zu präsentieren, ohne dass jemandem das Lächerliche daran ins Auge gestochen wäre, um es mal so zu sagen. Doch jetzt, wo mir mein Mangel an Gelehrtheit ins Auge sticht, fürchte ich das Pathetische in der letzten Phase meines Schriftstellerdaseins.

Ohne Gelehrtheit trete ich eindeutig geschwächt an die Startlinie meiner letzten Phase. Ich muss mich auf meine Fähigkeit verlassen, bei jedem Roman das genuin Romanmäßige zu finden und dadurch meine Defekte zu verbergen, den Leser oder zumindest mich selbst dahin zu bringen, sie zu vergessen. Die potenzielle Magie der Romankunst ist meine einzige Hoffnung. Es wäre einfacher, wenn ich die potenzielle Magie der Romankunst mit Gelehrtheit vereinen könnte, aber daran ist nun einmal nicht zu denken. Man muss mit den Voraussetzungen auskommen, die man hat, und für mich bedeutet das, zum ersten Mal in meinem Leben im Zusammenhang mit dem Thema Roman das Wort Magie zu verwenden. So tief bin ich gesunken, aber es ist die schiere Notwendigkeit.

Die Magie des Romans. Die potenzielle Magie der Romankunst ist jetzt meine einzige Hoffnung. Doch wie ist mein Verhältnis zu diesem potenziell magischen Gegenstand, wenn man ihm »näher zu Leibe rückt«? Der Ausdruck »zu Leibe rücken« ist hier bildlich gemeint, im ursprünglichen Sinne, und nicht als Klischee, das man auf die Schnelle findet und verwendet. Ich werde mich nämlich eine Weile mit dem Leib des Romans aufhalten, der Erzählung oder der erzählten Geschichte, und mit meinem Verhältnis dazu.

Die Geschichte oder die Geschichten halten also den Roman zusammen. Das kann ich akzeptieren, zugleich ist es nicht das, was mich an einem Roman, der mich gepackt hat, am meisten interessiert. Mein Verhältnis zu Geschichten ist ein eher gleichgültiges, fast zerstreutes. Wir sind schließlich täglich von Geschichten umgeben, permanent werden Geschichten erzählt, in Gesprächen, in den Medien, in der Fantasie, in der Realität, überall, wo sich Menschen begegnen, so gesehen könnte es befreiend sein, in einem Raum auszuatmen, in dem keine Geschichten erzählt werden, z.B. im Roman. Aber die Geschichte ist der Leib des Romans. Vielleicht könnte man einen solchen befreienden Ort, an dem Sprache verwendet, aber keine Geschichte erzählt wird, in Gedichten sehen. Wie gesagt, mein Verhältnis zu den Geschichten der Wirklichkeit ist ein zerstreutes. Ich habe im Laufe der Jahre unglaublich viele Geschichten gehört, ich bin in der Tat ein guter Zuhörer, wie übrigens viele Menschen, die nicht besonders gut im Geschichtenerzählen sind und die auch nicht gern Geschichten erzählen. Aber ich kann mich nicht erinnern, dass ich literarisch jemals eine dieser zahllosen guten Geschichten verarbeitet hätte. Mir ist nicht einmal die Idee gekommen, sie zu verarbeiten. Und falls mir die Idee gekommen wäre, wären mir dann von diesen guten Geschichten welche eingefallen? Ich glaube nicht. Obwohl ich ein guter Zuhörer bin, der dem Erzählten eifrig lauscht und sich von den Pointen packen lässt, mit Gelächter oder mit Schrecken, so neige ich doch dazu, sie ziemlich rasch wieder zu vergessen. Egal, wie sehr ich mich beim Zuhören amüsiert habe, ist die gute Geschichte alsbald vergessen, und zwar für immer, sie ist einfach weg. Wenn ich selbst etwas erzähle, improvisiere ich, ich erfinde manches und vergesse es anschließend wieder. Ich gebe selten eine Geschichte wieder, die ich gehört habe, literarisch nicht, wie schon erwähnt, aber auch nicht mündlich, und kommt es trotzdem vor, dann vergesse ich unterwegs die Pointe, teilweise oder ganz, das gilt insbesondere für Witze. Im Grunde verstehe ich mich am besten auf Klatsch und Tratsch, also eine sehr, sehr lange Geschichte innerhalb eines anonymen Kreises guter Freunde, die nie zu Ende geht und die für Außenstehende völlig nichtssagend ist, nicht jedoch für uns, und die in diesem Zusammenhang, dem literarischen, vollkommen irrelevant und unbrauchbar ist.

Das verleiht mir keineswegs einen besonderen Wettbewerbsvorteil beim Schreiben guter Romane. Vielleicht ist mein Verhältnis zum Leib des Romans, den Geschichten, dasselbe wie zur guten Geschichte im mündlichen Kontext. Sie haben mich nie übermäßig interessiert. Ich kann mich nicht erinnern, dass ich jemals einen Roman gemocht habe, weil er eine gute Geschichte erzählt hat, mich interessiert etwas anderes. Bin ich eigentlich Romanautor aus Neigung? Wäre ich nicht besser Lyriker geworden? In den letzten Jahren habe ich nicht wenig darüber nachgedacht, vor allem, warum ich in meiner Jugend nicht damit begonnen habe, Gedichte zu schreiben anstelle von Prosa. Könnte es mit den sozialen Verhältnissen zusammenhängen, mit meiner Kindheit in Sandefjord? Dass das Gedichteschreiben zu vornehm war, etwas Versnobtes an sich hatte, was mich hemmte, schon beim Gedanken daran, selbst Gedichte schreiben zu können, obwohl ich viele Gedichte las. Tja, der Roman war auch etwas Vornehmes, aber das hat mich nicht so stark gehemmt, zumindest habe ich es geschafft. Aber ich habe mich wohl für Lyrik genauso sehr interessiert wie für Prosa, und unter den norwegischen Gegenwartsautoren, mit denen ich mich verwandt fühle, gibt es vermutlich mehr Lyriker als Prosaschriftsteller. Ja, die meisten Romanschriftsteller stehen mir eher fern, es fällt mir schwer zu sehen, dass wir uns im selben Genre bewegen. Doch es gibt Ausnahmen, meine großen Romanautoren, bei denen ist es anders, von ihnen habe ich zutiefst prägende Eindrücke mitgenommen. Aber haben meine großen Romanautoren für mich packende Geschichten geschrieben?

Nein. Auch wenn der Leib sehr deutlich geworden ist, war er für mich nicht entscheidend. Eigentlich glaube ich auch nicht, dass die Erzählung für die Erzählung selbst so entscheidend ist.

Wäre sie das, ließe sie sich nacherzählen. Doch die fiktive Erzählung lässt sich nicht nacherzählen. Dann wird sie entweder vollkommen unverständlich oder verständlich, aber platt. Eine gute Geschichte macht noch keinen Roman. Der Roman hat zwar etwas, was man Erzählung nennen kann, eine Geschichte, und hat er sie nicht, dann macht die Abwesenheit der Geschichte die eigentliche Geschichte aus oder den bedeutungstragenden Teil. Dass die Abwesenheit einer Erzählung nicht nacherzählt werden kann, ist offensichtlich, aber auch dann, wenn die Erzählung auf dem Papier steht, lässt sie sich nicht nacherzählen. Es gibt sie nur im Roman. Das weiß ich. So habe ich die 1990er-Jahre hindurch gearbeitet. Die Erzählung ist da, sie ist unklar, eine Ahnung nur, mal taucht sie auf, mal verschwindet sie, oft in etwas, was sich als eine andere Erzählung entpuppen kann, um dann möglicherweise wieder in ihrer ursprünglichen, ahnungslosen Gestalt aufzutauchen, und nach dieser Erzählung sucht der Leser (und der Autor, der schon vorher da war und seine Spuren gelegt hat, die Lichter gesetzt, den Widerschein poliert und seinen Odem darübergeblasen hat). Eine Nacherzählung dieser Erzählung, also eine Art Inhaltsangabe, kann dieses Ungreifbare deutlich machen und es entweder als eine gute oder ziemlich gute Geschichte dastehen lassen, ist zugleich jedoch eine absolute Verfälschung. Man erkennt sie zwar, aber bestenfalls als absolut gleichgültige Verfälschung, die nichts mit der ursprünglichen Erzählung zu tun hat, jener, die es nur im Roman gibt.

Ich erzähle also Geschichten, die nicht nacherzählt werden können. Ich, der ich keine Geschichten erzählen kann, schreibe trotzdem Geschichten nieder, und diese lassen sich nicht nacherzählen, ohne verfälscht zu werden. Das möchte ich einmal festhalten. Das ist mein Ausgangspunkt. Ja, ich würde so weit gehen zu sagen, es sei der Ausgangspunkt des Romans als solchem. So gesehen sollte man mich für bestens gerüstet halten, um die letzte Phase meines Autorendaseins in Angriff zu nehmen. Schließlich bin ich jetzt so weit gekommen, sagen zu können, dass das, was meinen Ausgangspunkt bildet, der Ausgangspunkt des Romans als solchem ist.

Und das ist richtig. Könnte ich das nicht sagen, hätte ich mein Romanschriftstellerdasein längst beendet und einen anderen Weg eingeschlagen, gern innerhalb der Literatur, da sie es ist, worauf ich mich spezialisiert habe. Ich kann es aber sagen, und deshalb kann ich die letzte Phase meines Romanschriftstellerdaseins in Angriff nehmen, obgleich mich meine Mängel für ebendiese Phase meiner Autorenschaft schlechter gerüstet dastehen lassen als für frühere. Aufgrund meines Ausgangspunkts muss ich hoffen, literarische Wunder zu vollbringen. Das traue ich mich zu sagen, zwar nicht ohne zu zögern, aber jetzt ist es jedenfalls gesagt.

Ich weiß also etwas über die Erzählung, weshalb ich mir zutraue, mich an einen neuen Roman zu setzen. Sie ist da, lässt sich aber nicht nacherzählen. Schon seit 1992 habe ich den Roman aus diesem Wissen heraus kultiviert.

Und damit kann ich fortfahren. Ich hatte große Freude bei der Arbeit an Romanen wie *Elfter Roman, achtzehntes Buch* und den anderen, die ich seit 1992 geschrieben habe. Daran, das unauflösliche epische Element des Romans zu finden. Auf meine eigene Faszination zu hören und ihr im Hinblick auf Elemente einer Art Erzählung, die in meinem Bewusstsein auftauchten, zu vertrauen, auch wenn sie noch so skurril waren, teilweise unbrauchbar, um zu Literatur verarbeitet zu werden, deren ich mich jedoch nach eingehender Überlegung und nicht ohne Kopfschütteln bedient habe, um in das abzutauchen, was ich als den Bereich des Sprachlosen bezeichne, und meine epischen Elemente zu nutzen, um den für mich – vor allem für mich – sprachlosen Bereich zu beschreiben. Irgendwie habe ich wohl gedacht, es würde so weitergehen. Der Zug war abgefahren, ich war eingestiegen, es war zu spät, um wieder auszusteigen, denn der Zug hatte sich in Bewegung gesetzt, der Zug war abgefahren, und ich war an Bord. Irgendwie habe ich die Jahre seit 1992 erlebt als Jahre, in denen ich keine Wahl hatte, in denen ich gefangen war, und ich empfand große Befriedigung darüber. In vielerlei Hinsicht muss ich zugeben, dass ich mich fühlte, als hätte mich das Schicksal eingeholt und als wäre ich nicht länger ein freier, unabhängiger Autor, was ich bis dahin wirklich gewesen war und worin ich meine ganze Ehre gesetzt hatte, ich war stolz darauf, mich als Autor so oft gewandelt zu haben. Ich fühlte mich glücklich eingefangen, nicht eingeholt, wie ich gerade gesagt habe, sondern eingefangen, glücklich eingefangen. Ich weiß, dass viele meine letzten Bücher als nahezu unerträglich empfinden, aber ich erlebe sie als wahr und habe sie folglich mit heiterem Gemüt verfasst.

Und damit kann ich fortfahren. Wäre da in mir nicht ein Zweifel aufgetaucht. Dahingehend, ob es sich wirklich so verhielt, dass ich von genau dieser Art, das literarische Glück zu suchen, schicksalhaft eingefangen war. Gab es nicht andere Arten zu schreiben, auch für mich? Ich hatte schließlich vorher schon auf andere Arten geschrieben, warum konnte ich es jetzt nicht tun? Dieser Zweifel ist in mir stetig angewachsen und hat dazu geführt, dass ich seit mehr als einem Jahr unschlüssig vor meinem nächsten Roman stehe und mich nicht entscheiden kann, welchen Weg ich einschlagen soll.

Ich habe den unbändigen Wunsch, etwas völlig anderes zu schreiben, fast hätte ich gesagt, egal was, Hauptsache, etwas völlig anderes. Ich protestiere dagegen, dass die Notwendigkeit der Kunst von so begrenzter Art sein muss, dass ich nichts anderes tun kann. Es gibt so vieles, was ich noch nie ausprobiert habe, im Zusammenhang mit Fiktion, und woran ich mich sehr gern versuchen würde.

Natürlich sind Gedanken wie diese stark geprägt

von der Situation, in der ich jetzt stehe. Ich muss der Tatsache ins Auge sehen, dass ich vor der letzten Phase meines Schriftstellerdaseins stehe. Mein nächster Schritt ist ein entscheidender Schritt in die letzte und abschließende Phase meines Schriftstellerdaseins. Jetzt wird es ernst. In Kürze werde ich sechzig. Nüchtern kalkuliert kann ich nicht davon ausgehen, noch mehr als drei Romane zu schreiben, im günstigsten Fall. Will ich einmal etwas »völlig anderes« schreiben, muss ich es jetzt tun. Mit meinem nächsten Roman. Sonst werde ich nie all die Möglichkeiten ausprobieren können, die wie reife Früchte vor mir liegen. Tue ich es nicht, werde ich einen schrecklichen Verlust spüren. Es handelt sich, womöglich nicht im Einklang mit den realen Verhältnissen, um ein Gefühl von verpassten Möglichkeiten, von etwas, das für immer verloren ist. Auch wenn ich einsehe, dass es sich um Möglichkeiten handeln könnte, die ich nicht länger realisieren kann, oder sogar um Möglichkeiten, die ich nicht länger zur Verfügung habe, so gibt es in meinem Bewusstsein dennoch diese Lust, etwas völlig anderes zu machen, und sie prägt die Überlegungen zu meinem neuen Roman.

Kurzum, ich bin sehr unsicher. Hätte ich auch nur den leisesten Verdacht, dass das, was ich seit 1992 gemacht habe, ausgeschöpft ist, dass es dort im Grunde nichts anderes mehr zu holen gab als das routinierte Spiel eines routinierten Autors, wäre ich nicht unsicher. Dann würde ich mich in dieses andere hineinstürzen. Egal, was dabei herauskäme. Trotz der Zweifel, ob ich die erforderlichen Voraussetzungen hätte.

Doch es fällt mir schwer, den Schauplatz meiner Handlungen zu verlassen. Ich bin dort noch nicht fertig, ich habe dort noch einiges zu erledigen. Ja, es fällt mir sogar schwer, meine vielbenutzten Requisiten zurückzulassen, denn sie sind noch nicht verbraucht, nur vielbenutzt, und ich habe sie sehr liebgewonnen, als Teil meines literarischen Körpers, und ich empfinde es als undankbar, sie jetzt wegzuwerfen, nur weil ich die unbändige Lust verspüre, etwas völlig anderes zu machen, bevor es zu spät ist.

So stehen die Dinge. Ich will hier nicht den Versuch unternehmen, sie über das hinaus auszuführen, was ich vermutlich bereits angedeutet habe, die mythischen Vorstellungen, die sich aufgedrängt haben und die man dieser Darlegung meines Dilemmas entnehmen kann, wenn ich jetzt vor der letzten Phase meines Schriftstellerdaseins stehe. Ich registriere, dass es solche Vorstellungen gibt, möchte sie aber nicht zu einer großen Sache machen. Ein andermal vielleicht.

Hingegen möchte ich gern auf eine Frage aufmerksam machen, die ganz entscheidend ist im Hinblick darauf, wie mein literarisches Dilemma gelöst werden soll, wenn ich jetzt ins Unbekannte blicke, im Bewusstsein der wenigen Arbeitsjahre, die mir noch bleiben: Ändern sich jetzt nicht die Begriffe? Gibt es nicht etwas anderes auszudrücken, und wenn ja, was sollte das sein? Solche Gedanken mache ich mir, und genau das meine ich wohl damit, dass ich gern etwas anderes schreiben würde als das, was ich in den letzten zehn Jahren gemacht habe.

Andererseits, sind diese geänderten Begriffe zwangsläufig völlig neue Begriffe? Handelt es sich nicht um eine Justierung oder Richtungskorrektur? Ihre Positionierung im Verhältnis zueinander zu ändern eher als in völlig neuen Bahnen zu denken? Ein solcher Eingriff in das Verhältnis meiner Begriffe zueinander kann ein neues Licht werfen auf das, was ich schreibe, und auf diese Weise kann ich der Vorstellung folgen, von der ich nur schwer lassen kann, nämlich, dass ich von meinem Schicksal eingefangen und nicht eingeholt wurde, und so kann ich meine Arbeit fortsetzen, für die ich 1992 mit *Elfter Roman, achtzehntes Buch* die Grundlage gelegt habe. Findet sich dort nicht alles, was ich suche? Und indem ich tief in diese Änderungen eintauche, mich auf die ein oder andere Weise hineinversenke, wird man vielleicht, wenn schon nicht mit einer völlig neuen Sprache, so doch mit einer völlig neuen Vorstellung oder einer völlig neuen Art, eine Erzählung zusammenzustellen, auftauchen, vielleicht in der Art, wie der maritime Maler Turner es erlebt hat, als er sich in sein eigenes Bild versenkte und im Alter von siebzig Jahren wieder auftauchte mit etwas, von dem jeder sehen konnte, dass es der Vorläufer des Impressionismus war, fünfundzwanzig Jahre zu früh.[7]

Der Vortrag rief großen Applaus hervor, wofür ich mich mit einer linkischen Verbeugung bedankte, was zum Teil meinem Naturell geschuldet ist, was man aber allmählich auch zu den Requisiten rechnen muss, die ich in der öffentlichen Inszenierung meiner Person verwende. Dann verließ ich rasch den Vortragssaal und verzog mich in das mir zugewiesene Zimmer, wo ich einen ordentlichen Schluck Cognac zu mir nahm, ein ganzes Wasserglas voll, ja, ich genehmigte mir sogar zwei. Danach traf ich das *Dagbladet* zu einem Interview. Später aß ich mit dem Verlagsleiter William Nygaard vom Aschehoug Verlag, dem Chefredakteur Trygve Åslund, der ewig schönen Schauspielerin Juni Dahr und einer anderen Frau, deren Namen ich nicht mitbekommen hatte, die zum Ausgleich für dieses Versäumnis aber die junge Geliebte meiner Romanfigur Armand in den 1980er-Jahren werden wird, falls oder wenn es eines Tages so weit sein sollte, zu Abend. Auch den nächsten Tag verbrachte ich in Lillehammer. Am Vormittag ein Interview anlässlich meines bevorstehenden 60. Geburtstages für die neunorwegische Wochenzeitung *Dag & Tid*, geführt vom ehemaligen Langlaufstar Gudmund Skjeldal, der mich daran erinnerte, dass der größte Teil meines Buchs *Roman 1987* in Lillehammer spielte, was mir tatsächlich entfallen war. Am Nachmittag nahm ich an einer Radiodebatte unter der Regie von NRK teil, und den herrlichen Maiabend verbrachte ich in Gesellschaft jüngerer Schriftstellerkollegen wie Ingvar Ambjørnsen (der für mich immer ein junger Kollege bleiben wird),

Øyvind Berg, Jonny Halberg und Ari Behn zusätzlich zu Bergs, Halbergs und Behns Verleger Torleiv Grue, der früher mein Lektor im Oktober Verlag war, und dem bereits erwähnten Trygve Åslund. Soweit ich mich erinnere, waren wir außerdem von ein paar mitgereisten Journalisten und Verlagsleuten samt einigen lokalen Schönheiten umgeben und amüsierten uns köstlich bis zum frühen Morgen.

*

Am nächsten Tag fuhr ich nach Sandefjord. Ich stieg morgens in Lillehammer in den Zug und stieg in Oslo aus, um mich in meine Osloer Wohnung zu begeben, die während unseres Berlinaufenthalts leerstand. Dort zog ich mich um. Während meines Lillehammeraufenthalts hatte ich meinen Leinenanzug getragen, jetzt entschied ich mich für den zweiten Anzug, den ich seinerzeit zusammen mit dem Leinenanzug im KaDeWe erstanden hatte und der aus so feinem Stoff war, dass er sich beim Anziehen anfühlte, als schlüpfe man in des Kaisers neue Kleider. In diesem Anzug nahm ich ein Taxi zum Hauptbahnhof, um die unterbrochene Zugfahrt nach Sandefjord zu vollenden.

Es war später Nachmittag, als ich am Bahnsteig stand und auf den Zug wartete, der mich nach Sandefjord bringen sollte, in meine Geburtsstadt. Vor vierzig Jahren hatte ich das dortige Gymnasium abgeschlossen, und nun hatten einige meiner Mitschüler die Initiative ergriffen, dieses Jubiläum zu feiern. Im Laufe der Jahre hatten eine Reihe solcher Veranstaltungen zu runden Jubiläen stattgefunden, und ich hatte teilgenommen, wann immer es sich einrichten ließ. Zwar hatte ich es unverhältnismäßig gefunden, von Berlin aus auf eigene Rechnung anzureisen, doch wenn die Reise nach Norwegen von meinen Auftraggebern in Lillehammer bezahlt wurde, war es möglich, den Lillehammervortrag mit diesem Jubiläumsabend in Sandefjord zu kombinieren. Das letzte Mal, dass ich meine Klassenkameraden so versammelt gesehen habe, muss anlässlich des 25-jährigen Jubiläums gewesen sein, also vor fünfzehn Jahren, und es kommt äußerst selten vor, dass ich einen von ihnen allein treffe, zufällig oder gezielt. Ich halte mich selten in Sandefjord auf, bin jedoch der Ansicht, dass ich ein gutes Verhältnis zu meinen ehemaligen Mitschülern habe. Zu der Stadt selbst und zu meiner Jugend fällt es mir schwer, mein Verhältnis zu benennen, aber an meine Schulfreunde erinnere ich mich sehr gern. Ich freute mich darauf, sie wiederzusehen. Der einzige Programmpunkt, den ich mir schenken wollte, war ein Treffen vorab in der Schule, um mit einem der Lehrer von damals, der seinerzeit auch schon Singen auf dem Stundenplan hatte, eine Singstunde zu haben. Darauf hatte ich keine große Lust, daher nahm ich jetzt einen ziemlich späten Zug, sodass bei meiner Ankunft in Sandefjord die Singstunde schon in vollem Gange wäre und ich sofort ins Hotel gehen könnte, um einzuchecken und mir in aller Ruhe auf meinem Hotelzimmer einen Drink zu genehmigen.

Es war ein strahlend schöner Nachmittag, und die Sonne meinte es gut mit uns. Ich stand am Bahnsteig und wartete auf den Zug. Elegant kam er auf den Schienen in der Ferne zum Vorschein und legte sich in die Kurve, da sich die Schienen an der Stelle, die ich überblickte, wunderschön wanden, bevor er auf gerader Strecke auf dem Bahnsteig einfuhr und hielt. Ich bestieg den letzten Waggon und suchte mir einen Fensterplatz. Ich trug nur eine Aktentasche bei mir, darin hatte ich Strümpfe und Unterwäsche zum Wechseln, Zahnbürste, Zahnpasta sowie eine ganze Flasche Whisky. Ich hatte kein Hemd zum Wechseln dabei und auch keinen Rasierhobel, weil ich davon ausging, dass ich am nächsten Morgen im selben Hemd zurückfahren könnte, das ich heute Nachmittag frisch angezogen hatte, und dass ich mich erst zu rasieren brauchte, wenn ich wieder in meiner Osloer Wohnung war. Ich stellte die Aktentasche auf den freien Sitz neben mir und machte es mir auf meinem eigenen Sitz für die Zugfahrt bequem. Für mich war es eine Reise in die Vergangenheit, und obwohl ich sie schon oft unternommen habe, kann ich mich nicht recht daran gewöhnen. Ich kann nicht verhehlen, dass ich sie mit gemischten Gefühlen antrete; auch wenn ich mich auf die Feier am Abend mit meinen ehemaligen Schulkameraden freute, spürte ich wie bei all meinen Reisen heim nach Sandefjord ein seltsam prickelndes Gefühl auf der Haut, eine Spannung, die nicht Vorfreude ist, sondern etwas anderes, und mir schwante, dass ich, so ich mir die Zeit nähme, auf meinen eigenen Herzschlag zu lauschen, merken würde, wie unnatürlich schnell mein Herz schlug, und das ist für einen sechzigjährigen Mann nicht gut. Doch zum Glück ist die 120 Kilometer lange Zugfahrt zwischen Oslo und Sandefjord für sich genommen eine einschläfernde Angelegenheit, bei der nichts passiert und die Landschaft, durch die der Zug fährt, einen eher nichtssagenden Charakter hat, was dazu beitrug, meine Nervosität zu dämpfen und mich allmählich in eine sanfte, ja geradezu dösige Stimmung zu versetzen. Hinzu kam, dass ich die Reise an einem Samstagnachmittag unternahm, was das Einschläfernde an einer Beförderung im letzten Wagen eines Intercity-Zugs auf der Vestfoldstrecke noch verstärkte. Um diese Zeit geschieht weniger als sonst, drinnen im Zug wie auch draußen in der großen Welt. Im Zug fehlen an einem Samstagnachmittag z.B. die Damen mit dem Rollwägelchen. Wer darauf wartet, sich einen Kaffee kaufen zu können oder ein Mineralwasser, zu dem man einen durchsichtigen Plastikbecher erhält, den man dazu nutzen kann, zunächst einen Schluck Whisky hineinzugießen und dann etwas Mineralwasser hinterher, wartet vergeblich. Am Samstagnachmittag sind die Frauen mit ihren Rollwägelchen abgeschafft. Nichts passiert. Nichts zu kaufen, nicht einmal eine Zeitung. Die Schaffner eilen zwar durch die Waggons, um Fahrkarten zu kontrollieren, aber nicht mehr nach jedem Halt, und falls sie es doch nach jedem Halt tun, dann so unauffällig, dass man kaum merkt, wie der Schaffner eben noch durch den Wagen geeilt ist, in dem man sitzt und auf die nichtssagende Vestfold-Landschaft vor dem Zugfenster starrt. Samstagnachmittag. Es war ein heißer Samstagnachmittag im Juni, an dem ich diese monotone Zugfahrt unternahm. Das einzig Abweichende an dieser Reise war die Hitze, die es mit sich brachte, dass ein frischer Wind durch die halb geöffneten Zugfenster wehte und die Vorhänge flatterten. Leider sorgte das für Durchzug, denn von meinen Mitreisenden meinte jeder Einzelne, er habe ein besonderes Anrecht darauf, sein Fenster halb offen zu haben in dem, was sie an diesem Samstagnachmittag eine unerträgliche Hitze nannten. Mein Fenster blieb jedoch geschlossen, und ich saß da und schaute während der fast zweistündigen Zugfahrt nach Sandefjord durch ebendieses Fenster nach draußen. Ansonsten passierte nichts. Schließlich unternahm ich diese Zugfahrt während der Stunden einer langen Woche, die die meisten von uns mit einem starken Gefühl von Untätigkeit verbinden. Diese Samstagnachmittagsstunden sind zu nichts nutze, sie sind einfach nur da, zu leer, um gefüllt zu werden, selbst vom effektivsten und zielstrebigsten Menschen. In den überflüssigen Stunden zwischen 16:30 und 18:30 Uhr unternahm ich meine Zugreise zurück nach Sandefjord, in den zwei Stunden, in denen man nur schwer die Augen vor der Untätigkeit des Lebens verschließen kann, ja, in denen man schlicht keine andere Wahl hat, als sie zu ertragen, mit der vollen samstagnachmittäglichen Langeweile saß ich in einem Eisenbahnwaggon in einem Zug, der auf dem Weg nach Sandefjord, wo ich aussteigen wollte, seiner Trasse entlang der Vestfoldstrecke folgte. Doch zunächst fast zwei Stunden durch eine der nichtssagendsten Landschaften Norwegens. Zuerst die Villenbebauung bis Asker, die einen niederschmetternden Eindruck falschen Glücks vermittelt, anschließend, zum Glück, von Asker aus ein langer dunkler Tunnel, bis man auf den Feldern bei Lier kurz vor Drammen wieder ins Helle kommt,[8] am Bahnhof Drammen hält der Zug, es ist unerträglich heiß in einem Zug, der an einem heißen Samstagnachmittag Anfang Juni am Bahnhof Drammen hält, offene Fenster im Zugabteil nützen nichts, wenn der Zug am Bahnhof Drammen stillsteht. Auch die Zeit steht am Bahnhof Drammen zitternd still, doch ich selbst bin guten Mutes. Dann fährt der Zug wieder an, passiert die Bezirksgrenze nach Vestfold und hält ausgerechnet in Sande. Warum der Zug in Sande hält, fragen sich alle, manche sogar den Schaffner, der durch den Wagen geht, um Fahrkarten zu kontrollieren für den Fall, dass in Sande jemand zugestiegen ist. Anschließend nach Holmestrand. Kurz vor Holmestrand fährt der Zug ein Stück an der Küste entlang, das heißt, am Ende des Holmestrandfjords, der zwar blau glitzert, aber ich habe in meinem Leben schon schönere Fjordabschnitte gesehen, auch in Vestfold, doch das hier ist der einzige Blick, den man auf die Küste erhascht, wenn man die 180 Kilometer lange Eisenbahnstrecke, die Vestfoldstrecke genannt wird und von Oslo nach Skien führt, oder in meinem Fall den einzigen Blick auf die Küste der 120 Kilometer langen Strecke zwischen Oslo und Sandefjord, nimmt. Hinter Holmestrand führte die Bahntrasse wieder landeinwärts. Der Zug fuhr durch eine einsame Binnenlandschaft. Ein paar flache Felder, hier und da etwas hügeliger, ein paar Waldstücke, Kiefern- und Tannenwald, aber niemals lange Abschnitte, dann wieder flache Felder, Lichtungen im Wald, ein paar Hügel, ein Bach, ein bisschen hiervon und ein bisschen davon und selbstverständlich Häuser – Bauernhöfe und rotgestrichene Scheunen –, eine Straßenkreuzung, Autos vor einer Bahnschranke, die darauf warten, bis wir, also der Zug, vorbei waren. Der Zug hielt in Skoppum. Dort stand ein blauer NSB-Bus, der die Ausgestiegenen nach Horten bringen sollte, zehn Kilometer weiter unten an der Küste. Von dort aus schlängelt sich die Bahntrasse hinunter zur Küste, aber nicht so, dass sie die Küste jemals erreicht, am nächsten kommt man ihr am Bahnhof Tønsberg, der nur wenige hundert Meter vom Tønsberger Hafen entfernt liegt.

Hinter Tønsberg bewegte sich der Zug erneut über eine Trasse landeinwärts, mit einer Landschaft, die der bisher beschriebenen nicht unähnlich war. Doch nun fuhr der Zug in eine Landschaft, zu der ich einen Bezug hatte, da es eine Landschaft war, in der ich in meiner Jugend viel unterwegs gewesen war. Der Übergang von einer gewöhnlichen Vestfold-Landschaft in eine Landschaft, die für mich von besonderer Bedeutung war oder sein sollte, geschah gleich nachdem der Zug den Bahnhof Stokke passiert hatte. Alles vor Stokke gehörte zum Tønsberg'schen Erlebnisraum, alles hinter Stokke zum Sandefjord'schen, so hatte ich es als Junge definiert, und so definierte ich es auch heute noch. Ich saß in meinem vornehmsten Anzug im Intercity nach Skien und wollte in Sandefjord aussteigen. Der Zug beförderte mich, der ich im letzten Wagen saß und an diesem heißen Samstagnachmittag Anfang Juni durch ein geschlossenes Fenster hinausschaute, durch Landschaften, die ich wiedererkannte und zu denen ich einen Bezug hatte, obwohl sie genauso nichtssagend waren wie die Landschaften, durch die der Zug bisher gefahren war. Doch ich erkannte sie wieder mit einer sanften, fast dösigen Freude. An diesem Tag war alles an mir schwach. Ich war in einer schwachen, nachsichtigen Stimmung, als der Zug durch diese nichtssagende Landschaft fuhr, die ich schwach wiedererkannte, nicht ohne eine Art verzagter Freude. Ich freute mich auf das Fest am Abend. Das hier war nicht meine Landschaft, aber ich erkannte sie wieder. Was war überhaupt meine Landschaft? Diese hier jedenfalls nicht, obwohl ich sie also wiedererkannte und teilweise darin aufgewachsen war, zumindest als Ausflugslandschaft, zu Fuß, am ehesten aber mit dem Rad. Der Zug bewegte sich in seinem monotonen Rhythmus vorwärts, die Telegrafenmasten wirbelten vorbei, und dahinter die Felder, und die Lichtungen und hin und wieder ein Waldstück. Ich kannte diese Landschaft, aber sie war nicht meine. Sie bedeutete mir nicht viel, jenseits dieses schwachen, entfernten Wiedererkennens in meinem Sinnesapparat. Aber ich kannte sie. Ich kannte die Worte, wusste, wie noch die unbedeutendsten Orte hießen und welche Wege zu ihnen hinführten und von ihnen weg. Jetzt passierten wir einen stillgelegten Bahnhof. Ein aufmerksamer Reisender hätte auf einem Schild, das noch an dem verlassenen und verfallenen Bahnhofsgebäude hing, lesen können, welchen Namen der Bahnhof einst trug. Das hatte ich nicht nötig. Der Bahnhof Råstad gehört zu meiner Begriffswelt, und zwar, solange ich denken kann. Jetzt fuhr der Zug an der Nordflanke eines Bergrückens entlang. Die anderen Reisenden glaubten daher, sich tief im Landesinnern zu befinden, doch ich wusste, dass die Südseite des Bergrückens schräg zur Küste abfiel. Der Tønsbergfjord befand sich genau auf der anderen Seite dieses bäuerlichen, leicht düsteren Bergrückens, und zwar sogar der Teil des Tønsbergfjords, der zum Sandefjord'schen Element meines Daseins gehörte. Ich konnte diesen Fjord ebenso wenig sehen wie die anderen Fahrgäste, ich sah nur die charakteristischen Kiefern oben auf dem Bergrücken, die leicht schiefen Baumkronen, mit denen ich aufgewachsen war und die sich mir früh eingeprägt hatten als Zeichen der Einsamkeit, so wie Tannen sich mir als Zeichen der Düsternis eingeprägt hatten. Und diese Bäume, die riesigen, schiefen Kiefern und die schweren düsteren Tannen, stehen auf knochentrockenen grauen Felsen. Die Tannen sind hier genauso schwer wie anderswo, aber wer hat je von der Meeresbrise erzählt, die diese schweren Tannenzweige anhebt, ich nicht, und sicher auch kaum ein anderer. Ist das hier meine Landschaft? Ich habe sie zumindest nie beschrieben, und ich kann beim besten Willen nicht erkennen, dass sie ein Fundament meiner Dichtung bildet. Aber ich kenne sie und kann mit der größten Selbstverständlichkeit Råstad, Helgerød, Engø, Årø sagen, und jetzt fuhr der Zug nach Sandefjord, ich sah aus dem Fenster und dachte, Gokstad, hier geht's hoch zum Gjekstadåsen, bevor der Zug einer Straße folgte, die wie eine Art Schlucht wirkte, und ein hübsch gepflegtes Wohngebiet aus den 1950er-Jahren tauchte auf, und ich dachte, Hasle. Ich betrachtete dieses hübsch gepflegte Wohngebiet aus den 1950er-Jahren nicht und dachte »hübsch gepflegtes Wohngebiet aus den 1950er-Jahren«, sondern das für Außenstehende unbegreifliche »Hasle«, das für mich zugleich das Signal war, aufzustehen und meine Aktentasche zu packen, denn gleich würde der Zug in den Bahnhof Sandefjord einfahren.

Bahnhof Sandefjord. Ich stieg aus, lief über den Bahnsteig und ging ganz automatisch die Jernbanealleen entlang zum Stadtpark, wo ich in die kurze Skolegate einbog, an deren Ende an der Kreuzung Kirkegata/Torggata das kleine Hotel *Kong Carl* lag. Ich betrat die beengte Rezeption und checkte ein, dabei sah ich mich um. Das Hotel wirkte wie immer, obwohl es ziemlich frisch renoviert war. Dort lag der kleine Salon und da drüben der lange schmale Speisesaal. Ich bekam meinen Schlüssel und begab mich in mein Zimmer. Nahm die Whiskyflasche heraus und holte mir ein Mineralwasser aus der Minibar. Schenkte mir einen ordentlichen Schluck Whisky ein. In anderthalb Stunden wollte ich zusammen mit meinen Klassenkameraden von vor vierzig Jahren zu Abend essen. Die fünf Jahre auf der höheren Schule in Sandefjord waren die schlimmsten Jahre meines Lebens gewesen, mit Ausnahme vielleicht einiger schwarzer Jahre danach, die ich allerdings schon beschrieben habe, indirekt und in aller Heimlichkeit. Doch über diese fünf Jahre habe ich noch nie etwas verlauten lassen und werde es auch nicht tun. Damals war längst beschlossen, dass ich Schriftsteller werden wollte, was für die Schultern eines Jünglings eine viel zu große Bürde war. Aber egal. Das hat nichts mit der Schule zu tun, sondern mit dem Leben. Mit meinem Leben. Ich erinnere mich gern an meine Klassenkameraden. Ehrlich gesagt, habe ich den Eindruck, dass sie versucht haben, mich zu beschützen. Ich habe daher auch in einem meiner Bücher dreien von ihnen einen kleinen diskreten Gruß geschickt, indem die Hauptperson darin Arne Gunnar Larsen heißt, genannt AG. Das sind Arne (der Bob genannt wurde), Gunnar und dann nicht AG, sondern PA, und das hat PA ganz sicher begriffen, wenn er das Buch gelesen hat. Es hieß übrigens *Forsøk på å beskrive det ugjennomtrengelige* [dt. etwa *Versuch, das Undurchdringliche zu beschreiben*]. Vor fünfzehn Jahren hatten wir ein ähnliches Fest wie heute Abend, und es hatte in einer freundlich entspannten Atmosphäre stattgefunden. Menschen, die, bis sie neunzehn, zwanzig waren, in einem Klassenzimmer zusammen an Pulten gesessen hatten, hatten viel voneinander mitbekommen. Man hat von den anderen etwas gesehen, was man später im Leben nicht mehr zu sehen bekommt. Die anderen haben etwas von dir gesehen, was andere später nicht mehr zu sehen bekämen. Daher wünscht man sich nicht dorthin zurück, um zu sehen, was niemand sonst zu sehen bekommt, was man selbst aber gesehen hat, und man kann gegenüber den anderen gesittet und mitwisserisch auftreten. Ich genehmigte mir einen weiteren Drink. Einen ziemlich großen. Jetzt singen sie in der höheren Schule in Sandefjord, dachte ich. Wie konnten sie auf so eine Idee verfallen? Fanden sie es lustig, wieder in die Entmündigung zurückzufallen, zum Spaß, oder wie man das nennen will, dachte ich. So zu tun, als würden sie wie damals wahrgenommen. Das ist doch unmöglich, dachte ich erbost. Das ist sogar anstößig. Fast wie Intimfernsehen. Nichts, absolut nichts würde mich dazu bringen, mich im Alter von sechzig Jahren freiwillig auf eine Schulbank zu setzen und so zu tun, als wäre ich wieder neunzehn und hätte Singstunde. Nein, dann lieber einen ordentlichen Drink in aller Ruhe wie ein erwachsener Mann. Prost, sagte ich zu mir selbst.

Ich saß in einem Hotelzimmer in meiner Geburtsstadt. Im ältesten Hotel der Stadt, dem *Kong Carl.* Das Zimmer ging nicht zur Torggata, sondern zu einem Hinterhof, der auch als Parkplatz diente. In diesem Zimmer saß ich an dem milden Vorsommerabend und trank meinen Whisky mit Mineralwasser. Hin und wieder stellte ich mich ans Fenster, starrte auf den Hinterhof und die geparkten Autos und dachte, jetzt befinde ich mich in meiner Geburtsstadt. Welche Bedeutung hatte sie für mich? Keine, wenn man auf meine Dichtung blickt. Darin finden sich kaum Spuren von ihr. Doch irgendwo musste ich es ja herhaben, dachte ich plötzlich und zu meiner Überraschung auch verzweifelt. Mit »es« meinte ich meine Dichtung. Wo habe ich »es« her? Jedenfalls nicht von Sandefjord. Warum habe ich meine Bilder nicht aus Sandefjord bezogen, der Stadt, in der ich aufgewachsen bin? Warum habe ich nie ein Wort über das Meer geschrieben? Ich, der ich aus einer kleinen Küstenstadt komme, in der ich jetzt an einem schönen Vorsommerabend Anfang Juni in einem Hotelzimmer saß, und in einem Monat sechzig werde? Ich hätte mich im *Park Hotel* einquartieren sollen, dachte ich, dann hätte ich ein Zimmer mit Blick auf den Sandefjordsfjord bekommen können. Aber nein, hier wollte ich sein. In diesem kleinen altmodischen Hotel mitten in der kleinen Küstenstadt, in der ich aufgewachsen war, an der Kreuzung zwischen Torggata und Kirkegata. Genau hier wollte ich sitzen und darüber grübeln, weshalb ich nie über das Meer geschrieben habe. Ich genehmigte mir einen neuen Drink und sah auf die Uhr, bald musste ich los, um rechtzeitig zum Abendessen zu kommen. Sandefjord liegt nicht am Meer. Sandefjord liegt am Ende eines langen Fjords, der sich zum Oslofjord hin öffnet, der auch nicht das Meer ist, sondern ein wesentlich größerer und längerer Fjord, an dessen Ende die Hauptstadt des Landes liegt und der im hinteren Bereich ziemlich eng ist, sich hinter Færder aber öffnet und ganz vorn, am Skagerrak, dem Meer, weit offen ist. Sandefjord liegt am Ende eines langen Fjords, der in einen anderen und größeren Fjord mündet. Hinter diesem wiederum beginnt das Meer. Ich bin am Ende eines langen Fjords aufgewachsen.

Aber ich bin doch da draußen gewesen, dachte ich, auf dem, was wir das Meer nennen, an der Stelle, an der sich der Sandefjordsfjord öffnet und in den Oslofjord mündet, hinter dem Leuchtturm Færder. Da bin ich oft gewesen. Mit dem Boot. Dort kann man das andere Ufer des Oslofjords, nämlich Østfold, nicht sehen. Alles, was man sieht, wenn man in diese Richtung schaut, ist Himmel und Meer, so weit das Auge reicht, es ist wie auf dem Meer. Dort bin ich gewesen. In einem offenen Boot. Den Wellen ausgesetzt. Ich weiß, wie es sich in einem offenen Boot auf dem Meer hinter Færder anfühlt. Die Unendlichkeit des Meeres. Die Tiefe und die Dünung. Aber ich habe nie darüber geschrieben. Warum nicht?, fragte ich mich selbst, wie ich dort in meinem Zimmer im Hotel *Kong Carl* saß.

Auch habe ich nie über Schiffe geschrieben. Es gibt in meinen Romanen kaum ein Schiff. Dabei habe ich mich immer sehr für Schiffe interessiert, für echte Schiffe und für Schiffe als Bild. Stolze Schiffe. Mein Bruder war Seemann. Ich weiß, was ein Hafen ist, aber das Wort ist in meiner Schrift nie angekommen. Auch keine Piers. Seltsame Gegenstände, ein seltsamer Klang im sprachlichen Ausdruck, aber sie finden sich nicht in meinen dichterischen Requisiten. Ich kenne das Meer, aber alles in allem hat es für mich anscheinend keine große Bedeutung. Ich spüre mein Herz schlagen, wenn ich ein schönes Schiff sehe, aber sobald es vorbeigefahren ist, bleibt nichts davon in mir zurück. Über fast nichts von dem, was ich gut oder sogar bestens kenne und was mir lieb ist, habe ich geschrieben. Geschrieben habe ich über anderes, oft Dinge, über die ich wenig weiß, zumindest bevor ich mit dem Schreiben begonnen habe. Züge, nicht Schiffe. Binnenlandschaften, nicht Meere. Düstere Wälder, nicht Meeresbrisen. Flüsse, nicht Fjorde. Städte im Landesinneren Norwegens, nicht Küstenstädte. Warum hat meine Dichtung keinen Platz für das, was mir seit meiner Kindheit in Sandefjord zutiefst vertraut ist? Bilder von dort. Ich schien über eine unangenehm geringe Prägung zu verfügen. Ich habe so wenig Bezüge zu dem, wozu ich Bezüge haben sollte. Es ist keineswegs so, dass ich aus meinem eigentlichen Leben alles verdrängt habe, was mit meiner Kindheit und Jugend in Sandefjord zu tun hat. Ich hatte keinen Grund, das Meer zu leugnen. Oder die Schiffe. Oder die Kais in meinem Bewusstsein. Aber sie haben sich mir nicht gezeigt in dem, was für mich in meinem Leben von Bedeutung ist. Dem Schreiben, dem Dichten. Dort bin ich nicht Dag Solstad aus Sandefjord. Dort bin ich ein anderer. Was mit Dag Solstad zu tun hat, hat für mich keine

Bedeutung, nicht einmal Dinge, zu denen ich ein inniges Verhältnis habe. Alles in meinem Leben ist Schrift.

Dass ein solches Lebensprojekt etwas Unangenehmes an sich hatte, war mir bewusst. Doch dagegen konnte ich nichts ausrichten. Ja, letztendlich bedauerte ich nicht, dass es sich so verhielt. Ich wollte nichts anderes als genau das. Im Experiment meines Lebens ist für einen Dag Solstad von Anfang an kein Platz. Sein Leben macht mein Werk nicht aus. Was mein Werk ausgemacht hatte, wusste ich nicht, und ich bemühte mich auch nicht sehr, es herauszufinden. Meine Aufgabe bestand darin, darüber zu schreiben, nicht darüber zu spekulieren, wo ich »es« herhatte. Dennoch war ich ins Grübeln gekommen, warum ich niemals darüber geschrieben hatte, in einem offenen Boot draußen auf dem Wasser zu sein, dort wo der Sandefjordsfjord in den Oslofjord mündet, hinter Færder, auf etwas, das man Meer nennen könnte, und ich spürte das Schaukeln auf den Wellen, und die Tiefe und die Dünung, die gegen das Boot plätscherte. Das war in meinem Bewusstsein jetzt das einzige Geräusch, und ich war unglücklich, weil ich nie darüber hatte schreiben können.

Nun war ich in Gedanken verfallen, auch hatte ich mich tief in die Whiskyflasche getrunken und fand es jetzt an der Zeit, zu dem herrlichen Juniabend und der bevorstehenden Feier zurückzukehren. Es war höchste Zeit, es war kurz vor acht, und ich musste dringend aufbrechen, denn ich wollte ungern zu spät kommen. Ich verließ das Hotel und eilte die wenigen hundert Meter hinauf zu

Edgar Ludls Gourmetrestaurant in der Rådhusgata, wo die Jubiläumsfeier stattfinden sollte. Ich trat durch die Tür, doch anstatt ins Restaurant zu gehen, nahm ich die Treppe ins Obergeschoss, wo die Gesellschaftsräume lagen. Ich machte die Tür auf und stellte zu meiner Verwunderung fest, dass die Säle leer waren. Sie waren nicht nur leer, es deutete auch nichts darauf hin, dass hier eine Feier stattfinden sollte. Die Tischplatten waren nackt, die Stühle stapelten sich an der Wand. Kein Mensch war zu sehen.

Ich stahl mich wieder ins Erdgeschoss und betrat das Restaurant. Dort saßen viele Leute an den Tischen und speisten, aber keiner gehörte zu meinem Abiturjahrgang von vor vierzig Jahren. Ich fragte einen Ober, ob in den Sälen oben für heute Abend keine geschlossene Gesellschaft angemeldet sei, und er sagte, davon wisse er nichts, er wolle aber nachfragen. Er ging in die Küche und kam kurz darauf mit der Nachricht zurück, dass nichts dergleichen geplant sei. Daraufhin fragte ich nach Anne Ludl, bekam jedoch zur Antwort, dass sie schon lange nicht mehr hierherkomme, denn es sei viele Jahre her, dass Edgar Ludl das *Edgar Ludl Gourmetrestaurant* verkauft hatte. Das brachte mich in Verlegenheit. Anne Ludl war mit Edgar Ludl verheiratet und hatte im selben Abiturjahrgang wie ich den Schwerpunkt Englisch gewählt, es war üblich, dass unsere Treffen in den Gesellschaftsräumen bei Edgar Ludl stattfanden, so war es beim letzten Treffen gewesen, an dem ich teilgenommen hatte, vor fünfzehn Jahren, und auch vor zehn Jahren war es so gewesen, als ich nicht dabei sein konnte, und ich war selbstverständlich davon ausgegangen, dass es auch dieses Jahr so sei. Ja, ich war mir so sicher gewesen, dass ich nicht einmal darauf geachtet hatte, wo die Feier stattfand, es war mir vollkommen entgangen, dass sie woanders stattfinden sollte als in den Gesellschaftsräumen bei Edgar Ludl. Und jetzt war es zu spät, um dieses unbedachte Verhalten gegenüber einer Einladung zum 40-jährigen Jubiläum zu korrigieren, denn ich hatte die Einladung nicht mit nach Sandefjord genommen. Sie lag in Berlin. Was sollte ich jetzt tun?

Das Einfachste wäre wohl gewesen, dem äußerst zuvorkommenden Ober die ganze Situation zu erklären und ihn zu fragen, ob ich einmal telefonieren dürfte. Dann hätte ich Ludl anrufen können. Anne war natürlich nicht zu Hause, sie war natürlich bei unserem Jubiläumstreffen, aber ihr Mann, Edgar Ludl, war bestimmt daheim und könnte mir sagen, wohin ich gehen müsste, um mich der Feiergesellschaft rechtzeitig, bevor sie sich zu Tisch begab, anzuschließen. Sollte auch er nicht zu Hause sein, könnte ich andere Klassenkameraden anrufen, die in Sandefjord wohnten, und ihre Ehepartner fragen. Doch das tat ich nicht. Bestimmt sind sie im *Gadella*, überlegte ich und verabschiedete mich höflich von dem Ober in Edgar Ludls Gourmetrestaurant. *Gadella* war das Restaurant der hiesigen Kaufmannschaft, dort gab es im zweiten Stock ein paar beliebte Gesellschaftsräume, das wusste ich. Das *Gadella* lag in der Jernbanealleen, nur ein paar Minuten Fußweg von hier entfernt. Aber dort waren sie nicht. Zwar gab es eine geschlossene Gesellschaft, doch es war nicht die, zu der ich eingeladen war. Vielleicht sind sie im *Atlantic*, überlegte ich und ging die erforderlichen hundert Meter die Jernbanealleen hinauf. Ich durchkämmte das *Atlantic*, aber sie waren nicht da. Dann probiere ich es im *Park Hotel*, dachte ich und lief in Richtung *Park Hotel*, das ganz oben von dem lag, was wir in meiner Kindheit den Badepark genannt hatten. Es war ein Stück zu gehen, und unterwegs machte ich noch einmal einen Abstecher ins *Kong Carl*, um nachzusehen, ob sie nicht dort waren. Mir kam nämlich der Gedanke, dass ich mich genau deshalb im *Kong Carl* einquartiert haben könnte anstelle vom *Park*, weil hier das Abendessen stattfinden sollte. Aber dort waren sie auch nicht. Und auch nicht im *Park*, wie sich herausstellte, als ich endlich im Hotel ankam und es ablief und sogar fragte, ob sie dort Gesellschaftsräume hätten. Allmählich bekam ich leichte Panik und eilte etwas ratlos zurück ins Zentrum.

Was nun? Ich suchte verzweifelt in meinem Gedächtnis nach weiteren Gesellschaftslokalen in Sandefjord. Aber mir fielen keine ein, außer einem vielleicht, an das ich eine vage Erinnerung hatte und das sich in etwa dort befinden musste, wo der Preståsbakken begann, ich hatte aber keine Ahnung, wie es hieß. Auch hatte ich keine Ahnung, ob meine vage Erinnerung der Realität entsprach, und ich kann mich doch nicht auf die Suche nach einem potenziellen Lokal machen, an dessen Existenz ich starke

Zweifel hege, dachte ich. Nein, das ist vergeudete Zeit, und über Zeit verfügte ich gerade nicht sehr reichlich. Ich hatte längst die Hoffnung aufgegeben, mich zu den Feiernden gesellen zu können, bevor sie zu Tisch gingen, aber ich war fest entschlossen, sie zu finden und mich wenigstens zu ihnen an den Tisch zu setzen, bevor das Hauptgericht serviert wurde. Ich beschloss, zum Telegrafenamt zu gehen, um in den Gelben Seiten nach Lokalen zu suchen. Das Telegrafenamt war bis spätnachts geöffnet, das wusste ich. Ich ging zum Telegrafenamt, aber das Amt war geschlossen worden. Zumindest befand es sich nicht dort, wo ich es erwartet hatte. Dort befand sich jetzt ein Pub. Ach, sie sind bestimmt irgendwo außerhalb der Stadt, es ist ja Pfingstsamstag, wo normalerweise gutes Wetter herrscht, dachte ich. Selbstverständlich sind sie außerhalb der Stadt. Ich eilte zur Taxizentrale. Auf dem Weg dahin hielt ich nach einer Telefonzelle Ausschau, denn ich dachte, wenn ich eine finde, kann ich ja dort die Gelben Seiten durchsehen. Ich fand auch eine und trat ein, doch zwei Dinge hinderten mich daran, sie zu benutzen. Zum einen war das Telefonbuch zerfleddert, zum anderen akzeptierte der Fernsprechautomat keine Münzen, sondern nur eine Telefonkarte, die ich nicht hatte und von der ich auch nicht wusste, wo ich sie besorgen könnte, und hätte ich es gewusst, wären alle denkbaren Orte zum Kauf von Telefonkarten jetzt geschlossen. Mittlerweile war ich bei der Taxizentrale angelangt. Es standen keine Wagen da, aber ich war der Zweite in der

Schlange und beschloss zu warten, bis ich an die Reihe käme. Ich könnte aber auch ins Hotel zurückgehen, dachte ich, und dort in den Gelben Seiten die Lokale von Sandefjord durchgehen, ja, ich könnte sogar an der Rezeption fragen, so etwas müssten sie dort wissen. Doch bevor ich einen Entschluss fassen konnte, war mein Taxi gekommen. Daher beschloss ich einzusteigen. Das mag nicht besonders schlau gewesen sein, aber es war das, was ich tat. Als ich in das Taxi stieg, fiel mir ein Hotel ein, das mir vorher nicht in den Sinn gekommen war und in das ich selbst noch nie einen Fuß gesetzt hatte, weil es erst lange nach meiner Zeit in Sandefjord eröffnet hatte und an der E18, weit draußen vor den Toren der Stadt lag. *Sandefjord Motorhotell* hieß es, und ich bat den Fahrer, dorthin zu fahren. Allerdings bat ich ihn zunächst, langsam an der Straße vorbeizufahren, die gleich unterhalb des Preståsen verlief, deren Namen mir nie einfällt und die im Süden in die Bjerggata übergeht, die aber dort, wo der Preståsbakken endet, anders heißt, und ich hielt Ausschau nach etwas, das einem Lokal ähneln könnte, sah aber nichts. Das Taxi nahm Fahrt auf, fuhr hoch zur E 18 und erreichte das *Sandefjord Motorhotell*. Warten Sie kurz, sagte ich zu dem Fahrer, ich bin gleich wieder da. Ich betrat das Hotel und erkundigte mich, ob hier eine geschlossene Gesellschaft tage. Dem war nicht so, und ich kehrte zum Taxi zurück. Es hatte längst angefangen zu dämmern, und jetzt war es so dunkel geworden, wie es in Norwegen drei Wochen vor Mittsommer nur sein kann. Wir fuhren zurück nach

Sandefjord, wo jetzt die Wegbeleuchtung sowie Straßenlaternen brannten. Ich bat den Fahrer, zum *Kong Carl* zu fahren. Bestimmt sind sie irgendwo am Fjord, dachte ich, in Granholmen oder Vøra, aber zuerst brauche ich einen Drink. Ich bin gleich wieder zurück, sagte ich, als das Taxi vor dem *Kong Carl* hielt. Ich ging in mein Zimmer, schenkte mir einen ordentlichen Schluck Whisky ein und trank ihn pur. Ich schnappte mir das Telefonbuch und suchte die Seite mit Festlokalen. Sie war jedoch nicht sehr ergiebig. Abgesehen von denen, in denen ich schon gewesen war, rochen die anderen stark nach Tod und Begräbnissen, Vereins- und Gemeindeleben. Ich brauchte nur einen kurzen Blick ins Telefonbuch zu werfen, um zu begreifen, dass ich hier auf dem Holzweg war. Aber jetzt hatte ich ein Telefon. Jetzt hätte ich Edgar Ludl oder einen der anderen Ehepartner anrufen können, von denen ich wusste, dass sie in Sandefjord wohnten, um das Rätsel zu lösen. Doch es war zu spät. Viel zu spät. Ich scheute davor zurück, jemanden um zehn Uhr anzurufen und mich nach einem Abendessen zu erkundigen, bei dem ich um acht Uhr hätte sein sollen. Das Abendessen war ganz sicher jetzt vorbei, aber natürlich würde ich es noch zum Kaffee und zum fröhlichen Beisammensein danach schaffen. Daher leerte ich meinen Drink und kehrte zu dem wartenden Taxi zurück. Granholmen, sagte ich. Aber halten Sie zuerst an einem Imbiss. Ich war hungrig. Das Abendessen hatte ich verpasst, trotzdem brauchte ich etwas zu essen. Ich kaufte mir zwei Würstchen mit Brot und Lompe. Ich stand an dem Imbiss und aß, während das Taxi mit brennenden Scheinwerfern auf mich wartete. In meinem vornehmen Anzug stand ich da und aß Würstchen mit Brot und Lompe. Ich aß sehr vorsichtig, weil ich Angst hatte, meinen edlen Anzug zu bekleckern. Ich wollte nicht in einem Anzug mit Senf- oder Ketchupflecken zu meiner Feiergesellschaft kommen. Anschließend auf direktem Weg nach Granholmen, vier Kilometer vom Zentrum Sandefjords entfernt, auf der Straße nach Ula und über die untere Straße nach Larvik. Ich kannte das Lokal, das ich im Sinn hatte, nicht. Anscheinend gehörte es zu einem Campingplatz und lag außerdem in einem Neubaugebiet. Auch brachte ich es, ob zu Recht oder Unrecht, in Verbindung mit dem Segelverein Sandefjord, zumindest befand sich Seilerholmen nicht weit davon entfernt. Das Ganze hatte in der Tat etwas sehr Diffuses, und ich begann an meinem Plan zu zweifeln. Bereits am Ranvikbakken hatte ich meine Meinung geändert. Mir schien die Grundlage zu dünn für die Annahme, sie befänden sich dort. Ich habe meine Meinung geändert, sagte ich zu dem Fahrer, wir kehren um. Das Taxi bog in eine Sackgasse und wendete. Vøra, sagte ich. Vøra lag auf der anderen Uferseite des Sandefjordfjords, fast ganz an seinem Ende. Es waren gut zehn Kilometer zu fahren. Sind sie am Fjord, sind sie in Vøra, dachte ich. Das Taxi fuhr erneut durch Sandefjord, an den Kais und am Hafenbecken entlang auf die Straße zu, die an der gegenüberliegenden Seite des Sandefjordfjords entlangführte, nach Vøra. Ich hatte intuitiv das Gefühl, dass sie in Vøra waren. Ich hoffte nicht nur, dass sie da waren, ich fand es auch absolut einleuchtend, dass sie da waren. Dort in dem hellerleuchteten Fjordrestaurant. Zwar war mir nicht bekannt, ob es in Vøra ein Restaurant oder einen Veranstaltungsraum gab. Vøra ist ein herrlicher Badestrand, und ich war als Junge oft da gewesen. Damals hatte dort ein großes Gebäude gestanden mit einer Terrasse, die im Sommer als Restaurant genutzt wurde, doch noch bevor ich 19-jährig aus der Stadt weggezogen bin, war das Lokal längst verschwunden. Ich meinte mich zu erinnern, dass die Leute trotzdem auf der Terrasse gesessen hatten, dass es dort Tische und Stühle gab und die Leute draußen saßen und mitgebrachtes Essen und Getränke verzehrten. Es war ein fürstliches Lokal mit Abendsonne und herrlichen Sonnenuntergängen, und es wäre schon merkwürdig, wenn es nicht restauriert und in ein modernes Fjordrestaurant umgebaut worden wäre mit der Möglichkeit, drinnen wie draußen zu speisen, und mit einem Raum, der außerhalb der Saison auch geschlossene Gesellschaften aufnahm, z.B. an schönen Vorsommerabenden Anfang Juni. Je mehr ich darüber nachdachte, desto sicherer war ich, dass ich mich jetzt des Rätsels Lösung näherte. Das Taxi düste über die fast leere Straße, und ich saß gespannt auf dem Rücksitz. Endlich waren wir da. Ich stieg aus. Warten Sie hier, sagte ich, ich komme gleich wieder. Ich lief los in die schwache Dunkelheit, lief in Richtung der Meeresbrise, die in den Baumwipfeln rauschte. Ich folgte einem Pfad und stolperte über mehrere Baumwurzeln, bevor ich auf eine breitere Zementstraße kam, die ich aus Kindertagen kannte, daher wusste ich, dass ich mich auf dem richtigen Weg befand. Der Zementweg führte steil nach unten, und nach nur wenigen Metern stand ich vor dem großen alten Gebäude. Es existierte noch. Aber nicht als Fjordrestaurant. Zu meiner Verwunderung sah ich, dass es in einen Wohnkomplex umgebaut worden war. Drei Wohnungen, aus einer fiel gedämpftes Licht durch die Glasscheibe in der Eingangstür. Sonst war alles dunkel. Das passte mir nicht in den Kram. Mein letzter Versuch, sie zu finden und mich der Feiergesellschaft anzuschließen, war misslungen. Ich stand in der Dunkelheit und hörte das Rauschen der Baumwipfel, schaute starr vor mich hin. Dann ging ich langsam zurück.

Das Taxi wartete mit brennenden Scheinwerfern, der Fahrer stand draußen und rauchte eine Zigarette. Als ich auftauchte, schnipste er die Zigarette weg und öffnete mir die Tür. Ich stieg ein, und wir fuhren los. Zum Abschluss, sagte ich, zum Hotel *Kong Carl*. Während der langen verwirrenden Taxifahrt, mal hierhin, mal dahin, hatten wir, abgesehen von meinen kurzen Anweisungen, kein Wort miteinander gewechselt. Zwar hatte der Fahrer, kurz nachdem ich an der Taxizentrale eingestiegen war, die Initiative ergriffen und versucht, ein Gespräch in Gang zu bringen, aber ich hatte so kurz angebunden reagiert, dass er den Versuch nicht wiederholt hatte. Nur einmal hatte er mich unaufgefordert angesprochen und gefragt, ob es in Ordnung sei, dass er etwas Musik auflege, und das war es. Der Fahrer war ein ziemlich junger Mann, vielleicht ein Student. Er wusste nicht, wonach ich suchte, fuhr aber routiniert die Orte an, an die ich ihn schickte. Nichts deutete darauf hin, dass er wusste, wer ich war, aber falls er es wusste, könnte er morgen eine gute Geschichte zum Besten geben, wie er Dag Solstad am Vorabend mit dem Taxi durch Sandefjord und Umgebung gefahren hatte, von einem obskuren Ort zum nächsten, auf der Suche nach etwas, das er nicht fand, und ohne Rücksicht auf die Kosten, ja, er war sogar großzügig mit dem Trinkgeld gewesen. Ich hatte zwischendurch versucht, ihn mir genauer anzuschauen, denn er konnte gut und gern der Sohn von jemandem sein, mit dem ich aufgewachsen war, aber nichts an ihm erinnerte mich an etwas. Wir fuhren denselben Weg zurück, den wir gekommen waren. Ich saß auf dem Rücksitz und sagte kein Wort. Ich war nach Sandefjord gekommen, um an einer Jubiläumsfeier anlässlich unseres Schulabgangs von der höheren Schule in Sandefjord vor vierzig Jahren teilzunehmen. Ich hatte mich auf die Feier gefreut und hatte sie in einen vollen Terminkalender eingebaut. Doch dann hatte ich aus irgendeinem Grund nicht darauf geachtet, wo wir uns treffen wollten, und hatte es nicht geschafft, dieses Versäumnis wettzumachen. Das Taxi hielt beim *Kong Carl*, ich bezahlte, gab reichlich Trinkgeld und ging ins Hotel.

Ich setzte mich in mein Zimmer. Es war 23 Uhr, eine Stunde noch bis Mitternacht. Ich schenkte mir einen

Whisky ein. Was sollte ich sonst machen? Ich fühlte mich lächerlich. Ich trank noch einen Whisky, und noch einen. Es wurde Mitternacht, und es war nicht mehr viel Whisky in der Flasche, erstaunlich wenig sogar. Muss ich denn jetzt zwei Flaschen Whisky mitnehmen, wenn ich über Nacht weg bin? Das kam mir viel vor. Aber ich war unruhig. Ich befand mich in einem Hotelzimmer in Sandefjord, und es war Nacht. Ich musste einen Schluck Schnaps überlassen, damit er mir nicht ausging, und um das hinzukriegen, fand ich es eine gute Idee, einen Spaziergang durch die nachtstillen Straßen der Stadt zu machen. Gesagt, getan.

Ich lief zu nächtlicher Stunde durch die Straßen Sandefjords. Sie waren von regelmäßigen Straßenlaternen erhellt, aber menschenleer. Die Schaufenster leuchteten, doch in den Etagen darüber waren die Fenster überwiegend dunkel. Ich merkte, wie ich ein wenig wankte und dass ich daher betrunkener sein musste als gedacht. Ich ging die Kirkegata hinauf, wo ich frontal auf die angestrahlte Kirche von Sandefjord zusteuerte, bog aber ab, bevor ich sie erreichte, und folgte der Kongensgate. Über so viele Gebäude und Orte, an denen ich jetzt vorbeikam, könnte ich eine persönliche, oft einschneidende Geschichte erzählen. Ich lief also die Kongensgate entlang, am Stadtpark vorbei und weiter zur Kreuzung mit der Storgata, die nahm ich, bis ich zu dem verlassenen Marktplatz kam, wo ein paar Jugendliche zusammenstanden. Dann ging ich die Jernbanealleen hinauf, und aus hellerleuchteten Fenstern im ersten Stock eines mir höchst vertrauten Gebäudes strömte Licht. Da waren sie! Noch dazu in der Wohnung meiner Eltern, der Wohnung, in der ich aufgewachsen war. Dort hatten sie sich zu einem Absacker versammelt! In meiner ehemaligen Wohnung!

Ich traute meinen Augen nicht. Jetzt komme ich hier vorbei und stelle fest, dass sich die Feiergesellschaft, nach der ich den ganzen Abend gesucht habe, in der früheren Wohnung meiner Eltern versammelt hat und sich mächtig amüsiert. Nun ja, so abwegig war das nicht, nur sehr überraschend. Es ist lange her, dass jemand aus meiner Familie in dieser Wohnung gelebt hat. Bis Mitte der 1960er-Jahre wohnte meine Mutter allein darin, dann zog sie in eine kleinere Wohnung in Hegna, außerhalb der Stadt. Damals hatte ich Sandefjord längst verlassen. Die Wohnung war von einem Schuhgeschäft übernommen worden, das sich im Erdgeschoss des Wohnblocks befand, in dem ich aufgewachsen war. Und vor gut zwanzig Jahren hatten meine ehemaligen Klassenkameraden Arne (Bob) Henriksen und Kirsten Wang das Schuhgeschäft von Bobs Vater übernommen. Der erste Stock, in dem ich aufgewachsen war, diente als Lager, Pausenraum, Sitzungszimmer und Büro. Angeblich war er bestens ausgestattet, weshalb sollten Arne und Kirsten also nicht zum Absacker dorthin einladen, so zentral, wie die Wohnung gelegen war. Das hatten sie jedenfalls getan, und jetzt sah ich hinter den erleuchteten Fensterscheiben meine früheren Klassenkameraden.

Ich erkannte Tætis viereckigen Kopf, oder Galle, wie wir ihn noch nannten. Er schien auf einem Stuhl zu sitzen, denn in dem Zimmer, das wir Salon genannt hatten, ragte nur sein viereckiger Kopf über das Fensterbrett. Auch Gunnar Nerhus' Silhouette war deutlich zu erkennen, Mann, was hatte er zugelegt! Ich sah sie alle, den kleinen Trygve Storm Larsen, der eine dicke Zigarre rauchte, Arne Henriksen, Kirsten Wang und Anne Ludl, deren Mann ich heute Abend mehrmals vorgehabt hatte anzurufen. Ich erblickte die hübsche Berit Rosen neben ihrem nicht ganz so gut aussehenden Mann, Tore Skjelbred, und daneben Hans Gunnar Låhne (Runar). Ranveig Aafoss, die bei ihrer Heirat einen für mich unverständlichen Namen angenommen hatte, tauchte mit einem Sektglas in der Hand im Licht auf, und sie war nicht die Einzige. Alle hatten sie Sektgläser in der Hand. Ein paar der Mädels (Frauen) tanzten miteinander. Zum Beispiel Bjørg Andresen, deren Bruder ich gut gekannt hatte und die jetzt tête-à-tête mit Liv Jensen tanzte, die ebenfalls einen unverständlichen neuen Nachnamen angenommen hatte, zusätzlich zu einer neuen Persönlichkeit, und sie tanzten im ehemaligen Schlafzimmer meiner Eltern (dort hatte ich übrigens selbst geschlafen, in einem Bett dicht an der Wand). Aber Tor Agnar Karlsen hatte in dem, was wir den Salon nannten, die Herren mit Sektgläsern und hocherhobenen Zigarren zu etwas versammelt, das wie eine ernste Diskussion aussah. Was im Esszimmer geschah, konnte ich nicht sagen, denn es lag auf der anderen Seite mit Fenstern, die zum Hinterhof gingen, und im Übrigen stand es jetzt wohl vom Boden bis zur Decke voll mit Schuhschachteln. Ich stand draußen und schaute nach oben und in die Wohnung hinein. Ich konnte durch vier Fenster schauen, die zwei links gehörten zum Schlafzimmer, die nächsten zwei gehörten zu dem, was wir Salon nannten. Alles war hell erleuchtet. Und verschlossen. Ich stand draußen und schaute nur. Sven Peter war tot, Berit Haugen war tot, bald sterben wir alle, der Reihe nach, doch ich stand draußen auf der Straße, in der Nacht, und kam nicht hinein. Ich machte Zeichen, dass ich hier stand, aber niemand sah mich. Arne Henriksen, den wir Bob genannt hatten, fungierte als Gastgeber, seine Frau und Jugendliebe, Kirsten Wang, war die Gastgeberin, Per Arne Rønning lächelte verschmitzt, und Roald Nomme hielt einen Vortrag über die Segnungen des Kapitalismus a priori (das konnte ich klar erkennen, wie ich dort auf dem Bürgersteig stand, auf der anderen Straßenseite, und fasziniert in unsere frühere Wohnung schaute, in der ich aufgewachsen war). Ja, ich sah auch Ivar Spilde, der im ehemaligen Schlafzimmer meiner Eltern (in dem auch ich gelegen hatte, in einem Bett dicht an der Wand) einen Elvis-Song zum Besten gab. Ich hörte natürlich nicht, dass er einen Elvis-Song zum Besten gab, aber mir war klar, dass er das tat, zumal Fred Fredriksen dazu tanzte. G.N. forderte zum Tanz auf, mit einer leichten Verbeugung bat er zuerst Bjørg Andresen zum Tanz, dann Liv Jensen, und beide nahmen die Einladung an, nicht aber die ernste Sidsel Omang, die ablehnte und sich der Diskussionsgruppe anschloss, die Tor Agnar Karlsen im Salon gestartet hatte und die wie immer vollständig von Roald Nomme dominiert wurde. Im Salon bewegte sich auch Ranveig Aafoss kokett, das konnte ich sehr gut erkennen, und das muss man ihr lassen. Sie tanzen im Schlafzimmer meiner Eltern und holen sich ihre Getränke im Salon. Ich starrte unverwandt hinauf, und plötzlich überlegte ich, ob nicht ein kleiner französischer Akzent den Nachnamen von Berit Rosen schmückte? Ich war mir nicht sicher, aber war es nicht so, ein kleiner Akzent, der leicht nach oben zeigt, ein kleiner Bogen über dem e, ein Accent aigu, doch, ich denke schon. Doch vielleicht hatte sie auch ihren Namen geändert und hieß Berit Skjelbred, nach ihrem Mann Tore, dann wäre der Akzent für immer verloren, sollte er jemals da gewesen sein.

Ich stand auf dem Bürgersteig auf der anderen Straßenseite und starrte in die erleuchteten Fenster jener Wohnung, in der ich aufgewachsen war. Hin und wieder kam einer der Festteilnehmer dicht ans Fenster und war im Profil zu sehen, wie er, ein Sektglas in der Hand, mit den anderen konversierte. Aber keiner von ihnen schaute hinunter zur Straße, wo ich stand. Nicht einmal, wenn einer von ihnen zufällig mit dem Gesicht zur Scheibe ans Fenster trat und zur Straße hätte schauen können, schaute er hinunter zur Straße, wo er mich entdeckt hätte, wie ich dort stand und winkte. Nicht einmal, als sich der kleine Trygve Storm Larsen ans Fenster stellte, mit dem Gesicht zur Scheibe, und in aller Ruhe eine dicke Zigarre rauchte, während er vermeintlich nach draußen schaute, entdeckte er mich, wie ich dort stand und winkte. Die Fenster waren geschlossen. Wie merkwürdig, dachte ich, dass sie nicht lüften bei all dem Rauch, der durch die Zimmer zieht? Es muss unter ihnen doch ein paar echte Fanatiker geben? Aber nein, solange ich dort stand, wurde nicht ein einziges Mal gelüftet. Sie lüften sicherlich über die Esszimmerfenster, überlegte ich. Diese gehen zum Hinterhof, und dort würden laute Geräusche, die ins Freie drangen, andere nicht so schnell stören.

Wie lange ich dort stand, kann ich nicht mit Bestimmtheit sagen, aber am Ende sah ich ein, dass es nichts nutzte, dort zu stehen, wenn mein eigentliches Ziel darin bestand, ins Haus zu kommen und mich zu ihnen zu gesellen. Daher ging ich zum Haupteingang um die Ecke. Dort befühlte ich die Klingeln, aber glauben Sie mir, auf keiner stand Arne Henriksen. Insgesamt hatten zwei von fünf Klingeln kein Namensschild, und ich hätte natürlich mein Glück versuchen und eine ausprobieren können, aber ich ließ es bleiben. Die Nacht war viel zu weit fortgeschritten, als dass ich riskieren wollte, die falsche Klingel zu drücken und in meinem stark betrunkenen Zustand von Angesicht zu Angesicht einem Menschen gegenüberzustehen, den ich keineswegs hatte wecken wollen und der mich möglicherweise irgendwie von früher kannte.

Daher bog ich um eine weitere Ecke und betrat den

Hinterhof. Ich hatte recht gehabt, sie lüfteten über eins der Esszimmerfenster. Jetzt hätte ich endlich rufen und mich so bemerkbar machen können? Ja, theoretisch hätte ich jetzt rufen können, aber praktisch nicht, obwohl das Fenster weit offen stand und förmlich darauf wartete, angerufen zu werden. Doch ich war hier auf vertrautem Terrain, ich konnte unmöglich brüllend in meinem früheren Hinterhof stehen und mit meinem Gebrüll vielleicht Nachbarn aufwecken. Dann kämen die Leute ans Fenster und würden Dag Solstad in seinem früheren Hinterhof sehen, nach vierzig Jahren, stockbesoffen und mitten in der Nacht, wie er dort stand und das offene Esszimmerfenster seiner Kindheit anbrüllte. Eine andere Sache war es, dass es vermutlich nichts genutzt hätte, der lustige Ausklang der Feier fand schließlich in einer anderen Ecke der Wohnung statt. Doch ich gab nicht auf. Ich war hier auf vertrautem Terrain. Ich kannte diesen Hinterhof in- und auswendig, obwohl er geschrumpft war, da offensichtlich manches angebaut worden war. Aber ich kannte mich hier aus. Die schmale, außen angebrachte Veranda, die sich über die ganze zweite Etage erstreckte, in deren Ecke der Ausguss gewesen war. Der Aufbau über dem Torbogen zum Hinterhof, in dem sich eine kleine Wohnung befand, die Fräulein Kleppan bewohnte. Die Mülleimer, die an der Seite in einer Reihe gestanden hatten. Die Tür zum Blumenladen und die Tür zu Fräulein Jakobsens Strickwarenladen. Die Kellertreppe. Im ersten Stock hatten wir gewohnt. Im zweiten Stock der Hausbesitzer

Anders Himberg, in einer größeren Wohnung. Im zweiten Stock wohnten auch Polizist Ågesen mit Familie und Familie Johnsen. Im ersten Stock befanden sich überwiegend Büros. Im Dachgeschoss wohnte Nyhaug, der Hausmeister, mit seiner großen Familie. Eine Weile hatte auch Doktor Due hier gewohnt, in einer Wohnung im ersten Stock. Ganz am Ende des Hinterhofs war rechts eine Tür. Es war der Hintereingang zu unserer Wohnung, und diesen Eingang benutzte ich in der Regel, wenn ich z. B. zur Schule ging. Jetzt ging ich auf sie zu, um mir über den Hintereingang Zugang zu meiner ehemaligen Wohnung zu verschaffen. Aber die Tür war verschlossen. Und es gab keine Klingel. Ich musste endlich einsehen, dass es mir nicht gelingen würde, mich heute Nacht zu meinen ehemaligen Klassenkameraden zu gesellen. Die Feier, die ohne mich stattgefunden hatte, würde auch ohne mich zu Ende gehen. Ich drehte mich um und ging. Kurz bevor ich den Hinterhof verließ, warf ich noch einmal einen letzten Blick zurück. Da entdeckte ich ihn. Ganz hinten rechts. Den kleinen Austritt. Den kleinen grauen Austritt aus trostlosem Zement, der zu unserer Wohnung gehört hatte. Er befand sich gleich über der Tür zum Hintereingang, eine Art Mauervorsprung. Dass ich ihn bisher nicht entdeckt hatte, lag daran, dass ich so auf die Tür fixiert gewesen war und schlicht nicht nach oben geschaut hatte. Aber dort war er und fand seinen Platz in meinem Bewusstsein. Es war der Balkon der Schande. Ich hatte an ihn bisher nicht als Balkon der Schande gedacht, doch als ich ihn jetzt entdeckte, musste ich automatisch an ihn als Balkon der Schande denken.

Wann könnte es gewesen sein? Es dürfte 1951 oder 1952 gewesen sein. Im Juni 1951 oder 1952, höchstwahrscheinlich 1952. Es kann auch im August gewesen sein, kurz nach dem Schuljahresbeginn nach den Sommerferien, 1951 oder 1952. Denn es war heiß gewesen an diesem Tag und auch am Tag danach, das weiß ich noch, als wäre es gestern gewesen. Im Dachgeschoss war es heiß. Ich war unterm Dach gewesen und hatte auf dem Dachboden gesessen. Das tat ich oft, denn dort gab es so viel zu entdecken. Die alten Geschäftsbücher meines Vaters z. B., die die Buchführung des Kolonialwarenladens enthielten, den er und meine Mutter bis zu meinem sechsten Lebensjahr zusammen betrieben hatten, das dürfte 1947 gewesen sein. Eins der Geschäftsbücher war unvollendet geblieben. Die Buchführung hatte nur die ersten Seiten gefüllt, der Rest bestand aus leeren Blättern. Dieses Buch hatte es mir angetan. Ich saß oft auf dem Boden und zeichnete darin Karten ausgedachter Reiche. Die Buntstifte zum Ausmalen der Karten brachte ich aus der Wohnung mit. Damals wusste ich es nicht, aber heute ist mir klar, dass das Buch, in dem ich Karten meiner Fantasiereiche zeichnete, das letzte Journal meines Vaters gewesen sein musste, und dass er ein fast neues Buch in Gebrauch genommen hatte, lässt darauf schließen, dass er die Chancen für einen weiteren Kredit viel höher eingeschätzt hatte, als sie tatsächlich waren. Ansonsten lagen hier oben die Kinderbücher meines neun Jahre älteren Bruders, eine ganze Bibliothek, an der ich mich bediente. In der Regel nahm ich ein Buch, auf das ich Lust hatte, mit hinunter in die Wohnung und las es dort, um es nach beendeter Lektüre auf den Dachboden zurückzubringen, aber es kam auch vor, dass ich hier oben saß und las. Was ich an diesem Tag hier oben wollte, weiß ich nicht mehr, doch es ist gut möglich, dass ich nur eins der Bücher meines Bruders zurückbrachte, das ich gelesen hatte, oder dass ich mir ein neues aussuchen wollte und mein Blick dabei auf die Pappkartons fiel, die sich an der Wand stapelten. Sie beanspruchten auf dem Dachboden den meisten Platz, und könnte es sein, dass ich fast etwas vorwitzig dachte, zu viel Platz? Ich wusste, was sich darin befand, aber das hatte mich bisher nicht interessiert. Die väterliche Kollektion an Spielzeugfallschirmen.

Nachdem ihm weitere Kredite verweigert worden waren und er den Kolonialwarenladen in der Kongensgate hatte abwickeln müssen, hatte mein Vater versucht, sich eine neue Existenz als Spielwarenfabrikant aufzubauen. Er hatte ein Spielzeug erfunden und mietete eine Werkstatt in der Torggata für die Produktion. Mein Vater hatte einen Spielzeugfallschirm erfunden, in den er große Hoffnung setzte. Er hatte zwei Angestellte, einen jungen Kerl und ein junges Mädchen, das weiß ich noch, denn ich besuchte ihn in dieser Werkstatt und sah zu, wie die Fallschirme entstanden. Ich war auch dabei, als er die Spielzeugläden in Sandefjord abklapperte und Proben vorzeigte, um Vorbestellungen für die künftige Produktion zu bekommen. Doch es lief wohl nicht besonders gut, denn mein Vater war nur kurze Zeit als Spielwarenfabrikant tätig. Das musste vor vier Jahren gewesen sein, als ich sieben war, jetzt war ich vielleicht elf und hatte es fast vergessen, doch die Reste dieser ersten Fallschirmkollektion lagerten in Kisten unterm Dach, ganz hinten auf dem Boden, und ich bemerkte sie nun zum ersten Mal, obwohl ich wusste, dass sie sich in diesen Kartons befanden.

Mein Blick fiel also auf diese Kartons, und eine glänzende Idee schoss mir durch den Kopf. Wann genau dies passiert sein könnte, lässt sich für mich nur schwerlich rekonstruieren, es könnte am Nachmittag vor dem Tag gewesen sein, an dem die glänzende Idee in die Tat umgesetzt wurde, oder am Vormittag desselben Tages. Sollte es am Nachmittag des Vortages gewesen sein, muss ich bis zum nächsten Tag gewartet haben, um die Idee umzusetzen, was bedeuten könnte, dass die Idee langsam in mir gereift ist, ab dem Moment, in dem ich den Karton sah, bis ich die glänzende Idee hatte, in die ich meinen Freund Gunnar Nerhus am nächsten Tag in der Schule einweihte. Dann könnte mein erster Gedanke gewesen sein: Diese Fallschirme nehmen viel zu viel Platz in Anspruch, wie könnte ich sie loswerden, und im Laufe des Abends kam mir dann die glänzende Idee. Sollte ich jedoch erst am selben Vormittag auf dem Boden gewesen sein, wäre es ein spontaner Einfall gewesen. Unversehens schießt mir eine glänzende Idee durch den Kopf, und ich renne zu Gunnar

Nerhus, um ihn in den Plan einzuweihen, der gleich nach Schulschluss in die Tat umgesetzt werden soll. Falls es sich so verhielt, musste ich in der großen Pause auf dem Dachboden gewesen sein. Das war nicht völlig abwegig. Zwar war es verboten, den Schulhof während der großen Pause zu verlassen, aber ich könnte um Erlaubnis gebeten haben, zu Hause ein vergessenes Schulbuch zu holen, oder etwas in der Art. Ich wohnte gegenüber von der Schule und durfte oft in der großen Pause nach Hause gehen, um etwas zu holen. Daheim angekommen, könnte ich dann die Idee gehabt haben, auf den Dachboden zu gehen, vielleicht um mir von den Büchern meines Bruders eins auszusuchen, das ich mir nach der Schule vorstellen konnte zu lesen. Daher ging ich auf den Dachboden, suchte mir ein Buch aus, das ich mit nach unten nehmen wollte, stieß dabei vielleicht an diese Kartons mit den Spielzeugfallschirmen, ärgerte mich darüber, dass sie so viel Platz einnahmen, und hatte dann die glänzende Idee, lief die Treppe hinunter und zurück zur Schule, wo ich Gunnar in meine Pläne einweihte.

Wir hatten an dem Tag früh Schluss, nach der vierten oder fünften Stunde, und Gunnar kam mit zu mir. Von meinen Eltern war keiner zu Hause, sie arbeiteten damals beide in Tønsberg, daher hatten wir die Wohnung für uns. Aber dort warfen wir nur die Ranzen von uns, bevor wir die steile Treppe zum Dachboden hochstiegen. Ich ging direkt zu den Kartons und zeigte sie Gunnar, in einen bohrte ich ein Loch und ließ Gunnar hineinschauen. Wir nahmen beide je einen Karton und trugen ihn in den ersten Stock, wo sich unsere Wohnung befand. Wir stellten die Kartons auf den kleinen Austritt und machten den einen auf. Ich zog zwei Fallschirme heraus und gab Gunnar einen davon. Ich zeigte Gunnar, wie sie funktionierten. Die Spielzeugfallschirme meines Vaters bestanden nämlich aus einem Pappröhrchen, und in diesem Pappröhrchen steckte ein Fallschirm. Besagter Fallschirm war aus dünnem weißem Stoff, er roch nach Gummi und Kleber, und vermutlich bestand er auch aus einer Mischung aus Gummi, Kleber und einem dünneren Stoff. Dünne Fäden verbanden den Fallschirm mit einem schwereren Korken, der in meiner Erinnerung aus Plastik war, aber ich denke heute, dass Plastik Ende der 1940er-Jahre, als der Fallschirm hergestellt wurde, ein so seltenes Material war, dass mein Vater es kaum beschafft haben konnte. Mein Gefühl sagt mir jedoch, dass der Korken aus Plastik war. Ich zeigte Gunnar, wie der Spielzeugfallschirm zu handhaben war. Ich nahm das Röhrchen, holte mit der Hand weit hinter dem Kopf aus und machte eine Wurfbewegung, und siehe da, der Fallschirm schoss aus dem Röhrchen und stieg in die Luft, er faltete sich über dem Geländer des Austritts auseinander und schwebte, von dem roten Plastikkorken gezogen, langsam zu Boden.

Danach war Gunnar an der Reihe. Er holte mit der Hand aus und schleuderte den Fallschirm aus dem Röhrchen, und auch dieser Fallschirm sauste über das Balkongeländer hoch in die Luft, faltete sich auseinander und schwebte langsam zu Boden, dieses Mal war der Plastikkorken blau. Wir nahmen beide ein neues Pappröhrchen und schickten es gleichzeitig in die Luft. Zwei Fallschirme schossen in die Luft, falteten sich auseinander und sanken im Hinterhof langsam zu Boden, dieses Mal von einem grünen bzw. gelben Plastikkorken gezogen. Vier weiße Fallschirme lagen im Hinterhof auf der Erde, und wir nahmen uns die nächsten vor. Wenn ich diese Szene heute vor mir sehe, wie zwei Jungen, zwei elfjährige Jungen, auf dem kleinen Austritt Spielzeugfallschirme aus einem Pappröhrchen in die Luft schleudern, ist mir klar, dass mir die glänzende Idee kaum gekommen sein konnte, als ich die Kartons mit den Spielzeugfallschirmen meines Vaters auf dem Dachboden entdeckt hatte, jedenfalls nicht die Idee, von der ich glaubte, sie würde etwas später in die Tat umgesetzt werden, und in die ich Gunnar eingeweiht hatte. Ich hatte Gunnar nicht zu mir eingeladen, damit wir die Idee in die Tat umsetzten, die wenig später in die Tat umgesetzt wurde, sondern um zu spielen. Mit diesen Fallschirmen. Ich hatte Gunnar damit gelockt, dass ich ihm etwas zeigen würde, wenn er mit zu mir käme. Etwas, was er noch nie gesehen hätte. Die Fallschirme. Schau mal, muss ich zu ihm gesagt haben, als ich auf dem Dachboden ein Loch in einen der Kartons gebohrt habe, was glaubst du, was das ist? Fallschirme, komm mit, wir wollen sie auf der Veranda ausprobieren.

Und das taten wir. Wir probierten die Reste der Spielzeugkollektion meines Vaters auf der Veranda aus, wie wir den kleinen Austritt stets nannten. Einen Fallschirm nach dem anderen schleuderten wir aus seinem Röhrchen, und sie schossen in die Luft, falteten sich auseinander und schwebten bedächtig zu Boden. Weiße Fallschirme. Einer nach dem anderen. Wenn die Fallschirme auf dem Zement des Hinterhofs landeten, blieben sie einfach liegen. Wir machten uns nicht die Mühe, in den Hof zu laufen, um die benutzten Fallschirme wieder hochzuholen und von Neuem zu verwenden. Wir zogen einfach ein neues Papphröhrchen aus dem Karton und schickten einen neuen Fallschirm in den blauen Himmel. Plötzlich trat der Laufbursche aus dem Blumenladen durch die Hintertür, den Arm voller Blumensträuße, die er auf die Ladefläche des Lastenfahrrads legte. Er schaute nach oben, verwundert ob unseres Treibens. Dann fragte er, ob auch er einen Fallschirm haben könnte, und wir warfen ihm ein Papphröhrchen zu. Er hob es auf und schickte kurz darauf einen Fallschirm in den Himmel des Hinterhofs. Er bat um einen weiteren, und wir warfen ihm noch einen zu, den er vorn auf die Ladefläche des Lastenfahrrads zu den Blumensträußen legte. Dann radelte er fröhlich pfeifend durch die Toreinfahrt davon. Im Hinterhof standen seit einer Weile ein paar kleine Mädchen und schauten uns zu. Jetzt kamen sie vorsichtig näher und fragten, ob sie auch einen bekommen könnten. Wir warfen jedem Mädchen einen zu, und sie schickten ebenfalls Fallschirme in die Luft, drei gleichzeitig, die sich in diesem Hinterhof im Zentrum von Sandefjord auseinanderfalteten. Anschließend hoben sie die Fallschirme wieder auf, steckten sie zurück in die Röhrchen und verschwanden Richtung Straße. Gunnar und ich katapultierten auf dem Austritt weitere Fallschirme in die Luft. Ein Junge, den wir kannten und der zwei Klassen über uns war, kam zufällig in den Hinterhof, blieb stehen und schaute uns zu. Dann verschwand er, ohne um einen Fallschirm zu bitten, doch gleich darauf war er zusammen mit drei Kameraden zurück, und alle vier fragten sie, ob wir ihnen ein Röhrchen mit einem Fallschirm zuwerfen könnten. Wir waren erst elf, die großen Kerle dreizehn, und wir gehorchten sofort und warfen ihnen acht Röhrchen zu, zwei für jeden, die sie auffingen, um dann ebenso schnell zu verschwinden, wie sie gekommen waren.

Die Fallschirme in den Kartons wurden weniger, und ich beschloss, auf den Dachboden zu steigen und eine neue Kiste zu holen. Ich ließ Gunnar allein auf der Veranda zurück, und als ich mit dem neuen Karton vom Dachboden zurückkam, war der Hinterhof voller Kinder. Dicht gedrängt standen sie vor dem Austritt und streckten Gunnar, der allein dort stand und ihnen eifrig, ja geradezu erregt Fallschirmröhrchen zuwarf, die Hände entgegen. Ich gesellte mich sofort zu ihm und begann ebenfalls eifrig, ja geradezu verzaubert, Röhrchen auszuteilen, indem ich sie den ausgestreckten Händen zuwarf. Sobald sie ein Röhrchen ergattert hatten, verließen sie den Hinterhof und gingen in die Stadt. Das bedeutete aber keineswegs, dass sich der Hinterhof mit der Zeit leerte, ganz im Gegenteil, jetzt läutete nämlich die Schulglocke nach der letzten Stunde. Was hier im Hinterhof vor sich ging, mussten die Schüler noch vor dem letzten Läuten der Glocke erfahren haben, denn sobald es klingelte, strömten Horden von Kindern in den Hinterhof und füllten ihn. Sie waren aufgeregt und erwartungsvoll. Stimmen und laute Rufe schwirrten durcheinander, und die Ladenbesitzer mit einer Hintertür zum Hof kamen nach draußen, um dem, was sich dort ereignete, beizuwohnen. Die meisten Kinder waren viel größer als wir, ich erkannte viele, die zwei oder drei Klassen über mir waren, und jetzt standen sie in der ersten Reihe und streckten Gunnar und mir ihre Hände entgegen. Es war sagenhaft, aber auch beängstigend. Wir warfen Röhrchen hinunter, so schnell wir nur konnten. Zum Glück verließen alle, die ein Röhrchen ergattert hatten, sofort den Hinterhof, trotzdem strömten von hinten immer mehr Kinder nach und schoben die anderen weiter vor, ja, die Kinder ganz vorn wurden unter die Veranda gedrückt bis zum Hintereingang. Ich bekam plötzlich Angst, dass sie durch die Tür stürmen, die Hintertreppe erklimmen und selbst auf der Veranda das Kommando übernehmen könnten, ich lief daher rasch zur Treppe und sperrte die Tür ab. Anschließend rannte ich zum Dachboden und holte einen neuen Karton. Auf dem Weg nach unten begegnete mir Gunnar, der in hohem Tempo die Treppe hinauflief, er hatte keine Fallschirme mehr und rannte, um einen neuen Karton zu holen. Zurück auf der Veranda öffnete ich mit zitternden

Händen den neuen Karton und begann fieberhaft, Fallschirmröhrchen in die erwartungsvolle Menge aus Kindern aller Altersgruppen zu werfen, die meisten größer als ich, ja, für mich beängstigend groß. Endlich kam Gunnar zurück, und sofort rannte ich los, um einen weiteren Karton zu holen, damit wir mit den erwartungsvollen Zurufen von dort unten Schritt halten konnten. Schließlich pendelte ich nur noch zwischen Veranda und Dachboden, während Gunnar allein auf der Veranda stand und nach Kräften Fallschirmröhrchen in die brodelnde Menge warf. Diese Arbeitsteilung zwischen uns war absolut notwendig geworden, aber dass ich es war, der den Pendelverkehr übernahm, war auch dem Umstand geschuldet, dass mir das, was wir da in Gang gesetzt hatten, ernsthaft Angst einjagte und auch dass ich mich vor der brodelnden Kinderschar unter mir fürchtete, an die ich Spielzeugfallschirme austeilte. Als ich das letzte Mal nach oben kam, waren nur noch zwei Kartons übrig. Ich beschloss, einen davon aufzuheben, und nahm den anderen mit, sagte bei meiner Rückkehr atemlos zu Gunnar, es sei der letzte, öffnete ihn und begann ebenfalls wieder, den ausgestreckten Händen im Hinterhof Röhrchen zuzuwerfen.

Endlich war unser Vorrat zu Ende, wir zeigten den letzten leeren Karton vor und riefen den anderen zu, es sei nichts mehr da. Damit gaben sie sich zufrieden und verließen still und ruhig den Hinterhof. Erleichtert atmete ich auf. Gunnar sagte, er müsse jetzt nach Hause. Ich nickte. Es sei alles so schnell gegangen, sagte er, dass er nicht die Zeit gehabt habe, sich selbst ein paar Fallschirme zu sichern. Ich hatte keine Lust, noch einmal mit ihm nach oben auf den jetzt fast leergeräumten Dachboden zu gehen und ihm zu zeigen, dass ich eine Kiste überbehalten hatte, sondern sagte nur, das gehe mir genauso. Dann setzte Gunnar seinen Ranzen auf und ging.

Nachdem Gunnar gegangen war, machte ich mich ans Aufräumen. Das musste ich tun, bevor Mutter von der Arbeit in Tønsberg nach Hause kam. Ich sammelte die leeren Röhrchen ein, die Gunnar und ich vor dem großen Ansturm fallengelassen hatten, und brachte sie in den Hinterhof, wo ich sie in einen der Mülleimer warf. Dann las ich die weißen Fallschirme auf, die Gunnar und ich vorher achtlos liegengelassen hatten. Die warf ich ebenfalls in den Müll. Anschließend ging ich wieder auf die Veranda, sammelte die aufgerissenen Kartons ein, machte sie platt und trug auch sie zu den Mülleimern. Danach war von dem, was sich im Hinterhof ereignet hatte, nichts mehr zu sehen.

So endete die väterliche Probekollektion an Spielzeugfallschirmen vier, fünf Jahre, nachdem seine kurze Phase als Spielwarenfabrikant vorbei war. Durch die Stadt liefen Hunderte Sandefjordjungen und Sandefjordmädchen und warfen Fallschirme in die Luft, die sich öffneten und langsam zur Erde schwebten, gezogen von bunten Flaschenkorken, von denen ich immer noch behaupten würde, sie seien aus Plastik gewesen. Gunnar und ich hatten alles weggegeben und einen märchenhaften Tag erlebt, der allen Freude bereitet haben musste, die die Fähigkeit besaßen, sich über das kleine Glück zu freuen, das man empfinden konnte, wenn man sah, wie sich ein Fallschirm öffnet und langsam zur Erde sinkt, und doch hatte ich alle Spuren der Tat sorgfältig entfernt, denn ich hatte den Verdacht, dass zumindest meine Mutter, vielleicht auch mein Vater das Vorgefallene nicht mit wohlwollendem Blick bedenken würden. Ich lief durch die Wohnung und ging meinen üblichen nachmittäglichen Beschäftigungen nach, wie die Hausaufgaben hinter mich zu bringen, vielleicht ein Buch zu lesen, Kartoffeln zu waschen und aufzusetzen für das Essen, das Mutter zubereiten würde, wenn sie nach Hause käme. Meine Mutter kam von der Arbeit, und wir aßen zusammen.

Nach dem Essen ging ich hinaus, um mir jemanden zum Spielen zu suchen. Es war schließlich ein heißer Junitag gewesen, und es war so früh am Abend immer noch warm, und ich verließ das Haus durch den Haupteingang wie so oft, wenn ich nach dem Essen nach draußen ging, ich muss die breite Treppe hinuntergesprungen oder -gerannt sein, raus auf die Straße, gegenüber vom Stadtpark. Dort erwartete mich ein trister Anblick. Hunderte Fallschirme lagen verstreut in den Straßen der Stadt und auf dem Gras im Stadtpark. Es war schockierend, und für mich vollkommen überraschend. Mutter, die mit dem Zug von Tønsberg gekommen war, hatte den Anblick mit keinem Wort erwähnt, obwohl sie durch die weißen Kleckse aus hingeworfenen Fallschirmen spaziert sein musste. Ja, auch die Röhrchen hatten die meisten einfach fallengelassen. Wie meine Mutter das übersehen haben konnte, war mir ein Rätsel; konnte es daran liegen, dass sie sich nicht sonderlich für die Fallschirme ihres Mannes interessiert hatte, dass sie sie von Anfang an für Zeitverschwendung angesehen hatte, weshalb sie sie weder wiedererkannte noch anerkannte, als sie jetzt zwischen den weggeworfenen Klecksen der Spielzeugproduktion ihres Mannes, den herumliegenden Schleudergeräten hindurchspazierte? Aber ich erkannte sie wieder und erkannte sie auch an. Verzweifelt lief ich an diesem frühen hellen Juniabend durch die Straßen von Sandefjord, und in allen Straßen fand ich Reste des gescheiterten Traums meines Vaters, ein aufgelöster Fallschirm auf einem Bürgersteig hier, ein Röhrchen in einer Tonne nahe der Häuserwände dort. Als mir der Umfang dessen, was ich angerichtet hatte, klar wurde, verlor ich jegliche Lust, mir jemanden zum Spielen zu suchen, und ging sofort nach Hause.

Das Schlimme war, dass die Spielzeugfallschirme meines Vaters so durchdacht gewesen waren, das sage ich auch heute noch. Sogar für das Design hatte er einen Blick gehabt. Die Pappröhrchen waren von schlichter, edler Form, mit farbigen Streifen, was ihre Produktion sicherlich verteuert hatte. Und die Flaschenkorken hatten verschiedene Farben, knallige Farben, wie Kinder sie so gern mögen. Sowohl der äußere als auch der innere Teil, dessen Aufbau dafür sorgte, dass das Spielzeug funktionierte, waren sehr durchdacht, sorgfältig und ausgewogen. Mein Vater hatte zum Beispiel einen Flaschenkorken entwickelt, der schwer genug war, die Aufwärtsbewegung bis zu einer gewissen Höhe zu beschleunigen, zugleich aber nicht so schwer, dass der Fallschirm anschließend einfach zu Boden fiel. Es war eine Konstruktion, bei der sowohl der Kreisumfang des Fallschirms, die Leichtigkeit des Stoffs, der Winkel der dünnen Fäden vom Schirm zum Korken sowie Durchmesser und Länge des Röhrchens für eine maximale Fallschirmöffnung sorgen sollten unter der schwierigen Voraussetzung, dass sich der Fallschirm nicht von vornherein an einem Punkt hoch oben in der Luft befand, wie es in der realen Welt, dem Vorbild des Spielzeugs, bei einem Flugzeug der Fall gewesen wäre, sondern vom Boden erst dort hinaufkatapultiert werden musste. Um das hinzubekommen, muss mein Vater viele Versuche unternommen und komplizierte Berechnungen angestellt haben, davon wusste ich jedoch nichts. Ich habe keine Erinnerungen an die Experimente meines Vaters mit seinem Patent, was sicherlich daher rührt, dass ich zu klein war, erst sechs oder so, um etwas mitzubekommen. Aber er muss einen Ort gehabt haben, an dem er seine Versuche durchgeführt hat. Er konnte nicht zu Hause im Wohnzimmer gestanden und einen Probefallschirm hoch zur Decke geworfen haben, er muss sich einen Ort mit offenem Himmel gesucht haben, irgendeinen, einen Hinterhof, ein Wäldchen, eine Felskuppe vielleicht, bevorzugt eine Stelle, wo er nicht von anderen gesehen wurde. Wo dieser Ort gewesen sein könnte, weiß ich nicht, ich wüsste es aber gern. Ob ich ihn dann aufsuchen würde, weiß ich nicht, aber ich wüsste gern, wo er sich befand. Eigentlich finde ich es seltsam, dass ich nicht ein einziges Mal mit ihm an diesem Ort gewesen bin, doch da es um die Erfindung eines Spielzeugs ging, sollte es vielleicht eine Überraschung sein. Irgendwo in Sandefjord muss mein Vater gestanden und experimentiert haben, an einem Ort, wo niemand Unerwünschtes einen Mann von nahezu fünfzig Jahren sehen konnte, der dort stand und aus einem Röhrchen Spielzeugfallschirme in die Luft katapultierte, vielleicht hatte er einen Garten gefunden oder einen Hinterhof bei jemandem, dem er vertraute. Dort hat er gestanden und eine Reihe Probewürfe gemacht. Beobachtet, ob seine Berechnungen zutrafen. Er muss mit einem Proberöhrchen dagestanden, weit ausgeholt und es mit einem raschen Armzug nach vorn bewegt haben, um dann gespannt darauf zu warten, was passierte. Ob der Fallschirm in die Luft katapultiert wurde, sich öffnete und schließlich zu Boden schwebte oder ob er mit einem Plopp das Röhrchen verließ und geradewegs zu Boden fiel, woraufhin neue Berechnungen vorgenommen werden mussten, bevor sich endlich der gewünschte Effekt einstellte und er glücklich nach Hause zurückkehren konnte, um einen Brief an das Patentamt zu schreiben, mit dem er ein Patent für seinen Spielzeugfallschirm anmelden wollte. Die Zukunft war gesichert.

Der Fallschirm meines Vaters war ein sehr durchdachtes und ausgeklügeltes Spielzeug. Es hatte nur einen

Fehler, der aber war schwerwiegend. Man konnte den Fallschirm nur einmal anwenden. Nachdem es zur ersten wunderbaren Katapultierung in die Luft mit anschließender Öffnung und einem hübschen Herabsinken gekommen war, funktionierte er nicht mehr. Man konnte gern sein Glück versuchen. Man konnte den Fallschirm aufheben, ihn sorgfältig zusammenrollen und zurück ins Röhrchen stecken und einen weiteren Versuch unternehmen. Doch es machte nur Plopp. Hatte man Glück, gelang es einem, den Fallschirm aus dem Röhrchen zu schleudern, aber niemals so hoch, dass er sich erneut öffnete. Als starrer weißer Klumpen fiel er zu Boden. Mein Vater hatte ein Spielzeug konstruiert, das man nur einmal benutzen konnte. Und das Norwegen Ende der 1940er-Jahre, in dem er versuchte, seine erste und letzte Kollektion zu verkaufen, war keine Gesellschaft, in der Kinder Spielsachen bekamen, die nur für einen kurzen glücklichen Augenblick aufleuchteten.

Hatte er diesen Fehler nicht gesehen? Oder wollte er ihn nicht einsehen? Vielleicht war es so, dass er selbst keinen einzigen Fallschirm mehr als einmal ausprobiert hatte, das kann gut sein. Oder er hatte es versucht, wollte aber nicht einsehen, wie katastrophal es war, dass der Fallschirm nur ein einziges Mal Anwendung finden konnte. Ja, vielleicht hatte er eine Methode gefunden, den Fallschirm wieder so aufzurollen und ins Röhrchen zu stecken, dass er ein zweites Mal funktionierte, vielleicht mit etwas gutem Willen.

Aber von den Kindern, die Gunnar und ich vom Austritt aus mit Fallschirmen versorgt hatten, hatten, wenn überhaupt, nur wenige eine Methode gefunden, den Fallschirm wieder aufzurollen, sodass er mit etwas gutem Willen immer wieder funktionierte. Aber hatte *ich* es nicht gewusst? Dass der Fallschirm nur einmal benutzt werden konnte? Mein Vater musste mir das Spielzeug ja gegeben haben, mich damit überrascht haben, sicherlich mit einem der ersten Exemplare, die er mit Hilfe seiner zwei Angestellten, einem jungen Kerl und einem jungen Mädchen, in seiner gemieteten Werkstatt in der Torggata gebaut hatte. Dabei musste ich erkannt haben, dass es ein Spielzeug war, an dem man beim ersten Mal seine Freude hatte, danach aber nicht mehr. Darum hatten mich all die Pappkisten mit Fallschirmen, die ganz hinten auf dem Dachboden standen, nicht interessiert, ich hatte nicht versucht, auch nur einen einzigen von ihnen zu öffnen, um einen Fallschirm oder zwei herauszunehmen, ich hatte sie dort einfach stehen lassen, sie nicht beachtet, bis zu diesem heißen Junitag, als das hier passierte. Ich hoffe, dass ich seinerzeit angenommen habe, der Grund dafür, dass es mir nicht gelang, den Fallschirm mehr als einmal anzuwenden, läge darin, dass ich so klein war, ich war damals ja erst sechs, jetzt mit elf sah die Sache anders aus. Jetzt wollten Gunnar und ich auf dem kleinen grauen Austritt aus unverputztem Zement im Hinterhof mit Fallschirmen spielen. Es kann aber auch sein, dass ich die volle und ganze Wahrheit schon wusste, als ich auf den Dachboden kam, um ein Buch aus der Sammlung meines Bruders zu holen oder zurückzubringen, und mir auf einmal die Pappkisten mit den Spielzeugfallschirmen auffielen und ich die Idee hatte, Gunnar am nächsten Tag zu mir einzuladen, um damit zu spielen. Ich lockte Gunnar mit ihnen im vollen Bewusstsein darum, dass sie nur ein einziges Mal angewendet werden konnten. Als ich Gunnar mit auf den Dachboden nahm und einen der Kartons öffnete, ihm ein Röhrchen zeigte und erklärte, was es enthielt, konnte ich ihm auch verraten, dass mein Vater sie vor vielen Jahren gemacht hatte, ohne dass die Gefahr bestand, dass ich entlarvt würde. Stolz konnte ich Gunnar zuflüstern, dass mein Vater sie vor vielen Jahren gemacht hatte. Ich gab nicht damit an, das war noch nie meine Art gewesen, ich flüsterte lediglich, dass mein Vater sie gemacht hatte. Wir trugen beide je einen Karton zum Austritt vor dem Küchenfenster unserer Wohnung im ersten Stock. In gewisser Weise kann man sagen, dass die Fallschirme meines Vaters erst jetzt zu ihrem vollen Recht kamen. Als Gunnar und ich auf dem Austritt standen und uns bloß zu bedienen brauchten, ohne auch nur einen Gedanken daran zu verschwenden, einen benutzten Fallschirm erneut zu benutzen. Wir nahmen einfach nur ein Röhrchen, holten mit dem Arm weit aus und katapultierten den Fallschirm in die Luft, wo er sich auseinanderfaltete und elegant zu Boden schwebte, einen Fallschirm oder zwei Fallschirme gleichzeitig, ja, sogar drei gleichzeitig, falls der erste den Boden noch nicht erreicht hatte, bevor ein dritter in die

Luft katapultiert worden war und sich öffnete, ja, sogar vier Fallschirme gleichzeitig. Erst als ich dazu verleitet wurde, sie an die anderen auszuteilen, die sich mit ausgestreckten Händen im Hinterhof versammelt hatten, wurde der schöne Gedanke meines Vater erniedrigt, und das muss ich gewusst haben, wie ich gebannt dort stand und Pappröhrchen mit Fallschirmen darin zu denen hinunterwarf, die mit ausgestreckten Händen dastanden und sie auffingen.

Am nächsten Tag war der für unsere Familie so erniedrigende Anblick immer noch in den Straßen von Sandefjord und auf dem Gras im Stadtpark zu sehen, das stellte ich fest, als ich zur Schule ging, und das stellte ich fest, als ich von der Schule nach Hause kam. Normalerweise nahm ich die Hintertreppe, wenn ich zur Schule ging, lief über den Hinterhof hinaus zur Skolegata, überquerte sie und betrat den Schulhof, aber heute hatte ich den Haupteingang genommen, gelangte sofort in den Stadtpark und sah, was ich sah. Ebenso bog ich auf dem Nachhauseweg um die Ecke Skolegata/Rådhusgata und sah, dass mich immer noch das gleiche Bild erwartete, bevor ich durch den Haupteingang trat und in die Wohnung ging. Es war Samstag und ein schöner neuer Tag im Juni, am frühen Nachmittag wollte ich die Jernbanealleen hinauf zum Bahnhof Sandefjord gehen, um meinen Vater abzuholen, der mit dem Zug aus Tønsberg kam, wo er die Woche über arbeitete, er kam nur am Wochenende nach Hause und wurde immer von mir am Bahnhof abgeholt. So auch an diesem Samstag. Ich stand am Bahnhof. Der Zug fuhr langsam ein und hielt. Ich lief rasch daran entlang, um zu sehen, in welchem Wagen sich mein Vater befand. Da sah ich ihn, er stand im Mittelgang, in der Schlange all derer, die am Bahnhof Sandefjord aussteigen wollten. Kurz darauf kam er das Trittbrett herunter, und ich rannte ihm entgegen, wie ich es immer tat.

Wie hatte sich das Leben für meinen Vater gestaltet, nachdem er 1947 seinen Kolonialwarenladen hatte abwickeln müssen? Den hatte er fünfzehn Jahre lang betrieben, seit er 1932 mit meiner Mutter nach Sandefjord gezogen war und in der Kongensgate einen Kolonialhandel mit dem forschen Namen »Rekord« eröffnet hatte. Er hatte, wie bereits erwähnt, eine neue Geschäftskarriere gestartet, diesmal als Spielwarenfabrikant, was aber auch nicht gut gelaufen war. Seitdem hatte meine Mutter uns ernährt. Sie arbeitete als Verkäuferin in Tønsberg. Mit dem, was sie verdiente, sowie einer monatlichen Unterstützung meines neun Jahre älteren Bruders, der 1949 als 17-Jähriger Seemann wurde, kamen wir über die Runden. Aber wir waren arm. Darum war es gut, auch ökonomisch gesehen, dass mein Vater nun eine neue Stelle als Kontorist in einer kleinen Werft auf den Inseln Husøy-Foynland, unweit von Tønsberg, erhalten hatte. Es war das erste Mal, dass Vater Arbeit hatte, seit er auch als Spielwarenfabrikant hatte aufgeben müssen. Denn Vater war viel krank. Ja, so krank, dass es, als ich an diesem Samstag im Juni zum Bahnhof ging, einer der letzten Samstage war, an denen ich das tat, Vater sollte nämlich kurz darauf seine Stelle als Kontorist in der kleinen Werft auf Husøy-Foynland verlieren, und er hatte an diesem Tag im Juni nur noch ein halbes Jahr zu leben. Mein Vater war krank gewesen, seit ich denken kann, das war Teil meines normalen Lebens. Wir sprachen von Asthma, und Vater litt auch stark an Asthma, aber in den letzten Jahren muss sich noch etwas anderes, etwas Lebensbedrohliches entwickelt haben, von dem wir nicht so recht wussten, was es war, und von dem ich immer noch nicht weiß, was es war. In den letzten Jahren war er zweimal ins Zentralkrankenhaus von Tønsberg eingeliefert worden, und zumindest beim letzten Mal hatte man nicht vor mir verbergen können, dass er im Krankenhaus lag und zwischen Leben und Tod schwebte. Ansonsten löste Vaters Krankheit bei mir keine Angst aus. Vater war krank, litt an Asthma, so war es einfach, das war ganz normal. Abgesehen davon, dass er keine Arbeit hatte, lebte er ein ganz normales Leben, nur in etwas reduziertem Tempo. Wenn Vater und ich z.B. zusammen irgendwo hinwollten, musste er, wenn es bergauf ging, stehenbleiben und eine Pause einlegen. Dann wartete ich geduldig auf ihn, bis er nicht mehr so schwer atmete und wir weiter bergauf laufen konnten. Für mich war er nicht krank, sondern mein Vater. Er war nicht bettlägerig, sondern stand jeden Tag zur selben Zeit auf. Die wenigen Male, die er krank war, mussten wir den Doktor holen, der ihn eingehend untersuchte und anschließend ein Rezept ausstellte über Medikamente, die ich in der Apotheke für ihn besorgte. Aber meistens war er auf den Beinen. Ich habe ihn in Erinnerung als jemanden, der nicht gepflegt werden musste, sondern nur etwas schweratmig war. Im Sommer beteiligte er sich an Ausflügen zum Badestrand, mit dem Bus, ja, einmal lieh er sich ein Fahrrad und radelte mit mir auf dem Gepäckträger los. Am Badestrand badete er jedoch nicht, sondern saß im Schatten.

Wenn ich von der Schule nach Hause kam, saß er am Schreibtisch und rauchte, und ich konnte ihm dann alle möglichen Fragen stellen. Ich konnte ihm alles erzählen, er hörte zu. Wenn ich ihn etwas fragte, bekam ich immer eine Antwort, sofern er eine Antwort wusste. Wusste er keine Antwort, sagte er es. Von ihm lernte ich die Uhr, als ich drei Jahre alt war, ohne dass ich die Zahlen können musste. Die Zahlen brachte er mir trotzdem bei, bevor ich zur Schule kam, aber er wollte nicht, dass ich lesen lernte. Lesen lernte ich erst, als ich in die Schule kam, bestimmt, weil er fürchtete, ich könnte mich langweilen, wenn ich schon vorher lesen konnte. Er brachte mir auch Schach bei; als ich etwa acht oder neun war, spielten wir viel Schach, doch zu diesem Zeitpunkt hatten wir aufgehört, zusammen Schach zu spielen. Bestimmt habe ich ihn ständig bedrängt, mit mir Schach zu spielen, aber ich musste eine Antwort bekommen haben, mit der ich mich zufriedengab. Warum er aufhörte, mit mir Schach zu spielen, erfuhr ich viele Jahre später von anderen. Er hatte gesehen, dass ich ein großes Talent für Schach hatte, und wollte nicht, dass ich es weiterentwickelte. Er war selbst in seiner Jugend ein guter Schachspieler gewesen und wusste, welche Leidenschaft das Spiel mit sich brachte, dass es alle anderen Interessen im Leben überlagern konnte. Auch habe ich von anderen später erfahren, dass er sich große Sorgen gemacht hatte, ich könnte mich von Gott abwenden. Ich hatte damals Fragen bezüglich Gottes Existenz gestellt, die mich sehr beschäftigten, obwohl ich erst zehn oder elf war, und die er mir nahezu sachlich, sanft und freundlich erklärte, oft auch mit leisem Humor, obwohl wir es mit religiösen Dingen zu tun hatten. Als ich eines Tages in der Zeitung das Foto eines Greises mit langem weißem Bart sah, der Knut Hamsun hieß und gerade verstorben war, und ich Vater fragte, wer dieser Mann sei, antwortete er, ein großer Autor, der zum Nazi geworden sei.

Vater war zu Hause stets beschäftigt, er war immer da, wenn ich aus der Schule kam. Vermutlich waren es lange Tage mit vielen schweren Gedanken. Vater war schließlich ein geschlagener Mann, und obwohl er sich nicht so benahm, war er ein geschlagener Mann. Er hatte seine Lebensgrundlage verloren, nicht nur einmal, sondern zweimal innerhalb kurzer Zeit, und die Krankheit, mit der er die meiste Zeit seines Erwachsenenlebens gelebt hatte, drohte nun, ihn endgültig niederzuringen. Er konnte seine kleine Familie nicht länger ernähren, sondern lief durch die leere Wohnung, während seine Frau die Familie mit ihrer Arbeit als Verkäuferin in Tønsberg ernährte. Doch er ließ sich davon nicht beeindrucken. Er ließ sich nicht hängen, versank nicht in Schwermut, sondern erschien seiner Umgebung, nicht nur mir, sondern auch anderen, als ein Mann, der lebhaft verfolgte, was in der kleinen wie in der großen Welt geschah, und oft kommentierte er es mit einer leisen, humorvollen Bemerkung. Er wirkte wie ein Mann, der sich mit seinem Schicksal abgefunden hatte. Doch das stimmte nicht. Denn irgendwann um das Jahr 1950 herum muss mein Vater die Idee für ein neues Patent gehabt haben, und dieses Mal für ein Patent, das sich nicht nur einen kurzen glücklichen Moment entfaltete, sondern ewig hielt.

Mein Vater hatte eine Idee, wie das Problem des Perpetuum mobile zu lösen sei. Das Perpetuum mobile ist eine Ewigkeitsmaschine, viele Menschen haben schon davon geträumt, sie zu erbauen, aber bis zum heutigen Tag, weder zum Zeitpunkt, zu dem dieser Text verfasst wurde, noch zum Zeitpunkt, als er auf Papier gebannt wurde, als Fiktion, ist es jemandem geglückt. Die Wissenschaft behauptet hartnäckig, es sei auch nicht möglich, und hat bis zum heutigen Datum recht behalten. Ich glaube sogar, dass die Wissenschaft in der Lage ist zu beweisen, dass der Bau eines Perpetuum mobile unmöglich ist. Trotzdem haben viele davon geträumt, ein Perpetuum mobile zu bauen, und haben all ihre Zeit und Kraft, ja sogar all ihr Geld darauf verwendet, dieses unmögliche Unterfangen umzusetzen. In diese Gruppe von Träumern reihte sich mein Vater nun ein.

Bei einem Perpetuum mobile geht es im Kern darum, eine Maschine zu konstruieren, die losläuft, sobald ihr Energie zugeführt wird, und die niemals stehenbleibt. Wenn ihr die Energie einmal zugeführt ist, erneuert diese sich von selbst, ganz automatisch und ständig. Das Perpetuum mobile wäre eine Katastrophe für beispielsweise die Ölindustrie, aber ein Triumph für den, dem es gelingt, eine solche Maschine zu bauen. Mein Vater hatte nun die Vorstellung, er sei derjenige, der diesen Triumph erleben sollte. In unserer Wohnung im ersten Stock in einem Wohnblock in Sandefjord war meinem Vater diese Idee gekommen, und jetzt lief er durch die Wohnung und brütete über dem, was der große Triumph seines Lebens werden sollte.

Vater hatte über die Realschule und die Handelsschule hinaus keine formale Ausbildung genossen, er war Bankmitarbeiter gewesen, bis Mutter und er genug Kapital angespart hatten, um in Sandefjord einen Kolonialwarenladen zu eröffnen. Aber er hatte einen großen Intellekt und Sinn für Mathematik und systematisches Denken. Lösungen für schwierige theoretische Probleme zu finden interessierte ihn sehr, der Spielzeugfallschirm ist dafür ein schönes Beispiel, und dass er sich für das Problem des Perpetuum mobile interessierte, ist nicht sehr verwunderlich. Man könnte annehmen, er hätte sich dafür interessiert, die wissenschaftlichen Beweise für die Unmöglichkeit des Perpetuum mobile zu lesen, und hätte sich über die Logik der Räsonnements gefreut, und vielleicht hat er die

Räsonnements auch in der einen oder anderen Zeitschrift verfolgt. Vielleicht hatte er sogar auf diese Weise die Idee bekommen. Denn die Idee hatte er bekommen. Nicht, dass es aus wissenschaftlicher Sicht vollkommen unmöglich war, ein Perpetuum mobile zu erfinden, sondern die verrückte Idee, die unmögliche Idee, nicht allein, dass es vielleicht doch möglich wäre, sondern dass ausgerechnet er dazu ausersehen wäre, zu zeigen, dass es möglich war. Indem er eine solche Maschine einfach baute.

Mein Vater war kein Fantast, sondern ein solider Mann der Inneren Mission. Doch jetzt hatte ihn die Idee der Fantasten gepackt, und er hatte sie zu seiner eigenen gemacht. Nüchtern betrachtet, könnte man gewiss sagen, dass ihm zur Lösung dieser Aufgabe jegliche Voraussetzung fehlte. Außerdem war ihm völlig klar, dass sie an sich unmöglich war. Trotzdem war es das, womit er sich in den letzten Jahren seines Lebens beschäftigte. Es ist absolut unverständlich, dass er sich auf dieses Traumprojekt einließ, man könnte sich fragen, ob er im Begriff war, seinen Verstand zu verlieren. Wenn ja, musste es sich ausschließlich um seinen inneren Verstand gehandelt haben. An seinem äußeren Verstand, mit dem er anderen Menschen begegnete, gab es nichts auszusetzen. Gegenüber seiner Umgebung ertrug er sein Schicksal mit bewundernswerter Ruhe, sowohl die soziale Degradierung als auch die körperlichen Leiden. Doch seinen inneren Verstand trieb er bis zum Äußersten. Mein Vater war ein gottesfürchtiger Mann, und zwar mit dem äußeren wie mit dem inneren

Verstand; auch wenn ich kaum sagen kann, meinen Vater gekannt zu haben, ich hatte ihn ja nur mit den Augen eines Kindes gesehen, will ich es doch behaupten, obwohl das christliche Milieu, in dem er sich bewegte und dessen Ansichten er teilte, ziemlich konventionell war. Er gehörte der Inneren Mission an, das war sein Umfeld. Er ging selten in die Kirche, lauschte aber dem Gottesdienst im Radio. Am liebsten nahmen er und meine Mutter an sogenannten Zusammenkünften teil, die fanden im Sommerhalbjahr statt, und die Leute saßen draußen und hörten sich erbauliche Reden an, trafen Bekannte und verzehrten mitgebrachtes Essen und Trinken. Bei uns daheim gab es im Alltag nur wenige christliche Rituale. Wir beteten nicht vor dem Essen, und obwohl ich dazu erzogen worden war, ein Nachtgebet zu sprechen, kontrollierte niemand, ob ich es auch tat. Daraus lässt sich schließen, dass die Religiosität meines Vaters ein konventionelles Gewohnheitschristentum war, dieses teilte er übrigens mit seiner Familie und dem übrigen Bekanntenkreis. Doch in diesem bornierten Innere-Missions-Umfeld hat ein Mitglied, ein sozialer Konkursit und körperlich kranker Mann, die Idee, ausgerechnet er solle den unmöglichen Traum realisieren, die Ewigkeitsmaschine, ein Perpetuum mobile, zu erschaffen. Ich glaube, Vater war mehr von der Armut geprägt als von der Krankheit. Für den, der es schaffte, ein funktionierendes Perpetuum mobile zu bauen, war eine Belohnung von einer Million englische Pfund ausgelobt worden, das galt etwas im

Innere-Missions-Milieu von Sandefjord, in dem mein Vater verkehrte. Doch ist die Idee vor allem mit der Religion in Verbindung zu bringen. Ohne die große Religiosität meines Vaters wäre es ihm nicht möglich gewesen, sich sehenden Auges dieser Aufgabe anzunehmen. Denn mein Vater war geprägt von einer großen Religiosität, das merkte ich als Kind. Ja, es fällt mir schwer zu verstehen, dass es ihm in der Inneren Mission so gut gefiel, sie muss ihm doch viel zu oberflächlich gewesen sein? Das schon, aber er muss sich in dem Oberflächlichen wohlgefühlt haben, vielleicht hat es ihm ein Gefühl von Sicherheit verliehen? In den 1920er-Jahren war er eine Zeit lang Freidenker gewesen, dann war er jedoch zum Christentum zurückgekehrt, und zwar zum eher konventionellen Kaufmannschristentum der Inneren Mission. Doch mit einer Erkenntnis, die sie nicht hatten, einer Erkenntnis, die er ganz subjektiv gesehen hinter sich gelassen hatte. Ich habe keine Veranlassung, ihn einen religiösen Grübler zu nennen, aber er hatte ein reflektiertes Verhältnis zu religiösen Fragen, auch wenn die Antworten, zu denen er gelangte oder zu denen er sich auf reflektierte Weise äußerte, die gleichen waren wie die in seinem Umfeld. Ich kann mich nicht erinnern, dass mein Vater jemals mit seinen religiösen Ansichten Aufsehen erregt hätte. Er mag welche gehabt haben, aber dann hat er seine aufsehenerregenden Gedanken für sich behalten und nicht einmal versucht, sie an mich, seinen kleinen Sohn, weiterzugeben. Und ausgerechnet er hatte die Idee, ein Perpetuum mobile zu bauen. Wie war das möglich? Nicht nur die Idee zu haben, sondern auch alles für ihre Verwirklichung zu tun? Ich denke, schuld ist der Glaube meines Vaters an seinen Gott. Die Idee, ein Perpetuum mobile zu erfinden, ist kein alltäglicher Gedanke. Es ist eine Idee, die wie ein Blitz in einem einschlägt. Die Idee hat meinen Vater wie ein Blitz aus heiterem Himmel getroffen. Er kann sich zu dem Problem Perpetuum mobile durchaus seine Gedanken gemacht haben, sich damit befasst haben, es als Gedankenexperiment interessant gefunden haben, aber die eigentliche Idee, dass *er* das Perpetuum mobile bauen könnte, die traf ihn wohl wie ein Blitz aus heiterem Himmel und muss ihm auf den ersten Blick sehr fremd vorgekommen sein. Doch sie hat ihn ereilt, und wo kam sie her? Wer hat diese Idee in den Kopf meines Vaters eingepflanzt? So könnte mein Vater gedacht haben. Und die Antwort, könnte er gedacht haben, versteht sich von selbst. Es war Gott. Gott hat den Wunsch, den Menschen das Perpetuum mobile zu schenken, eine Ewigkeitsmaschine, eine neue große Erfindung, nicht nur auf einer Ebene mit dem Telefon, dem Grammofon, dem Radio, dem Auto und dem Flugzeug, sondern weit über sie hinaus, aber nicht so weit über sie hinaus, dass sie nicht als Glied einer natürlichen Entwicklung gesehen werden könnte. Gott hat erkannt, dass es an der Zeit ist, das Perpetuum mobile zu erfinden. Doch jemand muss es auch erfinden, und Gott sucht sich einen Menschen aus als sein Werkzeug zur Verwirklichung dieses Plans. Die Wahl fällt auf einen konkursgegangenen und todkranken Kolonialwarenhändler der kleinen Stadt Sandefjord in dem kleinen, dünn besiedelten Land Norwegen. Er wird vom Blitz getroffen. Er wird von Gott auserwählt. Frag nicht, warum. Es ist Gottes Gnade. So in etwa muss mein Vater gedacht haben, was erklärt, warum er die Tatsache, dass der Bau eines funktionierenden Perpetuum mobile unmöglich ist und dass er selbst, auch wenn dieser möglich gewesen wäre, keineswegs die erforderlichen Voraussetzungen mitbrächte, um derjenige zu sein, der die große Erfindung in die Realität umsetzt, ganz einfach ignoriert.

Meinem Vater war eine große Idee eingegeben worden. Es war eine Idee, die ihn in der Welt der Menschen zu etwas Höherem erheben sollte. Das konnte er aber nicht laut sagen. Er konnte nicht erzählen, dass er begriffen hatte, wie das Perpetuum mobile konstruiert werden musste, um die Ewigkeitsmaschine zu sein, die so viele vergeblich versucht hatten zu bauen. Vater wollte ungern als verrückt gelten. Daher musste er die Großtat in aller Heimlichkeit ausführen. Mutter gegenüber hatte er zwar etwas von einer Erfindung durchblicken lassen, hatte aber nichts weiter dazu gesagt und arbeitete in ihrer Anwesenheit nie daran. Er sah sich jedoch gezwungen, zur Finanzierung seiner großen Erfindung einen Kredit aufzunehmen. Von Mutters wohlhabendem Vetter lieh er sich einen Betrag, und vermutlich auch von einem meiner Onkel, der mit Mutters Schwester verheiratet war. Was er ihnen erzählt hat, weiß ich nicht, aber er hat ihnen vermutlich eine geplante Geschäftsidee vorgelegt, die nichts mit dem Perpetuum mobile zu tun hatte. Wahrscheinlich hatte die vorgeschobene Geschäftsidee für den Vetter meiner Mutter so plausibel geklungen und eventuell auch für meinen Onkel, dass sie ihm einen Kredit gewährt hatten, einen Kredit, den meine Mutter noch viele Jahre lang abbezahlte. Vielleicht liehen sie ihm das Geld aber auch aus reiner Sympathie, um ihm eine letzte Chance zu geben.

Im Übrigen gibt es bei diesen Krediten einige Ungereimtheiten. Mir wurde erzählt, dass sie aufgenommen worden waren, um die sogenannte Erfindung zu finanzieren, aber das kann in meinen Augen nicht ganz stimmen. Mein Vater kann unmöglich so viel Geld auf sein Perpetuum mobile verwendet haben, die Modelle, die er hinterließ, waren sehr schlicht. Ich glaube eher, der Kredit wurde aufgenommen, um andere Kredite abzubezahlen, Schulden, die er in seiner Zeit als Kolonialwarenhändler gemacht hatte oder eher noch als Spielwarenfabrikant. Man könnte natürlich denken, dass Vater für die Arbeit am Perpetuum mobile zu einem späteren Zeitpunkt große Ausgaben ansetzte und sich daher Geld zur späteren Verwendung lieh, er hinterließ jedoch kein Sparbuch. Sollte die Vermutung zutreffen, ist es ihm erspart geblieben, sich eine neue Geschäftsidee ausdenken zu müssen, worin auch immer sie bestanden hätte. Es ist jedoch ein bettelarmer Mann mit Schulden, die er abbezahlen muss, der zu Hause herumläuft und eine große Idee eingegeben bekommen hat, von Gott selbst.

Arm, mit häufig geschwollenen Füßen und einsam. Einsam, weil er nicht verraten darf, dass er ein Auserwählter ist, ehe sein Plan vollendet ist und er die Welt überraschen kann. Einsam bei seiner Arbeit an dieser Erfindung, tagsüber und auch an langen Abenden. Vor diesem Hintergrund ist es zu sehen, dass er mich, einen elfjährigen Jungen, in seinen Plan, dieses Perpetuum mobile, eingeweiht hat. Denn das hat er getan. Er weihte mich ein, und ich sollte ihm zu Füßen liegen.

Er erzählte mir, was ein Perpetuum mobile ist und dass er an dessen Erfindung sitze. Mehr hat er mir eigentlich nicht erzählt, aber für mich war das ausreichend. Ich lag ihm zu Füßen, während er an dem Perpetuum mobile arbeitete, und sah ihm dabei zu. Das geschah an den Abenden, nachdem Mutter, die einen anstrengenden Verkäuferinnenalltag mit langem Arbeitsweg hatte, früh zu Bett gegangen war. Dann machten wir uns, Vater und ich, an die heimliche Arbeit des Abends. Am Schreibtisch im Wohnzimmer. Vater setzte sich auf den dazugehörigen Stuhl. Er zog die linke Schreibtischschublade auf und nahm zwei Stahlplatten heraus, die er ausgeschnitten hatte, zwei kreisrunde Platten, eine kleine und eine große. Das war das Modell. Mehrere Lexikonbände lagen schon auf dem Schreibtisch sowie eine Reihe Physikbücher und Blätter, auf denen er seine Berechnungen anstellte. Ich zog einen der Stühle, die zum Esstisch gehörten, heran und setzte mich neben ihn, aber nicht zu dicht. Eigentlich zog ich den Stuhl nur unter dem Tisch heraus und drehte ihn zu ihm um, denn der Esstisch stand ziemlich dicht am Schreibtisch. Ich war elf. Ich lag ihm zu Füßen. Ich war der Einzige, den er eingeweiht hatte. Vater nahm die zwei Stahlkreise und richtete sie zueinander aus. Studierte eingehend das Lexikon und unternahm eine weitere Feinjustierung, er hatte in beide Stahlplatten Zahlen und Zeichen eingeritzt, nach denen er sich richtete. Ich verstand nicht viel davon, nur dass die große Scheibe die Sonne und die kleine den Mond darstellen sollte. Er hatte noch eine dritte Scheibe in der Schreibtischschublade, sie sollte die Erde darstellen, aber diese nahm er nur selten heraus. Ihn interessierten Sonne und Mond und ihre jeweiligen Konstellationen. Um die Aufgabe zu erfüllen, die ihm aufgebürdet worden war, musste er weit ins Weltall hinein. Dort draußen fand sich die Lösung, und mein Vater las in seinem Lexikon über das Weltall und stellte seine Berechnungen an, justierte und justierte das Verhältnis der Scheiben zueinander. So saßen wir Abend für Abend da, bis es so spät geworden war, dass Vater sagte, ich müsse jetzt ins Bett.

Mein neun Jahre älterer Bruder, der das Gymnasium zu Beginn der elften Klasse abgebrochen hatte und seither zur See fuhr, kam nach Hause und sollte einen Monat bleiben, bevor die nächste Heuer auf ihn wartete. Er war schon seit ein paar Tagen daheim, als mein Vater mir anvertraute, dass er auch meinen neun Jahre älteren Bruder in das Perpetuum mobile einweihen wollte. Doch nichts passierte. Die Tage vergingen und wurden zu Wochen, bis Vater mir eines Tages zuzwinkerte und sagte: Heute werde ich es ihm erzählen. An diesem Tag war ich sehr gespannt und hielt mich die ganze Zeit in Vaters Nähe auf, denn ich wollte den Augenblick nicht verpassen, wenn mein Bruder das Geheimnis erfuhr, das unser ganzes Leben verändern und Vater zu Höherem erheben sollte. Ich tat so, als wäre ich in mein Spiel vertieft, um als Augenzeuge dabei sein zu können, ohne von meinem Vater und Bruder bemerkt zu werden, wenn ich dort saß. Die ganze Zeit wartete ich auf den großen Augenblick. Mein Vater und mein Bruder waren allein in der Wohnung, aber Vater sagte nichts. Dann kam es plötzlich. Vater erzählte, dass er die Lösung für eines der großen Rätsel des Universums gefunden habe und folglich in der Lage sei, ein Perpetuum mobile zu bauen, eine Ewigkeitsmaschine. Mein Vater sprach ganz ruhig und nicht ohne einen gewissen Stolz in der Stimme. Aber meinem neun Jahre älteren Bruder gefiel es gar nicht, was er zu hören bekam. Mein Bruder war damals zwanzig und ein erwachsener Mann. Ich bewunderte ihn zutiefst und hatte mich sehr darauf gefreut, ihn dabei zu sehen, wenn er erfuhr, was sich während seiner Abwesenheit an großen Dingen ereignet hatte. Doch jetzt war ich erstaunt zu sehen und zu hören, dass er Vater unterbrach und sagte, er wolle von diesem Quatsch nichts hören. Er war genervt, aber ich merkte nur, wie verletzt mein Vater war. Er stand an der Anrichte und stützte sich mit beiden Händen darauf ab, sackte förmlich in sich zusammen. Mein Bruder verließ das Wohnzimmer und ging nach draußen. Mein

Vater und ich wechselten keine Blicke, kein Wort, denn ich stürmte ins Schlafzimmer, damit Vater nicht merkte, dass ich den Vorfall und somit auch seine Verlegenheit mitbekommen hatte.

Anders als er es sich vorgestellt hatte, konnte mein Vater nicht seine beiden Söhne in seine große Erfindung einweihen. Ich blieb sein einziger Vertrauter. Mein neun Jahre älterer Bruder fuhr wieder zur See, und ich lag meinem Vater abends wieder zu Füßen, nachdem Mutter sich schlafen gelegt hatte und wir das Esszimmer für uns allein hatten. Ich wusste nicht, dass er von Gottes Gnaden für diese Erfindung und zur Erhöhung unter den Menschen ausersehen war, das konnte er nicht erzählen, nicht einmal mir. Und das ist auch gut so, denn hätte ich es gewusst, hätte ich mit meinen nicht einmal zwölf Jahren viel heftiger gegen Gott aufbegehrt, als es tatsächlich viele Jahre später der Fall gewesen war, denn was ist das für ein Gott, der einen Mann zuerst aussieht, einem armen, kranken Mann gegenüber eine derart große Gnade erweist, und ihn dann sterben lässt, bevor er mit der ihm übertragenen Aufgabe, seiner Erfindung, seinem Perpetuum mobile, der Ewigkeitsmaschine, fertig geworden ist? Mein Vater arbeitete jedoch eifrig an seiner Erfindung. Die Monate vergingen, machte er Fortschritte? Ich habe keine Ahnung, aber vielleicht war es für Vater nicht so wichtig, Fortschritte zu machen. Er war ein geduldiger Mann und wusste, dass die Beschäftigung mit großen Ideen einen Wert an sich hatte. Jedenfalls war er oft bester Stimmung, wenn er am Abend dasaß und die zwei dünnen Stahlscheiben aufeinander zubewegte und ihr Verhältnis zueinander justierte, während er seine Berechnungen anstellte und ich still auf meinem umgedrehten Esszimmerstuhl saß und ihm zusah.

Dann sprach er über all das, worüber er sprechen durfte. Dass er von Gott ausersehen war, durfte er nicht sagen, aber mir konnte er als Einzigem von seinem Perpetuum mobile erzählen. Er war ganz fixiert auf die Belohnung von einer Million Pfund, die die englische Zeitung *The Times* ausgelobt hatte, wenn jemand ein funktionierendes Perpetuum mobile erfand. Eine Million Pfund war eine riesige Summe, sie entspricht heute sicherlich einer Milliarde norwegischer Kronen, aber mein Vater konnte mit diesem Betrag umgehen. Dieser beschäftigte ihn, wenn er sich die Zukunft nach der abgeschlossenen Erfindung vorstellte. Er hatte keine Vorstellung davon, wie er die Erfindung nutzen wollte, wozu sie gut sein sollte und welche Turbulenzen in der Weltwirtschaft er damit auslösen würde. Ja, ich kann mich nicht erinnern, dass er jemals derartige Probleme ansprach, vielleicht dachte er, er würde die Belohnung nehmen und seine ganze Erfindung weggeben? Aber solche Gedanken äußerte er mir gegenüber nie. Ich glaube, ihm reichte es voll und ganz, sich die Belohnung vorzustellen. Er schärfte mir ein, Mutter gegenüber nichts verlautbaren zu lassen. Für sie sollte es eine Überraschung werden. Das war wichtig. Dann hätte sie das Recht, die Nase hoch zu tragen. Für meinen Vater war es wichtig, dass meine Mutter das Recht bekam, die Nase hoch zu tragen. Aber dann sagte er jedes Mal, nahezu als eine Art Warnung zu sich: Aber wir sollten das Fell des Bären nicht verteilen, bevor er erlegt ist. Ich glaube, die Worte sagte er jeden Abend, doch mit einer Leichtigkeit in der Stimme, die so weit weg war von wahrer Sorge darum, dass es wirklich schiefgehen könnte. Ansonsten unterhielt er mich und nicht zuletzt auch sich selbst mit Geschichten von gescheiterten Perpetuum-mobile-Erfindungen. Von Leuten, die geglaubt hatten, es geschafft zu haben, die zum Beweis in der Zeitungsredaktion der *Times* antraten, und oft funktioniert die Maschine am Anfang, alle stehen staunend davor, doch früher oder später macht sie nur noch hrk, hrk, hrk.

Angesichts der Heiterkeit, die ihn überkam, wenn er sich über die gescheiterten Erfinder eines Perpetuum mobile ausließ, was sich für einen Mann, der von seinem Gott ausersehen war, das zu vollenden, was ihnen versagt geblieben war, nicht geziemte, lässt sich nicht leugnen, dass sich im Verhältnis meines Vaters zu seiner großen, ihm von Gott eingegebenen Idee eine Änderung vollzog. Vielleicht sah er ein, dass ihm die Voraussetzungen fehlten, um das Rätsel des Perpetuum mobile zu lösen, und dass es sich um ein Missverständnis gehandelt haben musste, dass Gott ihn für diese Aufgabe auserwählt haben sollte. Doch auch dann gab er nicht auf. Er machte fleißig weiter wie bisher, erpicht darauf, seine zwei Scheiben zu studieren, die große und die kleine, das Weltall mit seinen

Lexika und anderen Werken zu studieren und sich Notizen zu machen. Abend für Abend. Und von all denen zu erzählen, die scheiterten und die, falls diese Theorie stimmt, seine Mitstreiter waren in ihrem Bestreben, das Unmögliche zu vollbringen. Ich glaube nicht, dass Vater sich je darüber beklagt hat, dass das, was er für Gottes Gnade gehalten hatte, gar nicht Gottes Gnade gewesen sei, denn diese ist ohnehin unergründlich. Er akzeptierte es und fuhr fort mit seinem Werk und damit, mich zu verzaubern. Er befand sich irgendwo da oben im Weltall, zwischen Sonne und Mond, und stellte seine Berechnungen an, als wären sie Zeichen für Gottes unergründliche Schönheit, auch wenn er nie ein Perpetuum mobile würde bauen können.

Und ich saß da und hörte ihm zu. Ich war sein einziger Vertrauter. Aber glaubte ich an ihn? Darauf muss ich mit Ja antworten. Doch auf welche Weise glaubte ich an ihn? Man könnte annehmen, ich würde meine Fantasie mit glanzvollen Vorstellungen füllen, wie es wäre, so reich zu sein, wie wir es bald wären, aber das tat ich nicht. Ich stellte mir niemals große Häuser, flotte Autos, riesige Segelyachten oder andere Dinge vor, von denen man denken könnte, ein elfjähriger Junge, der nicht nur glaubt, sondern weiß, dass sein Vater im Begriff ist, etwas zu erfinden, das unfassbare Reichtümer mit sich bringen würde, stellte sie sich in seiner Fantasie vor und freute sich unbändig darauf. Ich verband die Erfindung ausschließlich mit meinem Vater und damit, dass Mutter die Nase dann hoch tragen könnte, weil sich mein Vater darauf freute. Alles, was ich damit verband, hing mit Vater zusammen und mit Vaters Glück. Deshalb sollte man vielleicht nicht sagen, dass ich an ihn glaubte. Ich nährte keinen Glauben, sondern eine Hoffnung.

Es ist früher Samstagnachmittag an einem heißen Tag Anfang Juni. Vater ist mit dem Zug aus Tønsberg gekommen, wo er arbeitet, sodass er nur am Wochenende daheim ist, und ich habe ihn am Bahnhof abgeholt. Wir verließen das Bahnhofsgebäude und liefen über die Jernbanealleen. Mein Vater ist sehr krank gewesen, aber jetzt hat er Arbeit als Kontorist in Tønsberg bekommen und wird jeden Samstag von seinem elfjährigen Sohn am Bahnhof abgeholt. Dann gehen sie zusammen die zwei-, dreihundert Meter zur Wohnung im ersten Stock des Wohnblocks unten am Stadtpark. So auch heute. Wir gingen zusammen die Jernbaneallen entlang nach Hause. Überall in der Jernbanealleen lagen sie verstreut, die weißen Fallschirme, hier und da Pappröhrchen, manche ragten sogar aus Mülleimern heraus. Mein Vater ließ sich nichts anmerken. Er konnte sie unmöglich übersehen haben, musste einen Stich im Herzen gespürt haben, aber er sagte nichts. Er ging einfach mitten hindurch, zusammen mit mir, der alles sah. Es war meine Schuld. Ich holte meinen Vater am Bahnhof ab. Dann gingen wir die Jernbanealleen entlang, den Weg, den wir früher oder später alle gehen würden oder gegangen sind. Ich ging ihn, als ich elf war, zusammen mit meinem Vater. Selbstverständlich sah er es, selbstverständlich erkannte er sein geliebtes erstes Patent, aber es interessierte ihn nicht. Die Weisheit meines Vaters sah nichts, nichts, was ihm wichtig war. Sonne und Mond. Die Ewigkeitsmaschine. Nach einer langen Arbeitswoche im Kontor freute er sich, an den Schreibtisch zurückzukehren, in dessen linker Schublade alle Rätsel lagen, die er lösen wollte. Vielleicht sah er in der Stelle auf Husøy-Foynland etwas Überflüssiges, was ihn vom Wesentlichen abhielt, etwas, was ihn hemmte, was er aber nicht ausschlagen konnte, als er den Bürojob angeboten bekam, nachdem er fast wieder ganz gesund geworden war. Aber jetzt war Samstag, und das Rätsel wartete auf seine Lösung. Hier ging er, Ole Modal Solstad, mit seinem elfjährigen Sohn. Abwesend. Freundlich. Nur ich ging den Weg der Erniedrigung meines Vaters. Denn es war meine Schuld. Ich hatte die Erniedrigung meiner Familie entdeckt, während mein Vater diese belanglosen Probleme längst hinter sich gelassen hatte. Sonne. Mond. Die Konstellationen im Weltall. Unterdessen wate ich durch Vaters Erniedrigung.

Ich muss es einfach zugeben: Seit Vaters Tod war ich nicht mehr ich selbst. Ich war der Autor Dag Solstad. Ich hatte eine Aufgabe zu erfüllen, und die habe ich noch nicht vollendet. Ich denke nur an meine Zukunft.

An sie dachte ich auch, als ich dort im Hinterhof des Wohnblocks stand, in dem ich aufgewachsen war, und auf den kleinen Austritt starrte. Es war Nacht und dunkel. Ich ging zurück ins Hotel *Kong Carl*. Mir war nicht nach Schnaps. Ich schlief. Ich erwachte. Ich stand auf, aß ein spätes Frühstück, ohne einen meiner Klassenkameraden von vor vierzig Jahren zu sehen, einige hatten bestimmt wie ich im *Kong Carl* übernachtet. Ich checkte aus, nahm meine Aktentasche und ging zum Bahnhof. Ich wartete auf den Zug, er kam, und ich stieg ein. Am Nationalteatret stieg ich aus und nahm ein Taxi zu unserer Wohnung im Drammensveien. In den folgenden Tagen erledigte ich ein paar geschäftliche Dinge, flog dann zurück nach Berlin, wo ich seitdem gesessen und das hier geschrieben habe.

*

Fussnoten Kapitel 2

Fußnote 1.
Diesen gibt es nicht mehr. Stattdessen bietet SAS mehrmals täglich Flüge von Kopenhagen nach Berlin an. So landen wir aus dem ganzen Norden im Transitbereich von Kastrup, wo wir eine Stunde lang mit einem Becher Kaffee und in meinem Fall auch mit einer Zigarette herumsitzen, bevor wir uns zum sogenannten Gate begeben. Ich spreche von einem sogenannten Gate, denn es liegt sehr versteckt, wie im Erdboden versunken. Unser Weg nach Berlin ist seltsam, ein merkwürdiger Schleichweg,

der ins Untergeschoss führt, wo wir alle, ob groß oder klein, sitzen und warten und wo die Großen klein und sichtbar werden, aber nicht umgekehrt. Bei meinem letzten Flug nach Berlin habe ich es besonders deutlich erlebt. Als ich die schmale Schranke oben in der eigentlichen Halle passiert hatte und ins Untergeschoss kam, saßen dort bereits zehn, zwölf Personen und sahen etwas verloren aus, darunter Norwegens ehemaliger Außenminister und Verteidigungsminister Bjørn Tore Godal, den ich aus dem norwegischen Fernsehen kannte. Er wollte also nach Berlin, war hier jetzt zwischengeparkt und wartete. Ich suchte mir einen Platz schräg gegenüber, neben einem Mann im blauen Anzug, der vermutlich Finne war, denn ich hatte denselben Anzugtyp 1973 in der Bar des Hotels Tallin in Tallin in der damaligen Sowjetrepublik Estland an finnischen Geschäftsleuten gesehen. Ich setzte mich auf den freien Sitz und schlug die jugoslawische Zeitung auf, die ich im Café in der Transithalle mitgenommen hatte, dort hatte ich mir einen Kaffee und eine Zigarette gegönnt. Es war eine Belgrader Zeitung, und das Lesen ging ganz gut, da sie in lateinischer Schrift gedruckt war. Ich vertiefte mich also in die Zeitung und kann mir vorstellen, dass ich wie ein ganz normaler Jugoslawe aussah. Doch plötzlich ruft der finnische Geschäftsmann in Richtung der gegenüberliegenden Sitzreihe: »Hier kommt jemand, den du kennst.« Zu meiner Überraschung rief er es auf Norwegisch, daher blickte ich von der Zeitung auf und stellte fest, dass der Adressat der Worte der frühere

Außenminister (und frühere Verteidigungsminister) Bjørn Tore Godal war. Im selben Moment sahen wir, wie der frühere Bildungsminister und Sozialminister Professor Gudmund Hernes im Eiltempo die Treppe ins Untergeschoss herunterkam, um mit uns zwischengeparkt zu werden. Der frühere Außenminister (und frühere Verteidigungsminister) Bjørn Tore Godal stand auf und gab (dem früheren Bildungsminister und früheren Sozialminister) Gudmund Hernes die Hand. Ich schaute verschüchtert in meine jugoslawische Zeitung, konnte aber nicht umhin, ab und zu ein winziges bisschen aufzuschauen und mitzuhören, was die zwei Herren hier an dem verborgenen Gate zum Flieger von Kopenhagen in die Hauptstadt Deutschlands zueinander sagten. In dem engen Keller war die Akustik verdammt gut. Bjørn Tore Godal erzählte, ziemlich stolz, wie mir schien, dass er an der Universität Oslo zum Professor ernannt worden war. Ich hörte auch ganz deutlich, in welchem Fach er zum Professor ernannt worden war, das habe ich jedoch leider wieder vergessen, vermutlich war es in Geschichte oder Sozialwissenschaft. Gudmund Hernes, der ja bekanntlich seit erdenklichen Zeiten an derselben Universität Professor war, gratulierte seinem früheren Ministerkollegen, allerdings nicht gerade überschwänglich, wie mir, übrigens zu meiner Überraschung, schien. In seiner Stimme lag dagegen deutlich mehr Wärme, als Gudmund Hernes dem frischernannten Professor Godal berichten konnte, dass er seinerseits Direktor bei der internationalen Organisation UNESCO geworden war mit Hauptsitz in Paris und besonderer Verantwortung für die Verbesserung der Ausbildungsprogramme in rückständigen Ländern, was Godal ausdrücklich als erfreuliche Nachricht begrüßte. Ich selbst fand es am besten, mich in meine Belgrader Zeitung zu versenken, während ich darüber nachdachte, was dies wohl für meine fiktiven neuen jugoslawischen Landsleute bedeuten mochte. Doch hatte ich mich noch nicht richtig in die Zeitung vertieft, da öffnete sich die Tür zum Gate und wir Fluggäste strömten in die wartenden Busse, die uns zu dem kleinen propellerbetriebenen Flugzeug bringen sollten, das problemlos all die Skandinavier, die an diesem Tag in die deutsche Hauptstadt wollten, aufnehmen konnte. Ich zog es vor, die Nachhut zu bilden, und vertiefte mich im Shuttlebus abermals in meine Belgrader Zeitung. Im Flugzeug saß ich ziemlich weit hinten und hatte die meisten Fluggäste deutlich vor mir. Das hatte ich mir nicht selbst ausgesucht, dazu war es gekommen, weil ich zu den wenigen gehörte, die Economy Class reisten. Daraus konnte ich schließen, dass das Gros meiner Mitreisenden Menschen mit einer gewissen Bedeutung für ihre jeweiligen Länder waren, ja, Gudmund Hernes sogar für eine große internationale Organisation. Auch der Norwegischsprecher, den ich für einen finnischen Geschäftsmann gehalten hatte. Der saß weit vorn, neben Bjørn Tore Godal. Gudmund Hernes ein paar Sitze dahinter, doch während des Flugs hatten die beiden ehemaligen Minister keinen Kontakt, da bin ich ganz sicher, denn jetzt saß ich so, dass ich mich mit meiner Beobachtungsgabe nicht hinter einer Belgrader Zeitung verstecken musste. Ich saß auf meinem Platz, den ich mir nicht selbst ausgesucht hatte, der vielmehr damit zusammenhing, dass ich Economy Class reiste. Dazu hätten die anderen Passagiere, die weiter vorn saßen, sicher schnaubend bemerkt, dachte ich jetzt, dass es im höchsten Maße die eigene Entscheidung sei, ob man in der Economy Class reiste, sie hätten die Wahl auch gehabt, hätten sich aber anders entschieden. Ja, so kann man es da vorn wohl sehen. Ich selbst hatte etwas Sorge, inwieweit das kleine Propellerflugzeug mit so viel Vorderlast zurechtkam. Aber ich beruhigte mich damit, dass es sich sicherlich auf allen Flügen zwischen Kopenhagen und Berlin so verhielt. So konnte ich mich zurücklehnen und ganz darauf konzentrieren, über die noch unbeantworteten Fragen nachzudenken, die sich mir während des kurzen Intermezzos im Untergeschoss von Kastrup gestellt hatten. Ich dachte an die überraschende Begegnung zwischen den zwei ehemaligen Ministern, die ganz offensichtlich auch für sie überraschend gewesen war. War Bjørn Tore Godal beunruhigt gewesen, als Gudmund Hernes auf der Treppe hinunter ins abgelegene Untergeschoss aufgetaucht war? So hatte es gewirkt, aber warum? Und warum fegte Gudmund Hernes die Ernennung Bjørn Tore Godals zum Professor als Bagatelle vom Tisch, wo Godal selbst doch erkennbar stolz darauf war? Vor allem aber fragte ich mich, wer der dritte Mann sein könnte? Der Norwegisch sprach und nun neben dem ehemaligen Außenminister und Verteidigungsminister sowie gegenwärtigen Professor der Universität Oslo, Bjørn Tore Godal, saß. Anscheinend reisten sie zusammen, aber welche Funktion hatte er? Warum hatten sie an dem abgelegenen Gate im Untergeschoss von Kastrup nicht zusammengesessen, sondern weit voneinander entfernt, obwohl sie zusammen reisten? Er war es gewesen, der Gudmund Hernes entdeckt hatte. Er hatte Bjørn Tore Godal zugerufen: »Da kommt jemand, den du kennst.« Das impliziert wohl, dass Gudmund Hernes jemand war, den er nicht kannte. Also jemand außerhalb des Politikbetriebs. Jemand von der Universität? Aber hätte er Professor Hernes dann nicht gekannt, zumindest nachdem Godal jetzt Professor der Politikwissenschaften geworden war und dieser dritte Mann im blauen finnischen Anzug ein aktueller Fakultätskollege von Godal war? Er hatte Hernes nicht begrüßt und war ihm von Godal auch nicht vorgestellt worden, zumindest nicht, soweit ich mitbekommen hatte. Er könnte gut und gern Geschichtsprofessor sein, genau wie Godal. Aber würden zwei Geschichtsprofessoren, die zusammen reisten, am Gate nicht nebeneinander sitzen anstatt weit auseinander? Und vor allem: Dann hätte sich der frischernannte Professor Godal beeilt, Gudmund Hernes seinem neuen Kollegen vorzustellen. Auch wenn dieser kein Professor war, sondern nur akademischer Rat. Doch das hatte Godal nicht getan, das war seltsam. Ich hatte den dringenden Verdacht, dass der dritte Mann im

Verhältnis zu Godal eine dienende Funktion innehatte, obwohl sie im Flugzeug nebeneinandersaßen. Aber ein frischernannter Geschichtsprofessor reist nicht in Begleitung eines Dieners, eines Sekretärs, nach Berlin. Professoren haben keine Diener, nicht einmal einen Sekretär. Manche haben sie zwar wissenschaftliche Assistenten, aber dieser dritte Mann im schicken finnischen Anzug war für einen aufstrebenden wissenschaftlichen Assistenten zu alt. Tja, hier gab es jede Menge Ungelöstes, womit ich mich zwangsläufig beschäftigen musste, vielleicht weil es äußerst selten vorkommt, dass man in eine Situation gerät, in der man Zeuge davon wird, wie sich plötzlich zwei ehemalige Minister zu ihrer beider Überraschung treffen, wovon einer in Begleitung eines mysteriösen dritten Mannes reist, ja, vermutlich kann man nirgendwo sonst Zeuge einer solchen Situation werden als an dem abgelegenen Gate in Kastrup in Verbindung mit einer Flugreise von Oslo nach Berlin.

Fußnote 2.
Dieses »wir« bedeutet, dass ich hier nicht allein bin. Meine Lebensgefährtin ist auch dabei, aber sie ist nicht Bestandteil des Romans. Obwohl ich ich bin, ist dies hier ein Roman mit einem Thema, das ich erst entwickle. Mit diesem Thema hat meine Lebensgefährtin nichts zu tun außer in Form einer kurzen Berührung hin und wieder, z. B. in diesem »wir«. Ein andermal wird meine Lebensgefährtin durch eine offene Tür in mein fiktives Universum

eintreten, aber nicht jetzt. Ich habe das Ziel, einmal einen Roman über das Glück zu schreiben. Das ist eine große Herausforderung, der sich nur wenige gestellt haben, aus naheliegenden Gründen, aber ich will es tun, so ich mich traue. Ich spüre eine Verpflichtung dazu. Mein Werk ist nicht eher vollendet, bis ich mich in das Glücksbringende gestürzt haben werde und eventuell daran zugrunde gegangen bin. Ich glaube, niemand, der in diesen Bahnen gedacht hat, hat je übersehen können, dass der Begriff Glück tabu ist. Warum, weiß ich nicht, aber man fürchtet die eigenen Worte, wenn man sich auf dieses Terrain begibt. Man fordert das Schicksal heraus, und das tut man nicht ungestraft. Dabei denke ich nicht an all die Lügen, die eine symbiotische Beziehung zur Vorstellung vom Glück haben und in einer fiktiven Beschreibung derselben entlarvt werden könnten, sondern an die Vergeltung.

Fußnote 3.
Die Wilhelmstraße kann unmöglich von Anfang an Wilhelmstraße geheißen haben. Der erste Herrscher in Berlin mit diesem Namen war Wilhelm I., der 1850 König von Preußen wurde und 1871 Deutscher Kaiser. Die Friedrich- und die Wilhelmstraße nehmen beide ihren Ausgangspunkt an der von Friedrich dem Großen angelegten Stadtmauer. Die Wilhelmstraße bekam vermutlich unter Wilhelm II. ihren Namen, zur Ehrung seines Großvaters. Falls die Friedrichstraße ursprünglich Friedrichstraße hieß, wie könnte dann die Wilhelmstraße ursprünglich

geheißen haben? War sie nach einer Königin benannt? Der Gemahlin Friedrichs I.? Das ist am wahrscheinlichsten. Denn die Friedrichstraße wurde vermutlich nach Friedrich I., dem Großvater Friedrichs II., benannt, und dann liegt es mehr als nahe, die ebenso zentrale Parallelstraße nach seiner Königin zu benennen.

Doch es gibt noch andere Möglichkeiten. Die Friedrichstraße könnte schon zu seinen Lebzeiten nach Friedrich dem Großen benannt worden sein. Die Bürger Berlins könnten den König um Erlaubnis ersucht haben, diese zentrale Straße nach Seiner Majestät benennen zu dürfen. Dann wäre es nur natürlich, dass die Parallelstraße den Namen der Königin Friedrichs II. erhielt.

Auf die gleiche Weise könnten sich die Bürger Berlins z. B. 1860 an Wilhelm I. gewandt und um Erlaubnis gebeten haben, Seine Majestät ehren zu dürfen, indem sie die Straße nach ihm benannten. Das ist keineswegs abwegig, denn sollte Wilhelm II. die Straße nach seinem Großvater benannt haben, kann es frühestens 1889 passiert sein und der alte Name wäre dann nicht völlig aus dem Gedächtnis der Berliner verschwunden, wie es sich heute verhält.

Eine dritte Möglichkeit wäre, dass sowohl die Friedrichstraße als auch die Wilhelmstraße ursprünglich neutrale Namen hatten, nach Gegenständen, Berufen oder etwas anderem benannt waren. Dann könnten beide Straßen irgendwann während der Regierungszeit Wilhelms I. umbenannt worden sein.

Fußnote 4.
Der neue Potsdamer Platz ist ein Stück Amerika. Darüber sind sich alle im Klaren, manche wollen den Potsdamer Platz nach dem 11.9.01 gar in New York Platz umbenennen. Aber das wäre verkehrt. Der Potsdamer Platz ist nicht New York, er ist Atlanta oder Los Angeles. Er ist der Traum von Los Angeles, den Los Angeles selbst niemals einlösen können wird. Die Fernsehbilder aus Los Angeles sind falsch, das weiß jeder, der selbst einmal im realen Los Angeles gewesen ist. Die Wolkenkratzer, die stets auf Fernsehbildern aus Los Angeles auftauchen und Los Angeles' beeindruckende Skyline darstellen sollen, sind tatsächlich Aufnahmen der einzigen drei Wolkenkratzer in Los Angeles, und die sich anschließende Bilderfolge einer hektischen Großstadt stammt aus der einzigen Straße in Los Angeles, die eine Illusion von Großstadtstraße vermitteln kann und wie ein kleines Sträßchen zwischen den drei Wolkenkratzern daliegt. Los Angeles ist in Wahrheit ein langgezogenes, langweiliges Kaff, durchzogen von Fahrbahnen kreuz und quer mit meilenweiter Ausdehnung und absolut kläglich in seiner Eintönigkeit. Der Name Los Angeles stammt aus einer Zeit, als Los Angeles noch keine amerikanische Stadt war. Aber Los Angeles ist ein Traum. Und auf diesen Traum ist der Potsdamer Platz Berlins die Antwort.

Der amerikanische Traum, das traumhafte Los Angeles oder Atlanta oder Coca-Cola-Stadt, sollte bevorzugt besichtigt werden, wenn sich die Dunkelheit herabgesenkt hat und die Lichter in den architektonischen Perlen leuchten. Ich war am 17.10.01 um 21:15 Uhr deutscher Zeit dort. Mitten im Herzen des Kapitalismus. Daimler. Sony. Film und Unterhaltung. Mariott Hotel. Ist Architektur eine Kunstform? Man nähert sich am 17.10.01 um 21:15 Uhr dem Potsdamer Platz. Prachtvoll aus der Ferne. Lichter und klare Linien. Interessante Formen, Krümmungen, gerade Kanten, und wenn die Kanten des Neuen Potsdamer Platzes schon gerade sind, dann sind sie messerscharf in ihrer Eleganz. Bögen. Schlanke Hoheiten, ja, man wird regelrecht inspiriert, sie als schlanke Hoheiten zu titulieren, vor denen man auf demokratische Weise das Haupt neigt, indem man den Kopf nach hinten legt und nicht feudal und vorkapitalistisch demütig nach vorn, um atemlos alle Lichter zu bestaunen, wenn man sich am 17.10.01 um 21:32 Uhr nicht erst dem Potsdamer Platz nähert, sondern schon darauf steht und die hohen architektonischen Perlen als schlanke Hoheiten tituliert. Eure schlanken Hoheiten. Glas und Licht. Die Stofflichkeit früherer Zeiten, z.B. Stein und Marmor, wird ersetzt durch Lichtspiel und Glashaftigkeit. Es ist viel billiger und zweifellos verblüffend schön. Man neigt demokratisch das Haupt und staunt. Die Schönheit verliert sich nicht. Die Illusion wirkt. Auch wenn man das Haupt demokratisch vor einer blendenden Fassade neigt. Sieht man genauer hin, in der mürrischen Haltung von anno 1920, käme die Tristesse der Moderne indes sehr deutlich zum Vorschein: triste Gummimatten, um die Schuhe abzuputzen. Falsche humorlose Fliesen in den geräumigen Foyers. Überall Kalkül, selbst im blendendsten Ausdruck. Ist Architektur Kunst? Wenn ja, dann ist sie die einzige Kunstform, die sich ohne Reibungsverlust mit dem gierigsten Kapitalismus verbinden und alles zum Funkeln bringen kann.

Ich fürchte, Architektur ist Kunst. Die Kunst der Zukunft. Architektur ist die Avantgarde der Kunstschaffenden. Reibungsfrei und randvoll mit Kompromisslust für das Unabwendbare wird die neue Kunst erschaffen, die Schönheit der Mächtigen, die Schönheit der Hegemonie, die Schönheit der Alleinherrscher, die imstande ist, uns alle zu blenden.

Fußnote 5.
Ich nehme mir hier etwas heraus, das viele eine Ungeheuerlichkeit nennen werden. *Faust I und II* wurden nicht an der Volksbühne gespielt, sondern in der Arena, einer ehemaligen Fabrik in Treptow. Der Regisseur ist Peter Stein, während an der Volksbühne ein Frank Castorf herrscht. Sämtlichen deutschen Intellektuellen werden, wenn sie erfahren, was ich getan habe, die Haare zu Berge stehen. Nur meine fiktiven Freunde, der aus Israel heimgekehrte Jude und der oppositionelle, jetzt reformierte Kommunist, bleiben gelassen. Sie versichern beide unabhängig voneinander, *Faust I und II* genau an ebendieser Volksbühne gesehen zu haben. Sie lügen sehenden Auges, um mich ohne Grund zu unterstützen. Eigentlich leiste

ich mir eine Raffinesse. Dabei hatte ich es zunächst nicht darauf angelegt. Ich musste *Faust I und II* an ein Theater verlegen, in dessen Sichtweite ich saß. Und das war die Volksbühne. Unter literarischen Gesichtspunkten konnte ich nicht nach Treptow fahren, das im Übrigen ebenfalls im früheren Ostberlin lag, nur um über Goethe zu sprechen. Ich bin oft in Treptow gewesen, aber nicht jetzt, nicht heute. Man kann sich nicht immer aussuchen, wo man sich zu einem bestimmten Zeitpunkt befindet, das ist eine literarische Wahrheit. Darum wurden *Faust I und II* in diesem Buch an der Volksbühne aufgeführt. Und somit erlaube ich mir eine Raffinesse. Ohne diese Raffinesse hätte ich ein Problem bekommen können. Die Raffinesse besteht darin, Steins Regie von Goethes Stück in den Wänden von Castorfs Theater anzusiedeln. Die beiden gelten im deutschen Theater nämlich als Gegenpole. Stein gilt als werktreu, was er in dieser *Faust*-Aufführung bis zur äußersten Konsequenz treibt. Nicht ein Wort in dieser zweitägigen Marathonvorstellung wurde verändert oder gestrichen. Frank Castorf gilt als Deutschlands vorderster dekonstruktivistischer Theatermann. Seine Radebrechungen von Tennessee Williams, Gerhart Hauptmann und Shakespeare sollen sehr reizvoll sein. In einer seiner letzten Inszenierungen verlegte er Dostojewskijs Roman *Erniedrigte und Beleidigte* in eine Big-Brother-Welt. Wenn ich diese Verwechslung also nun vornehme, wird keiner der beiden begeistert sein, davon muss man ausgehen. Die Temperatur in der deutschen Theaterdebatte ist hoch, und Infamien gibt es viele. Aber letztendlich geht es um das Gleiche. Darum, wenn möglich, die Fackel hochzuhalten und das Feuer weiterzutragen. Egal, wer es tut. Daher die Ironie, daher die fiktive Versöhnung oder Verwechslung.

Fußnote 6.
Früher müssen diese beiden Ehepaare Repräsentanten der Sowjetmacht gewesen sein, für Ostberlins wahre Herrscher. Doch die Sowjetmacht ist gefallen. Sie hinterlässt ein unvergessliches Denkmal. Das Ehrenmal für die 5000 sowjetischen Soldaten, die in der Schlacht um Berlin gefallen sind. Das Mahnmal liegt im Treptower Park, unweit der Fabrik, die bereits in einer Fußnote ihren Auftritt hatte, in ihrer Eigenschaft als das wirkliche Theater der Aufführung von *Faust I und II*. Zweimal ziehen mich also die Fußnoten nach Treptow im früheren Ostberlin, während meine wahren Spaziergänge in dieser Gegend im Haupttext keine Spuren hinterlassen haben. Das sowjetische Mahnmal hat gigantische Ausmaße. Alles ist groß, hoch und ehrwürdig. Am einen Ende befindet sich eine gewaltige Statue, die aus grobem Naturstein gehauen wurde. Sie stellt eine trauernde Mutter dar. Dann geht man nach rechts auf eine riesige Treppenpartie zu, die hoch zu einem Granitdenkmal führt. Das Granitdenkmal besteht aus einer Pyramide, die in zwei Hälften geteilt ist, sodass man den Zwischenraum durchschreitet wie eine Art Gang. Vor der einen Hälfte steht die riesige Bronzesta-

tue eines knienden russischen Soldaten. Er hat seinen Soldatenhelm mit den Abzeichen der Roten Armee abgesetzt und ehrt so seine toten Kameraden. Auf der anderen Seite des Granitdenkmals führt eine ebenso beeindruckende Treppe hinunter zu einer 500 Meter langen symmetrischen Parkanlage. An den beiden Seiten dieser Parkanlage sind sechzehn weiße Marmorblöcke angeordnet, acht pro Seite. In jeden Marmorblock wurden ein Relief sowie ein Stalinzitat gehauen. Insgesamt acht Zitate, die jeweils zwei Blöcke zieren, einmal auf Deutsch, einmal auf Russisch, zu beiden Seiten der Anlage. Die Zitate würdigen diejenigen, die gegen den deutschen Nazismus gekämpft haben und gefallen sind. Ganz am Ende der Gedenkstätte steht ein neues gigantisches Denkmal. Die zwölf Meter hohe Bronzestatue eines Soldaten der Roten Armee steht auf einem runden Bauwerk, einer Gedenkhalle. Die Bronzestatue hält in der einen Hand ein Kind, während die andere mit einem Schwert ein mit Hakenkreuzen ausgestattetes Ungeheuer besiegt hat. Eine Treppe führt hinauf zu diesem Denkmal. Oben kann man in die Gedenkhalle hineinschauen, einen ziemlich kleinen Raum, mit einem Blumenmeer bestückt, ansonsten leer. Man gedenkt, indem man hineinschaut, auf die Blumen und die Fresken an der Wand.

Wenn man hier herumläuft, kann einen das eigentümliche Gefühl beschleichen, sich in einem architektonischen Denkmal für eine längst verschwundene Kultur zu befinden, so wie man z. B. die Maya-Städte im Dschungel Yucatáns besucht oder die Pyramiden und Tempel in Ägypten oder die Angkor-Tempel in Kambodscha. Man begreift, dass hier tapfere Männer begraben liegen und dass ihr König oder vielleicht sogar ihr Gott in die sechzehn Marmorblöcke eine rituelle Huldigung eingeritzt hat, in acht von ihnen mit einem speziellen Runentyp, in die anderen acht mit einem anderen. Forscher haben herausgefunden, dass die Inschriften auf den acht Steinen mit demselben Runentyp exakt der Bedeutung auf den acht Steinen des anderen Runentyps entsprechen. Am naheliegendsten ist daher, dass dieser Stalin, der Name bedeutet Stahlmann, ein mächtiger König war, kein Gott, denn normalerweise ehren Götter ihre toten Soldaten nicht auf diese Weise, das tun nur Könige.

Es sind nur wenige Menschen hier, das weiß ich, weil ich schon oft hierhergekommen bin und dann nie viele Menschen da waren. Diese menschliche Abwesenheit unterstreicht den Eindruck, dass hier eine längst verschwundene Kultur ausgegraben wurde. Doch die wenigen Menschen, die diese Gegend trotzdem aufsuchen, wirken so, als hätten sie eine entfernte Verbindung zu dieser Kultur und den Ereignissen, an die hier erinnert wird, die aber jetzt verschwunden sind, ohne dass es andere Spuren von ihnen gibt als diese hier. Als ich das letzte Mal hier war, bin ich zusammen mit einem anderen Mann die Treppe zur Gedenkhalle emporgestiegen, oder sollte ich besser von einem Trauerraum sprechen. Als wir beide vor der verschlossenen Tür zum Trauerraum standen und die frischen Ehrenblumen betrachteten, die Leute immer noch hier ablegen, sowie die Fresken an den Wänden des Trauerraums, zog er, der andere, eine kleine Flasche Wodka aus der Innentasche seiner Jacke und nahm einen anständigen Schluck, bevor er die kleine Flasche wieder zurücksteckte. Dann bekreuzigte er sich. Kurz darauf, als wir beide und jeder für sich wieder unten angekommen waren, drehte der andere sich um und sah hoch zu dem Denkmal auf der Erhebung, dem Trauerraum oder der Trauerkapelle mit dem riesigen Bronzesoldaten, der ein Kind rettet, während er seinen Fuß auf ein bezwungenes Symbol für das Ungeheuerliche stellt. Dann bekreuzigte er sich erneut.

Ich ging denselben Weg zurück, den ich gekommen war. Als ich zu der mächtigen Treppe mit dem gigantischen geteilten Granitdenkmal kam, entdeckte ich eine Katze, die in unergründlicher Einsamkeit auf den Treppenstufen saß. Katzen sieht man selten in Berlin, aber hier saß eine ganz allein, auf dieser riesigen Treppe, gleich einem Wächter. Sie saß in Ruhehaltung da mit untergeschlagenen Beinen, unbeweglich und mit unergründlichem Blick. Sie war grau, leicht gesprenkelt, mit weißen Flecken und einem Gelbstich in ihrem schönen Fell, was das Graue leicht ins Bläuliche übergehen ließ. Die Berliner Katze, die über den sowjetischen Tempel wachte. In vielen Kulturen sind Katzen heilige Tiere, in der uralten ägyptischen Kultur z.B., und was ich hier sah, war ein Gesandter, ein ägyptischer Gott.

Für mich ist das Aufsuchen des sowjetischen Mahnmals für die 5000 Soldaten, die bei der Eroberung Berlins im April 1945 gefallen sind, ein merkwürdiges Erlebnis. Es ist schön und stimmt nachdenklich, aber es trägt eine Dualität in sich, die sich nur schwer aus den Gedanken vertreiben lässt. Es ist hier fehl am Platz. Es ist ein russisches Heldendenkmal in der deutschen Hauptstadt, egal ob der Staat DDR oder RDW heißt. Insbesondere, wenn der Staat DDR heißt, knirscht es. Es stellt zu viele deutsche Fragen. Zu viele ungelöste deutsche Fragen an alle, die in der DDR wohnen und leben wollen.

Fußnote 7.
In meinen Notizen zu diesem Vortrag steht an einer Stelle zu lesen:

»Vor der letzten Phase.

Die Gefahr menschlicher und künstlerischer Abgestumpftheit war nie größer als jetzt.

Oder kann es sein, dass ich bisher nicht in solchen Bahnen gedacht habe?«

Was könnte ich damit gemeint haben? Ich wage nicht daran zu denken. Ich muss warten. Man muss warten können, man sollte seine unklaren Vorstellungen nicht beschädigen, indem man sie zu früh ausspricht. Man muss warten, grübeln und warten, bis die Zeit reif ist. Ein Versuch, mich dem zu nähern, finde ich in einer Notiz, die Monate später gemacht wurde:

»Das bedeutet nicht, dass meine Todesangst kleiner geworden ist. In Wahrheit ist sie präsenter als zuvor. Das ist keineswegs abwegig, da der Todesaugenblick viel näher ist als zu Zeiten, als ich vierzig war. Erkranke ich heute, selbst wenn es nur eine leichte Erkältung ist, packt mich die Angst, und meine nächtlichen Fieberfantasien waren nie schlimmer. Das Schlimmste am Kranksein sind die Fieberfantasien, vor ihnen graut mir, wenn ich mich jetzt davor fürchte, krank zu werden, nachdem ich mich als ein Mensch vor seiner letzten Phase inszeniert habe.

Der Mann im Pyjama, der das hier schreibt, dieses Ich, das das hier schreibt, in der nordeuropäischen Stadt Berlin, der Hauptstadt der Deutschen Bundesrepublik.«

Worauf verweise ich hier, wenn ich auf etwas verweise, was nicht bedeutet, dass meine Todesangst kleiner geworden ist? Könnte es das hier sein:

»Wenn man sich vor der letzten Phase befindet und sich so hinstellt, dass man den Zeitpunkt für den eigenen Tod als das Natürlichste der Welt schaut, dann kann die Ruhe, mit der man dieses selbstverständliche, aber noch nicht realisierte Stadium betrachtet, zu einer Gleichgültigkeit gegenüber dem Leben schlechthin führen.«

Fußnote 8.

Die Reise sollte auch ein kleines Intermezzo mit sich bringen. Zwischen Asker und Drammen erhielt ich Besuch von einem Mann meines Alters. Er stieg am Bahnhof Asker ein, und ich sah, dass er an meinem Platz vorbeiging weiter in den Wagen hinein. Kurz darauf kam er zurück und fragte, ob der Platz neben mir frei sei, obwohl ich meine Aktentasche auf den Sitz gelegt hatte und es im Übrigen reichlich freie Plätze im Wagen gab. Mein Nachbar erzählte mir, er sei am selben Tag geboren wie ich, am 16. Juli 1941, und sei meinem Schriftstellerdasein seit meinem Debüt 1965 gleich einem Schatten gefolgt, so drückte er sich aus. Es interessierte ihn sehr, um welche Tageszeit ich zur Welt gekommen war, und es überraschte ihn, als ich es ihm nicht sagen konnte. Sie müssen doch wissen, ob es morgens oder abends war?, sagte er, fast erbost. Vielleicht nachts? Jemand muss Ihnen das doch irgendwann erzählt haben? Aber ich konnte ihm keine andere Antwort geben, als dass ich davon ausging, es sei am Nachmittag gewesen oder am frühen Abend, das hatte ich zumindest immer geglaubt, ohne einen Grund dafür anführen zu können, weshalb ich es geglaubt hatte. Ich erzählte ihm des Weiteren, dass es mich ebenfalls wunderte, nicht zu wissen, um welche Tageszeit ich zur Welt gekommen war, und dass ich es als großes Manko empfand, nicht über dieses Wissen zu verfügen. Hätte es mich früher wirklich interessiert, wäre es ja ein Leichtes gewesen, den Zeitpunkt in Erfahrung zu bringen, vielleicht nicht den exakten Geburtsmoment, aber zumindest, ob es in tiefster Nacht mit gelbem Deckenlicht hinter Verdunklungsgardinen passiert war, an einem heißen Nachmittag oder ob sich an dem Abend vielleicht ein sanfter Sommerregen auf Sandefjord ergossen hatte? Wie er womöglich gemerkt habe, wüsste ich auch nichts über das Wetter am

Tag meiner Geburt, und wäre ich ausreichend interessiert gewesen, hätte ich es mit einem simplen Anruf im Meteorologischen Institut in Blindern in Erfahrung bringen können, aber das war mir nie in den Sinn gekommen. Möglich ist auch, dass die Unterlagen des Geburtshauses von Sandefjord anno 1941 irgendwo aufbewahrt werden und ich ihrer mit ein paar einfachen Untersuchungen habhaft werden könnte, obwohl das Geburtshaus in Sandefjord längst abgerissen war und nicht länger existierte. Doch auch das hatte ich nie getan, und es war mir auch nie in den Sinn gekommen, es zu tun. Und selbst wenn ich jetzt zugebe, dass ich ein großes Manko darüber empfinde, dass meine Geburt im Dunkeln liegt, sich meiner Kenntnis entzieht, bin ich mir ziemlich sicher, dass ich auch weiterhin mit diesem Manko leben werde, auf das ich jetzt aufmerksam geworden bin, ohne es ausräumen zu wollen, auch wenn die innersten oder äußersten Konsequenzen, die man daraus ziehen kann, schrecklich sind und einen kleinen Schrei in sich bergen könnten, sagte ich.

Zum Autor und zu seiner Übersetzerin

Dag Solstad, geboren am 16. 7. 1941 in Sandefjord, gehört zur ersten Garde der norwegischen Schriftsteller. Er hat zahlreiche Romane, Artikel, Theaterstücke und Essays verfasst. Seine Werke wurden vielfach ausgezeichnet und in zahlreiche Sprachen übersetzt. 2017 wurde ihm der Nordische Preis der Schwedischen Akademie verliehen, der auch als »Kleiner Nobelpreis« gilt. Folgende Romane von Dag Solstad sind im Dörlemann Verlag erschienen: *Elfter Roman, achtzehntes Buch; Professor Andersens Nacht; Scham und Würde; Armand V.* sowie *T. Singer* (alle in der Übersetzung von Ina Kronenberger).

Ina Kronenberger übersetzt aus dem Norwegischen und Französischen, u. a. Per Petterson, Linn Ullmann und Anna Gavalda. Sie lebt und arbeitet in Bremen.

Zum Buch

Dag Solstad selbst ist der Protagonist dieses Romans, der mit einem Flug nach Frankfurt beginnt. Solstad studiert beim Blick aus dem Fenster die Wolkenformationen: »Ich schaute auf die paradiesische Landschaft und fand es selbstverständlich, innerhalb dieses sphärischen Panoramas Engel, Fabelwesen und allegorische Vorstellungen zu sehen.«

2001 wohnt Dag Solstad in einer Wohnung am Maybachufer 8 in Berlin. Auf Streifzügen durch die Berliner Straßen lässt sich der Autor Dag Solstad zunehmend einkreisen. Hier finden sich Momente des Glücks und der Ruhe, aber auch der Angst und der Verzweiflung. Der Roman führt uns weiter nach Lillehammer und in sein Elternhaus in Sandefjord.